길을 따라 길을 찾아

길을 따라 길을 찾아 ⑨

초판 1쇄 인쇄 2020년 04월 01일
초판 1쇄 발행 2020년 04월 10일
지은이 윤위식

펴낸이 김양수
편집 이정은
교정교열 박순옥

펴낸곳 도서출판 맑은샘
출판등록 제2012-000035
주소 경기도 고양시 일산서구 중앙로 1456(주엽동) 서현프라자 604호
전화 031) 906-5006
팩스 031) 906-5079
홈페이지 www.booksam.kr
블로그 http://blog.naver.com/okbook1234
포스트 http://naver.me/GOjsbqes
이메일 okbook1234@naver.com

ISBN 979-11-5778-437-0 (04800)
ISBN 979-11-5778-436-3 (SET)

맑은샘은　휴앤스토리의　단행본　출판　브랜드입니다.

윤위식의 경남 기행 수필집

길을 따라 길을 찾아

상

맑은샘

차례

바람은 흔적으로 소리를 내고 물은 흐름으로 소리를 내지만 유장한 역사는 숨결마저 침묵한다. 풀숲에 나뒹구는 와편 한 조각이나 폐허에 묻힌 주춧돌 하나에도 온갖 사연이 오죽이나 많으련만 애환의 흔적만을 어렴풋이 남길 뿐, 세월의 깊이에 묻혀서 말이 없다. 그러나 찾으려고 애쓰는 그 누구에게는 흔적을 내보이고 들으려고 귀 기울이는 그 누구에게는 애써 말하려 한다.

옛것이 보여야 오늘이 보이고 옛이야기를 들어야 귀가 열리고 길이 보인다. 사라져 가는 옛 모습에서 어제를 기억하고 잊혀져가는 옛이야기에서 오늘을 찾으려고 길을 따라 길을 찾아 길을 나선다.

머무를 수 없는 삶의 길이어서 멈추지 못하고 그 어딘가로 가야 하지만 언제나 마주하는 길은 천 갈래 만 갈래여서 갈피를 잡지 못해 허둥거렸지만 선현들의 체취가 아직은 온기로 남아있어 머뭇거리지 않았다. 잘못 든 길에서는 돌아설 때를 익혀야 했고, 에두른 길에서는 어리석음을 깨달아야 했으며, 지름길에서는 오만함을 뉘우치고, 갈림길에서는 신중함을 배워야 했다. 길을 따라 길을 찾아 길을 나서면 길이 보인다.

부귀의 흔적과 영화의 뒤끝이 어제를 일러주며 여기가 어디인가를 돌아보게 하여 어렴풋이 내일이 또 보이고, 세월에 빛바랜 기와지붕의 육중한 무게만큼이나 선현들의 꾸지람이 뼈마디가 저려오는 뉘우침으로 짓누르면 옛 여인들의 한 맺힌 설움이 암막새 끝에서 빗물 되어 흘러내리는 소리가 들리고, 벼랑 끝에는 서릿발 부서지는 신음소리도 들린다. 선현들의 도포 자락 스치는 소리를 따라 길을 나서면 남겨둔 발자국의 온기가 발끝에 닿는다. 더는 멀어지기 전에, 더는 뒤처지기 전에 남겨진 발자국을 되밟으며 내 작은 발자국 하나를 살포시 남겨본다.

1

황룡사를
찾아서

잠자리에서 눈을 뜨면 나의 하루가 시작된다. 잠에서 깨어도 벌떡 일어나지 않고 잠시 동안 눈을 깜빡거리며 머릿속의 모니터 화면부터 열어보면 온갖 잡동사니들이 줄지어 밀고 올라온다. 혹여 쓸 만한 일정이라도 있나 하고 쭈-욱 훑어보지만, 요새는 별로 볼일 없는 나날의 연속이다. 어제 같은 오늘로 약속도 없는 날이라서 홀가분한 산행 복장으로 일찌감치 집을 나섰다. 오라는 곳은 물론 없다. 축의금 갖고 예식장 오라는 것 말고는 휴일이면 찾는 이도 없다. 그래서 불쑥 나서기는 했는데 오라는 데가 없는데 어디로 가나? 필자는 이 정도의 고민은 이골이 난 사람이라서 걱정할 게 없다. 이럴 때 딱 들어맞는 말이 있기 때문이다. "오는 사람 막지도 않고 가는 사람 잡지도 않는다."는 절집이 있지 않는가! '오! 부처님이시여! 나무아미타불 관세음보살.' 참으로 이렇게 고마울 수가 있나. 내가 어느 신문에 한국인의 도덕성 문제를 논하면서 '우리나라는 네댓 집 건너서 예배당이요. 골짜기마다 절집이라서 교도소 문 닫을 날도 얼마 남지 않았다.'라는 글을 썼더니 "교도소 간판 떼어서 거기 갖다 붙여야 한다."는 어떤 이의 전화도 받은 적은 있다마는, 아무튼 부담 없이 갈 곳이 있어 참으로

황룡사 전경

황룡사 가는 길

다행 아닌가. 진주는 교통의 요충지로서 동서남북 사방팔방으로 길이 열려 있다. 남쪽으로 가면 남해안으로 갈 수 있고, 서쪽은 전라도 길, 북쪽은 합천과 고령길, 동쪽으로는 마부산길이다. 고무신짝 벗어서 냅다 던져보지 않아도 괜찮다. 어느 쪽으로든 가다 보면 절집 표지판이 갈림길마다 얼마든지 반기고 서 있다.

오늘은 합천 쪽으로 길머리를 잡기로 했다. 행여 필자처럼 길을 나서고 싶은 사람이 있으면 언제든지 이 길을 한번 권하고 싶다.

남해 고속도로 진주 IC를 나오면서 계속 직진을 하여 공단 네거리에서 좌회전을 하면 진주 시청이고, 우회전을 하면 진주 소방서인데, 좌도 우도 아닌 직진을 하다 보면, 오른쪽에 경상남도 농업기술원 정문 앞을 지나는 길이 합천 쪽으로 가는 국도 33호선이다. 왕복 4차선으로 2009년 말경에 완전 개통된 잘 닦여진 길이다. 한참을 가다 보면 생비량면으로 가는 출구가 나온다. 표지판에는 시천, 단성으로 표기돼 있다. 2차선 도로일 때는 삼거리여서 좌회전을 하면 됐었는데, 중앙분리대가 있는 4차선이 되면서 우측 출구로 내려와야 단성 방향인 생비량면 소재지 쪽으로 갈 수 있다. 아무튼 표지판을 보고 시천, 단성 쪽으로 1㎞ 남짓 2차선 도로를 가다가 갈림길에서 우회전이다.

목적지도 없는 나그네는 직진만 하면 재미가 없다. 산길을 따라 고개를 넘어 황매산군립공원 표지판을 따라가면, 왼편에 대·소형 주차장이 나오고 여기서 묘산재라는 표지판을 따라 좁은 시멘트 포장길을 따라 300여m의 산길을 오르면, 화장실이 아담한 작은 주차장이 오른쪽에 있다. 직진을 계속하면 영암사로 가는 길이고, 갈림길에서 왼편 길이 황룡사 진입로이다. 물론 표지판이 있어 누구든 잘 찾을 수 있다. 어디서 오든 내비게이션의 안내를 받으면 단번에 찾겠지만 어디 나들잇길의 길 맛이 이정표에 비유하겠는가. 딱히 목적지도 없이 지망 없이 가는 속절없는 나그네가 산도 보고 들도 보고 강도 건너보며, 갈림길 길목에서 이리 갈까 저리 갈까 하고 점도 한번 쳐보면서, 온갖 풍광을 섭렵하며 더러는 길손 잡고 길을 물어보는 맛도 나그네의 멋이 아니던가?

초행길이라면 이곳 주차장에 차를 세우고 걷는 게 좋다. 200m쯤 시멘트 포장길을 걸어가면 철재 사립문이 굳게 잠겨있어 안에서 열어주지 않으면 차도 사람도 못 들어간다. 오는 사람 막지 않는다고 해놓고 철제 사립문이 절집에 웬 말인가? 그것도 주먹만 한 자물쇠를 달아 안으로 잠겨있으니 말이다. 사잇문마저 잠겨있어 더욱 의아해할 것이다. 절집이 문을 잠그고 사는 사연이야 필자인들 어찌 알았겠냐만, 마음의 문까지 닫으셨던 노스님이 말문을 연지는 필자와의 내통이 오간 지 햇수로도 한참 후이었다. 스물다섯의 서울 처녀가, 계룡산 동학사에서 머리를 깎고 절밥 먹은 지가 작년이 꼭 57년 전이라면서, 누더기 한 벌 남기고 이 세상 떠나면 중노릇 제대로 잘한 거라시던 팔순 노구의 비구니 진승 스님이, 심산 절집의 살림살이가 뭐가 있다고 창살 엮은 철제 사립문을 달아부치고, 주먹만 한 자물쇠를 굳게 잠근 사연을 어찌 하룻밤 이야기로 끝나겠나.

황매산 기암절벽을 병풍처럼 둘러치고
오로지 하늘만을 열어 놓은 부처님의 둥지에서
염송하며 인연 끊고 목탁 치며 뉘우치고
향 사르며 번뇌 삭여 절하면서 속죄해도

풍경 소리 밤새울 때 모질고도 질긴 인연 새벽까지 달라붙어
눈물 젖은 베갯잇이 마를 날이 없었으며
달빛 속에 별을 세며 범종 치고 운판 치며
두들겨 패고 패도 목어 소리 법고 소리 무심하긴 한결같고
법당에 촛불 켜고 팔십 평생 무릎 꿇고
이생 전생 지은 죄업 빌고 빌며 속죄해도
백팔번뇌 질긴 사슬 마디마디 한스러워
오로지 부처님의 가사 자락에 스님은 육신을 맡기고
속세와의 문을 굳게 닫아버린 것이었다

초인종 버튼이 있기는 하나 요사채가 불타기 이전에 쓰던 것이라 골백번을 눌러봤자 소용이 없다. 운이 좀 좋으면 사잇문이 열려있고, 더 좋으면 돌계단 맨 윗줄에 장삼 입은 노스님이 화강암 석불처럼 좌정하고 계실 게다. 가는 귀를 잡수셔서 큰 소리로 부르지 않으면 미동도 하지 않아 돌부처로 착각한다. 어쩌건 철 대문 안쪽으로 들어서면 속세를 떠나서 별천지에 들어온 기분이 든다. 주차장으로 만들긴 하였으나 왕래하는 차량이 없어 잔디밭으로 곱게 다듬어져 있다.

여기서 고개를 들고 9시 방향에서 3시 방향으로 스카이라인을 따라 카메라 팬딩을 하듯 전경을 한번 쭈-욱 훑어보라. 기암괴석이 엄청난 높이로 병풍처럼 처져있고, 금강산의 만물상을 옮겨 온 듯 여기저기서 온갖 동물의 형상을 닮은 괴석들이 절벽 꼭대기에서 내려다보고 있다. 주먹을 불끈 쥐고 "각-악" 하고 겁을 주며 견주기라도 하면 괴석은 백호가 되어 절벽을 뛰어내려 한순간에 덮쳐들 것 같다. 자라 같다 하면 두꺼비 같고, 곰 같다 하면 호랑이 같고 보는 대로 생각대

로 그 형상이 바뀌어진다. 띄엄띄엄 짙푸른 소나무가 있어서 흑백 사진이 아님을 알 수 있을 뿐 온통 회색빛의 바위산이다. 화강암의 둥글넓적한 생긴 대로의 돌들로 얼기설기 돌계단이 줄지어 층층이 쌓여 있는 양편으로는 채마밭이 언제나 말끔하게 정리되어 있어 스님의 울력 흔적이 역력하게 들여다보인다.

돌계단을 오르면 금잔디를 심어 놓은 손바닥만 한 마당이 뜰이지만, 반짇고리의 재단 가위로 잔디 이파리 하나하나를 낱낱이 깎으셨다니 그도 그럴 것이 너무도 청결하고 깔끔하여 파릇하게 삭발한 스님들의 머리를 연상케 하여 시멘트 사잇길도 발을 딛기가 조심스러울 정도다. 정면 돌계단 위로 크기는 오두막집만 하지만, 황토색 기와를 얹은 팔작지붕의 곡선이 전형적인 절집으로 대웅전이라는 현판이 그런대로 어울린다. 당우도 없이 혼자 앉은 대웅전이 웅장하지 않아서 부담이 없고, 위협적이지 않아서 그저 정겹다.

현판 밑에서 뒤를 돌아서서 정동쪽의 앞산과 저수지를 내려다본다. 등 뒤로 기암괴석의 망토를 어깨에 두르고 하늘을 날 듯한 기분이라 할까. 좌청룡 우백호를 거느린 신선이 된 듯한 기분이라 할까, 병풍처럼 둘러쳐진 기암괴석이 희끗희끗한 회색빛이라서, 하늘에서 장삼의 소맷자락을 활짝 펼치고 감싸주는 듯도 하고, 꼬리날개를 부채처럼 활짝 편 공작새를 타고 하늘을 나는 듯도 하여, 크게 심호흡을 하면 용마를 타고 하늘로 뛰어오르는 용장의 기상까지를 맛볼 수 있다.

대웅전 문을 열고 법당 안으로 들어서면 여느 절집의 산신각보다 작으면서, 유리 상자 안의 관세음보살상을 본존불로 모시고, 왼쪽으로 신중탱화와 산신탱화가 걸려있고, 불단에는 향로와 다기와 전구를 꽂은 촛대 한 쌍이 전부이다. 작은 불전함이 있기는 하나, 찾는 사람이 없었음을 서늘함이 말해 준다. 그래도 향 내음이 가냘프게 나는 까닭은 스님의 흔적 같아서 그냥 좋다. 벽에 붙게 매달은 대나무 횃대에 잘 접어서 걸쳐진 스님의 가사와 장삼이 실내장식의 전부를 대신한다.

법당 아래 요사채에 들어서면 지은 지가 얼마 되지 않아서인지 송진 냄새가 나는 듯한 널따란 거실이 눈 가는 곳 없이 말끔하여 비구니 스님의 정갈함을 한눈에 알 수 있다. 여기에 또 한밤의 명당이 있다. 차탁을 앞에 놓고 남향의 창문을 열면, 왕방울만 한 알이 굵은 별들이 수도 없이 한꺼번에 쏟아져 들어온다. 마치 다이아몬드 알갱이들을 촘촘히 박은 파란 보자기로 황매산을 통째로 덮어씌운 것 같고, 연방이라도 금빛 나는 유리구슬들이 우박처럼 쏟아져서 온 세상을 순식간에 파묻어 버릴 것 같다. 초롱초롱한 별들이 이렇게 많을 수가! 이렇게 클 줄이야! 이렇게 빛날 수가!

"야!" 하는 감탄사가 절로 난다. 찻잔에 풍경 소리를 녹이며 별빛에 젖으면 시공을 떠난 신선이 따로 없다.

스님의 이야길랑 다음에 하자. 별이 빛나는 밤 황룡사에서.

2

산청 삼매를 찾아서

엊그제만 해도 추위가 별나게도 유난을 떨더니만 대동강물도 풀린다는 우수를 지내자 산야의 빛깔이 확연히 달라졌다. 바람의 맛도 달라져 부드럽고 시원하다. 이런 날에는 봄을 기다리지 말고 먼저 집부터 나서고 볼 일이다. 날 잡으면 딴 일 불거지고 요란을 떨면 산통만 깬다. 소문낼 것 없이 홀가분한 차림으로 도심을 살짝만 벗어나도, 흙냄새가 향긋하고 물소리가 또랑또랑하여, 코가 틔고 귀가 밝아져 가슴속이 뚫린다. 물길이 굽어 돌면 산길도 따라 돌고 떨어질 듯하면서도 그래도 붙어가는 물길 따라 산길 따라 정겨운 길이 있다. 요즘같이 혼돈 속을 살아가는 고달픈 우리들이 길을 물어야 할 매화 세 그루가 있어 더욱 좋은 길이다. 원정매와 정당매 그리고 남명매인 산청 삼매를 알현할 요량으로 단성을 거쳐 덕산으로 길머리를 잡았다.

단성에 오면, 단성 현감을 제수받고도 벼슬길에 나아가기는커녕, 장문의 사직소를 올리신 남명 조식 선생님이 떠올라 꿈에라도 뵙고 싶다.

'어쩌실 요량으로 극언의 사직소를 올리셨습니까? 아무리 경과 의를 바탕으로 한 우국충정의 발로라지만 어느 안전이신데. 수신과 제

산천재와 남명매

정당매와 매각

가를 가르치시지 않으셨습니까? 가솔들은 어쩌시고 문하생과 삼족은 어쩌실 요량이셨습니까?' "아뿔사! 경천동지로다. 이 일을 어쩔거나!" 하고 조정 대신들은 얼마나 부들부들 떨었을까? 하늘이 놀라고 땅이 요동칠 극언을 하셨으니 말이다. 정말로 물어보고 싶은 심정이어서 필자는 단성에만 오면 남명 선생의 사직소를 두고두고 생각한다.

지금쯤에서 단성소에 근접할 상소를 올릴 사람은 없는 것인가?

"대통령님! 이대로도 진주가 위태롭고 사천만이 황폐하고 단성이 불안한데, 설상가상 수위까지 높여가며 굳이 남강댐 물을 부산 식수로 가져가야겠습니까? 아무도 거론한 적이 없는 대운하사업을 제안하시더니, 바꾸어서 4대강 살리기를 추진하셨으면, 응당 낙동강이 살아나면 자연히 부산 식수는 절로 해결될 것을, 남강댐에서 부산까지 송수관로를 매설하시겠다는 것은, 4대강 사업을 하여도 낙동강은 살아나지 않는다는 것을 염두에 두고 하시는 사업이십니까?"

수렴청정의 대비 문정왕후와 하늘 아래 만인지상인 명종 임금을 궁궐 안의 '한낱 과부와 선왕의 어린 고아에 불과하다'고 극언하신 단성소를 빌어, '대통령님의 국사는 이미 그릇되었고, 막무가내로 4대강 사업을 밀어붙이시면 한낱 건설사의 수장에 불과하다'하는 상소를 올릴 사람 말이다.

머리를 식히려고 내친걸음인데 어찌 어지러운 정사로 열 받을 필요가 있겠나. 몇 오라기 남지 않은 머리카락일망정 길이 보전하려면, 산천경개의 오묘한 조화를 한 잔 술맛의 뒤끝처럼 음미하며, 괴나리봇짐 멘 풍경화 속으로 들어가 주인공이나 되어보자.

대전 통영 간 고속도로 단성 IC를 나와 요금소를 등지고 좌회전을 하면 단성면 소재지이고, 우회전을 하면 덕산으로 가는 20번 도로이면서, 산청 삼매를 찾아가는 들머리 길이다. 우회전을 하자마자 오른쪽 옆으로 삼우당 문익점 선생의 면화 시배지와 기념관이 있으니, 지나는 걸음이라면 한 번쯤은 들러서 감사의 예를 올려야 할 일이다.

전시관을 오른쪽에 두고 야트막한 고갯길을 넘어서면 남사예담촌이 나온다. 마을 어귀에서부터 고풍스러운 기와집들이 첫눈에 들어온다. 빛바랜 기와지붕의 용머리들이 붓끝으로 그린 듯이 흙 돌담 너머로 겹겹이 즐비한 고택들이다. 길옆으로 널찍하게 주차장이 잘 만들어져 있어 차를 세우면 반질반질한 오석에 '남사연혁비'라고 음각백서의 우람한 비석이 길손을 맞이한다. 여기저기 굽어 도는 흙돌담 골목길을 따라 들어 솟을대문을 들어서면 고색창연한 고택이 시간이 멈춰진 과거 속에서 역사의 그림자를 드리우고 있다.

원정매가 있는 고택은 대문을 잠근 채 주인이 외지에 살고 있어, 멀리 일본에서까지 원정매를 보러온 이들의 발길까지 돌리게 한다는 해설사 안승필 씨의 이야기를 듣고, 담장 너머 먼발치기에서라도 볼까 하는 욕심에, 먼저 온 네댓 사람과 하나같이 까치발에 황새 모가지를 해봐도 늙은 감나무 가지 사이로는 가늠조차 안 된다.

코앞을 막아선 감나무가 600년을 넘었단다. 원정매를 식수하신 하즙 선생의 증손이 심은 나무라니 이 또한 예사로운 만남은 아니다만, 훗날을 기약하며 아쉬움을 안고 발길을 돌리려는 순간, 담장 너머 인기척에 안승필 씨가 잰걸음으로 앞서더니, 높다란 기와지붕의 육중한 대문을 두들겼다. 대문과 격을 맞춰 뒷짐 지고 헛기침 크게 하며 "이리 오너라!" 했더라면 물바가지 뒤집어쓸 일이고, 행여 불손함이라도 보여질까 봐 숨소리도 죽이는데, 삐그르륵 하고 대문이 열렸다.

탐방객의 허리가 시키지도 않았는데 일제히 직각으로 굽혀졌다. 얼굴이 해맑은 할머니가 환하게 반기셨다. 대문 바로 안쪽에 시꺼멓게 삭고 삭은 굵직한 매화나무가 모질은 풍진에 피육을 벗고 결과 결이 꼬이고 뒤틀린 채로 용틀임을 하고 섰다.

700년 풍상이 오죽이나 하였을까? 원목은 검게 삭았는데 그 곁에 바짝 붙어선 어른 발목 굵기의 새 나무가 섰다. 원정매의 씨를 심어 원정공의 얼과 유지를 잇고자 근자에 심은 건데, 다음 해에 원정매의 둥치에서 땅을 뚫고 새 움이 돋아나서 둘 다 해마다 꽃을 피운단다.

칠백 년 모진 세파 온갖 풍상 견뎌내며 길이길이 국태민안 두고두고 보리라고, 고려말 찬성벼슬의 원정공의 교훈과 유지를 길이 전하려는 듯이 그 소생이 고맙고 반갑다. 꽃망울이 자잘하게 촘촘히 맺혔다. 개화 시기가 아직은 이른가 보다. 열흘 남짓 있어야 할 것 같다고 할머니가 일러주신다. 언제라도 볼 수 있게 할머니가 여기서 살면 안 되겠냐고 여쭸더니, 추위가 가고 나면 오겠다 하시기에 꾸벅꾸벅 열두 번도 절을 더하고 발길을 돌렸다.

덕산 쪽으로 차 머리를 돌려 1㎞ 남짓한 곳에서 삼거리가 나온다. 하루 일정이라도 바람을 잡고 나선 유랑이라면, 갈림길에 서보면 길 떠난 재미를 느낄 수 있다. 곧장 가는 외길이야 누군들 못 가나. 말은 삼거리라 하지만 갈 길은 양 갈래다. 지망 없이 길을 나서면 속절없는 나그넨데 이리 간들 어떠하고 저리 간들 어떠랴만, 갈림길을 마주하면 괜하게 이쪽인가 저쪽인가를 점쳐보는 맛이 길손의 멋이다. 왼손바닥에 침을 '탁!' 뱉어놓고 오른손 인지중지 두 손가락을 힘껏 내리쳐 봐라, 옛날 코흘리개 때는 족집게 도사는 저리가였다. 살다

보면 인생사 갈림길이 좀 많은가. 길목마다 마다하지 말고 스승께 길을 묻자.

지금은 정당매를 찾는 길이니 딴청부리지 말기로 하고 단속사지와 입석이라고 크게 쓰인 이정표의 손짓대로 우회전을 했다. 호암마을 지나면 단속사지라는 표지판이 나오고, 길 왼편 바로 옆의 언덕배기에 웅장한 석탑이 보인다. 기단이 육중한 3층 석탑이 동서 쌍탑으로 우뚝 섰다. 보물 제72호와 73호다. 절을 한 바퀴 돌아 나오면 벗어둔 미투리가 썩어 있었다는 대찰의 흔적은 찾아볼 수 없고, 석탑 앞의 소나무 숲에 우뚝 선 당간지주 한 쌍과 여기저기 널려있는 석재들 말고는 눈에 띄는 게 없다.

석탑 뒤 민가 옆으로 매화나무 한 그루가 고즈넉하게 서 있다. 630여 년 전 통정공 강회백 선생이 유년 시절 단속사에서 수학하면서 심은 것인데, 후일 회백 선생의 벼슬이 정당문학 겸 대사헌에 올라서 정당매로 불리어지고 있다. 삭은 가지도 있으나 온전하고 건재하다. 여기도 때가 일러 자잘한 꽃망울만 알알이 맺혀있다. 630여 년의 세월을 어찌 인간 세수로 가늠할 수 있겠냐만, 임진왜란 동학란 온갖 전란 갖은 사화, 못 볼 것 안 볼 것 죄다 보면서, 안타깝고 애탄 심정 오죽인들 하겠냐만, 그래도 길이 후손을 지켜보며 오늘에 이른 것이 정겹고도 감사하다. 사지 입구의 작은 빗돌에 남명 조식 선생께서 정당매 아래서 "유정 산인에게 준다."라는 시가 쓰여 있다.

꽃은 조연의 돌에 떨어지고
옛 단속사 축대엔 봄이 깊었구나
이별하던 때를 기억해 두게나

정당매 푸른 열매 맺을 때

하고, 사명당에게 준 시이다.

필자는 운 좋게도 단속사지를 말없이 지켜온 마을 주민 이정규 씨를 만나, 남명 선생의 시에 나오는 조연의 정확한 위치도 알게 되었거니와, 당초 조선총독부가 국보로 지정한 두 석탑을 박정희 대통령 시절 국보와 보물 두 종으로 가르면서 보물로 지정하고, 국보라는 표지석을 파쇄 폐기하려던 것을 역사의 흔적으로 간직하고자 남몰래 묻어둔 일이며, 당간지주의 석편들을 눈여겨보았다가 복원 때 되찾아주신 뜻깊은 사실이 너무도 고맙다. 훗날 필자가 다시 찾아오면 못다 한 이야기들을 세세하게 해주겠다기에 단속사의 흥망성쇠 잊혀진 사연일랑 다음으로 미루고 정중히 인사하고 후일을 기약했다.

시장기가 든다 싶더니 정오를 넘긴 지가 꽤나 되었다. 단속사지 뒤편으로 한재를 오르면, 저수지 옆으로 고기 굽는 식당과 약닭 찌는 닭집도 있지만, 혼자라서 못 가고 훗날 말동무할 길벗이라도 만나면 들르기로 하고 발길을 돌렸다.

호암마을에서 백운 계곡 표지판을 따라 덕산으로 가기로 작정하고 고갯길을 넘었다. 칠정 삼거리 쪽에서 오는 길과 마주친다. 우회전으로 조금만 가면 오른쪽 산기슭 바윗돌에다 입덕문이라고 음각한 주홍 글씨가 덕산 들머리임을 알려준다. 왕복 4차선 도로가 띄엄띄엄 덜 되었어도 오른쪽으로 빗겨나면 그 유명한 덕산 곶감을 말리는 옥탑 지붕들이 여기저기 보이고, 이내 남명 조식 선생의 유적지가 길 양편으로 잘 정비되어 있다.

오른쪽 주차장에 차를 세우고 남명 기념관을 들어서니, 문집 서책과 유품들로 선생의 체취를 진하게 느낄 수 있었다. 남사예담촌에서 만난 안승필 해설사를 또 만나게 되어져서 사양을 해도 소용이 없어 조종명 선생의 안내를 받으며 건너편 산천재로 들어섰다. 오색으로 단청을 입힌 산천재 앞뜰에 화폭에서나 본 듯한 밑둥치가 굵고 키가 나직한 매화나무가 눈 덮인 천왕봉을 바라보며 500년 가까운 세월을 지키고 섰다. 사후엔 문정 시호와 함께 영의정에 추증되셨지만 처사이기를 유언까지 하신 조식 선생의 호를 붙인 남명매이다. 아직은 이른 탓일까 아니면 정작으로 시절이 하 수상해서인가, 춘설이 난분분해서인가, 필동말동 하더라.

3

섬진강
꽃길 따라 (상)

올봄은 유별나게도 봄비가 잦더니 달갑잖은 황사에다 때늦은 대설 특보까지 내리며, 어제까지도 유난을 떨더니만 오늘은 아침부터 하늘이 맑고 햇살이 두텁다. 달포 가량을 못 보던 하늘이 더없이 쾌청한 화창한 봄날이다. 이런 날에는 급하지 않은 일상은 잠시 접어두고 세상사를 멀리하고 휑하니 집을 나서고 볼만하다.

겨우내 움츠렸던 어깨도 펴고 얼어붙은 마음도 녹여보자는 핑계를 붙이고 남해 고속도로로 차를 올렸다. 멀리 지리산 천왕봉에는 하얗게 눈이 보인다. 그래도 완연한 봄인가 보다. 도롯가의 개나리는 오랜만에 봄 햇살을 받고 생기를 되찾아 더욱 샛노랗다. 하동 IC를 빠져나와 신호등 사거리에서 우회전을 했다. 직진을 하면 광양행이고 좌회전을 하면 남해대교로 가는 길이다. 내친김에 봄바람을 제대로 한번 잡아볼 요량으로 섬진강을 거슬러서 발길 닿는 대로 가보기로 했다.

하동 포구 80리에 굽이굽이 서린 애환이 기나긴 세월 동안 오죽이나 많겠냐만, 강물 따라 씻겨가고 세월 따라 잊혀져 간 수많은 사연들을 아련하게 더듬으며, 때 되고 해저물면 동가식서가숙하면서 바

박경리소설 토지의 실제모델이 된 조부자집

조부자집 앞 상신마을 빨래터

람을 잡고 나선 김에 멋깨나 부려볼 작정이다.

하동 IC를 나오면 전도에서부터 하동읍까지는 왕복 4차선 새 도로가 잘 닦여져 있지만, 나들잇길이란 꼬부랑길이 좋아 열두 굽이인 하동 가는 옛길로 차를 몰았다. 하동 포구 들머리인 선소마을 첫 모롱이에서 '벚굴 구이 개시'라는 플래카드가 눈에 띄었다. 벚꽃이 필 무렵이면 하동 포구에서만 난다는 어른 손바닥보다 큰 강굴이다. 먹어본 사람이 맛을 안다고 간판만 보고도 침이 넘어간다. 강을 접한 길가엔 하동 재첩과 참게탕이 전문이라 쓰인 식당들이 두서너 집씩 여러 군데가 또 있고 또 있고를 계속한다. 하동 재첩국과 참게탕은 유명세만큼이나 그 맛이 일품이다.

하동읍이 가까워지면서 4차선 도로와 합류하게 되고 왼편으로 강을 따라 소나무 숲이 줄지어 있어 차를 세웠다. '하동 포구 공원'이라는 표석이 커다랗게 섰고 그 옆으로 '하동 포구 아가씨'의 노랫말이 새겨진 큰 바윗돌이 눈길을 끈다. 오륙십 대들은 지금도 들으면 기억날 노래인데 '정두수 작사 박춘석 작곡 하춘화 노래'라고 쓰여 있어, 작곡을 하신 박춘석님이 지난 14일 세상을 떠났으니 새삼 가슴이 찡하다. '초우', '가슴 아프게', '누가 이 사람을 모르시나요' 등 애잔한 곡을 수없이 남기고 가셨다. 언제라도 좋다. 노래비 옆에 앉아 섬진강을 굽어보며 '하동포구 아가씨'를 한번 듣고 싶다. 혹여 해 질 녘에 색소폰을 불어줄 사람은 어디 없을까? 발길을 돌리면서 또 한 번 뒤돌아봤다.

얼마를 가지 않아 하동 송림이 나온다. 수백 그루의 낙락장송이 백사장을 끼고 이백여 년의 긴 세월을 지키며 만고상청 짙푸르고 있다.

말 그대로 백사청송이다. 수백 년의 세월도 견뎌왔는데 한두 사람의 해코지가 두려워서 철책을 둘러쳤다. 풍광의 흠집이니 안타깝고 서글프다.

송림을 나서면 바로 삼거리가 나온다. 갈림길이다. 오던 길로 직진하면 경상도 길이고, 좌회전하여 섬진교를 건너면 전라도 길이다. 매화꽃이 흩날리는 전라도 길을 갈까? 아니면 애달픈 역사가 흐르는 경상도 길을 갈까? 매화꽃이 필 때면 망설여지는 갈림길이다. 섬진강변 양 길이야 물길과 찻길이 언제나 붙어있어 이리 가도 좋고 저리 가도 좋아서다. 강을 따른 길섶마다 군데군데 터를 잡은 선인들의 흔적과 잊혀져가는 전설들이 수없이 많아서 대충 듣고 대강 봐도 십리도 못 가서 해가 저문다. 매화는 저쪽이고 이화는 이쪽인데, 매화는 질 때이고 이화는 이른 때다. 벚꽃망울이 올통볼통 때를 기다는데 개나리가 만개하여 부채질로 재촉하는 경상도 길을 택했다.

곧장 가면 구례까지 이어진다.

시장기가 들라치면 벚굴 구워 안주하고
배꼽시계 울면야 재첩국에 밥 말아서 점심 하면 제맛이고
저녁노을 질어지면 섬진강 참게탕에 은어 튀김 한 접시면 매실주
한 병 뚝딱
백사청송 해 저물면 최 참판 댁 행랑 빌어
섬진강에 달이 뜨면 하동 녹차 따라놓고
잊혀진 옛사람들 꿈길에 불러다가
도리행화 향을 녹여 시름 풀고 마주앉아
은하수 끝자락에 회한의 눈물 닦고

못다 준 정 다 담아서 남김없이 따라주며
겹겹이 언 가슴 밤새도록 녹여서
하동 포구 팔십 리에 굽이굽이 띄우리라

이만하면 세상사 잠시 접은 인생길 나그네들이 가볼 만한 길이 아
닌가? 날 잡지 말고 아무런 계획 없이 나서도 딱 좋은 길이며, 목적
지를 잡지 않으면 더 좋은 길이다. 섬진강을 사이에 두고,

강 건너면 전라도 안 건너면 경상도
이리 가면 백사장 저리 가면 녹차밭
들러보면 배나무 건너다보면 매실밭
쳐다보면 산수유 울퉁불퉁 큰 바위
십 리 벚꽃 들머리에 시끌벅적 화개장
들어가면 쌍계사 더 들어가면 칠불암
빗겨가면 피아골 들어가면 연곡사
바로 가면 화엄사 계속 가면 지리산
안 넘어서 천은사 넘어가면 뱀사골.

이만하면 목적지가 뭐가 필요하며 봄이면 도리행화 매화 피고 벚꽃
피며, 개나리와 진달래가 떼를 지어 피어나니 글자 그대로 만화방창
이요 무릉도원이다. 여름이면 지리산 계곡 물이 골골이 흘러내려 녹
음방초 씻은 물이 백사장에 가득하고, 가을이면 황금 들녘에 대봉감
과 하동 배가 길섶마다 즐비한데, 지리산서 번진 단풍 피아골을 물들
이고, 겨울이면 기암괴석 설중청송이 절경이니, 이만하면 철 잡고 날

잡을 까닭이 없지 않은가? 이래서 필자가 이따금 찾는 길이고 더구나 섬진강은 볼 때마다 찾는 이의 마음을 알고 있는지 온갖 감정을 다 헤아려주는 정이 흐르는 포근한 강이다.

송림을 나와 섬진교 삼거리를 지나 첫 모롱이를 돌면 왼쪽 길섶에 자연석 기념비 두 개가 서 있는 작은 쉼터가 있다. 주차가 마땅치 않아 번번이 지나쳤으나 이번엔 기어코 들르기를 잘했다. 남대우 선생의 '하동 포구' 노랫말을 새긴 노래비와 이병주 선생의 문학비가 덩그렇게 섰다. "섬호정 댓돌 우에 시를 쓰는 사람은 어느 고향 떠나온 풍류랑인고" 하는 남대우 선생의 가사 구절이 섬진강의 풍광을 찾은 문인 묵객들이 줄을 이었음을 대변하고, 이병주 선생의 문학비에는 선생의 소설 '산하'에서 따온 "태양에 바래지면 역사가 되고 월광에 물들면 신화가 된다."라고 쓰여 있어 세월에 빛이 바랜 역사의 한이 서린 섬진강을 굽어보며 고향 하동을 지키고 섰다. 무심코 지나가면 세월도 무심하다. 지나는 걸음 있으면 하동 공원을 찾아 섬호정에 올라보면, 하동이 문인들을 많이 낳기도 하였지만 키워낸 문인도 많은 까닭을 알게 된다.

강을 따라 한참을 가다 보면 커다란 바윗덩이가 길섶에 웅크린 채 길손들을 위협한다. 산에는 온통 바윗덩어리들이다. 둥그스름한 커다란 바위들이 두서넛씩 엉겨 붙어, 머리를 맞대고 불쑥불쑥 내려다보고 있다. 표석에 쓰인 '호암마을'과 '범바구'라는 간판이 흥미로워서 경사가 심한 비탈길을 따라서 마을로 들어가 봤다. 바위 틈새를 비집고 터를 잡은 작은 집들로 이뤄진 비탈진 마을이다. 들어주는 사람이 없어서 잊혀져가는 옛 기억을 더듬으며, 마을의 내력과 범바구의 전설을 들려주신 어르신께 깊숙이 고개 숙여 인사를 드리고, 비탈진 돌담길을 조심스레 빠져나와 악양면 입구에 닿았다.

'악양동천'이라 쓰인 커다란 바윗돌이 갈림길 사이를 가로막고 길게 누웠다. 대하소설 토지의 최 참판 댁이 아물아물하게 건너다보이는 악양면 평사리 들판이다. 유난히도 잦은 봄비로 논보리가 색깔이 짙어져서 눈이 시원하도록 파랗다. 청보리 들녘이다. 옛 이름이 '무딤이 들'이라는 평사리 들판은 소쿠리처럼 둥그스름하니 옴쏙한데, 그 면적이 엄청나 종횡의 거리를 가늠할 수 없고, 가장자리를 띄엄띄엄 둘러친 마을이 한눈으로는 헤아릴 수가 없다. 그 옛날 걸인이 초하루에 들어가서 한 집에 한 끼씩만 밥을 얻어먹고 나오니까 섣달그믐이더라고 하니까, 옆에 있던 걸인이 그러면 빠트렸다면서 자기는 삼 년 걸려 나오니까 그래도 세 집이 남더라고 했다니, 허풍도 허풍이지만은 고개를 끄덕일 만큼 그럴싸한 이야기다.

상신마을로 가서 소설 '토지'의 모델이 된 조씨 고가를 찾아볼 요량으로 무딤이 들판을 왼편에 끼고 삼거리에서 우측길을 택했다. 산기슭마다 크고 작은 마을이 길을 따라 늘어섰다. 한참 만에야 언덕배기를 올라서니 바윗돌 사이사이로 작은 집들이 마을을 이루고, 길가에 옴쏙 내려앉은 넓적한 샘터는 반질반질한 반석의 틈 사이로 물 고랑이 파여서, 돌담을 둘러쌓은 넓적한 옹달샘이 빨래터를 겸하고 있는데, 흰옷 입은 아낙들의 도란거리는 옛이야기들이 들릴 듯이, 시간이 멈춰버린 옛 모습 그대로라서 정겹기가 그지없다. 서출동락의 샘이면 명당옥수라 하였는데, 시쪽에서 솟아나서 동쪽으로 흐르니 만식지기 식솔을 먹이고 씻겼을까, 샘터를 느직하게 껴안고 솟을대문에 고래 등 같은 기와집이 세월에 빛이 바래져 역사가 된 채, 부귀영화의 옛 그림자를 드리우고 근엄하게 앉았다.

기와지붕은 옛날 그대로인데 오랜 세월에 빛이 바래져, 황토 빛깔이 드러났으나 어긋남이 없이 정연하고 깔끔하여, 중후한 맛이 물씬 풍긴다. 주인이 출타 중이어서 솟을대문은 자물쇠가 채워져 있고, 조선 개국 공신 조준의 직계손인 조재희가 지은 조부자 집이라는 내력이 적힌 안내판이 길손을 맞이한다. 담장 너머로라도 넘어다볼까 하고 기웃거려보아도, 기와 덮인 흙 돌담이 지형따라 층을 이루고는 있으나, 그 높이가 일정하여 여의치를 않아, 담장을 끼고돌아 비탈밭으로 올라가려는데, 흙과 돌을 켜켜이 쌓은 담장 밑을 따라 도는 작은 도랑 옆으로, 오두막 집채만 한 바윗돌이 버티고 앉았는데 '화사별서' 네 글자가 굵직하게 쓰여 있고 '융희 제11회 중추…'라고 세서를 달았으나, 희끗희끗한 마른 이끼가 얼룩져서, 음양각의 구분이 선명치를 않아 판독이 어렵다.

담장 안의 고택 지붕이 붓끝으로 획을 긋듯 곡선이 날렵하여, 용머리와 추녀선이 사방으로 번뜩번뜩 날아갈 듯 산뜻하나, 근엄한 예스러움에 육중함이 무게를 더한다. 담장 안의 옛 영화를 연상하며 주인이 있을 때 다시 한 번 찾아와 부귀영화의 뒤끝을 듣고 싶다. 하루코스라도 구례까지는 충분한 길이지만, 섬진강 굽이마다 아련한 옛이야기들이 필자의 발길을 한사코 부여잡아 최 참판 댁에 들어서니 하동 포구 팔십 리에 해가 저문다.

4

섬진강
꽃길 따라 (하)

최 참판 댁을 뒤로하고, 이슬 머금은 무덤이들 청보리의 싱그러움을 흠뻑 마시며, 섬진강을 마주하고 우회전을 했다. 비 온 뒤끝이라 서인지 아침 안개가 나직하게 갯버들 사이로 피어나는 섬진강의 풍광이 길손의 넋을 뺀다. 강가의 대숲 속에 '토지'의 촬영 세트이던 월선이의 초가집이 보이지를 않는다. 이따금 지날 때마다 언젠가는 꼭 한 번 들려야지 했는데 주차장이 없어서 철거를 했었나. 누가 '월선 주막'이라 편액을 걸고 신장개업을 할 생각은 없는가.

매화 이화 꽃필 때면 이산 저산 바위틈에, 지천으로 널린 달래 솥뚜껑에 전 지지고, 고소산성 생고사리 산채 나물 한 접시에, 백련도요 막사발에 한 잔술이 꿀맛일걸, 오고 가는 길손들이 그냥이야 가겠는가. 객은 돈을 버는 재주가 당초부터 없으니 월선이를 얻어 동업을 하면 노년에라도 코밑 걱정은 덜겠는데 호박이 넝쿨째 굴러오면 좋으련만 이래저래 입안에 괴는 침을 꿀꺽 삼키니 저 멀리 섬진강을 가로지른 아치형의 남도대교가 청홍색으로 영롱하여 무지개가 뜬 것 같다.

쌍계사와 칠불사 양 계곡에서 흘러오는 화개천이, 섬진강에 와 닿는 지점에 사시사철 시끌벅적한 화개장이 오전 일찍부터 부산해졌다.

운조루

타인능해 우조루의 쌀 뒤주

관광버스에서 내린 상춘객들이 꾸역꾸역 몰려들고, 산약초 가게마다 시음용 차를 끓이는 냄새가 사방에서 코를 잡아당긴다. 각설이 엿장수와 뺑덕어멈도 차림새를 다 갖췄고, 대장간의 쇠메 소리는 아까부터 시작됐다. 김동리 선생의 소설 역마의 주인공인 성기도 이제는 돌아와 사람들 속 어딘가에 있을 것 같은 화개장이 됐다. 조영남은 노래에서 없는 건 없다 했으나, 요새는 없던 것도 다 있고 별별 것도 다 있다. 운전만 아니면 약초술 한잔에 은어 튀김 한 접시면 '딱'인데, 군침만 삼키고 길동무 생기면 그러기로 하고 화개 다리를 건넜다.

십 리 벚꽃은 아직은 이르고, 하동포구 나룻가에 남대우 선생의 '하동 포구' 노래비에 쓰인 대로, 쌍계사 종소리를 들어보면 알 거라고 했으니,

하동 배꽃 만개하여 이화에 월백하면
쌍계사에 다시 들려 범종 소리 들으면서
아홉 번을 덖고 비빈 하동녹차 마주하고
은한이 삼경토록 두견새 벗을 삼아
섬진강 흐르는 사연 두고두고 새기리라

하고 훗날을 기약하고, 구례 방향으로 차를 몰았다. 이내 '전라남도'라는 표지판이 나왔다. 경상남도에서 전라남도로 넘어서는 경계 지점이다. 영호남의 나들목을 지나면 곧바로 검문소가 나오고, 우회전을 하면 연곡사가 있는 피아골이다. 피아골이야 가을 단풍이 남도 제일이 아닌가? 국보와 보물이 수두룩한 연곡사도 단풍들면 찾기로 하고, 직진을 하여 검문소를 지나니 갑자기 산자락이 벼랑처럼 가팔

라져서 협곡 속을 들어 온 듯 위압감이 감도는데 황토색 안내판이 길을 멈추게 한다.

'석주관 칠의사'이다. 언제나 까마귀 활 보듯이 무심코 지났던 곳이다. 넓지는 않지만 잘 정비된 주차장에 차를 세우고, 옷매무새를 고치고 돌계단을 올라서서 칠의사로 들어섰다.

이곳에는 정유재란 때 진주성을 함락시키고 구례로 쳐들어오는 왜적을 맞아, 일곱 분의 선비가 2천여 명의 의병과 승병을 이끌고 결사항전으로 싸웠으나 장렬하게 전사한 순국의 현장이다. 매천 황현 선생이 지으셨다는 글귀의 주련과 최익현 선생의 칠의각기가 호국 영령의 넋을 달랠 뿐, 잊지 말아야 할 잊혀져가는 역사의 현장이 찾는 사람이 없어 괴괴하고 적적하다. 당시 구례의 인구가 오천인데 의병과 승병이 이천이었다니 충절의 영령 앞에 머리가 숙여진다. '정유전망 의병추념비'에 '혈류성천 위벽위적'이라 쓰였으니 피가 흘러 강이 되니 푸른 물이 붉게 물들었다는 가슴 아픈 역사가 섬진강에 흐른다.

석주관 칠의사를 나와 토지면 소재지에 접어들면서부터 강과 길이 여기서는 멀어지고 넓은 들판이 펼쳐진다. 구만들이다. 길가의 표지판이 '운조루'라고 일러주는 대로 들어가면, 넓적한 연못을 앞에 두고 솟을대문에 이어진 행랑채가 좌우로 길게 늘어진 운조루다. 동행랑 서행랑을 좌우로 날개를 단 솟을대문을 들어서면, 작은 사랑채와 안 사랑채를 옆에 두고 누마루가 달린 사랑채와 마주한다. 기둥이며 도리와 중방의 목재가 윤기라고는 찾아볼 수 없이 검댕로 주름져서, 이백삼십여 년의 기나긴 세월의 흔적이 너무도 역력하고, 세상사 흥망성쇠를 누군들 알겠냐만, 영화의 자취는 간 곳 없이 사라지고, 부귀의 흔적들만 곳곳에 남겨둔 채 베틀 소리, 다듬이 소리 사라진 지

오래이고, 아기 울음소리는 기억조차 없는데, 책방에 글 읽는 소리 그친지가 언제든가.

역사 속에 묻혀가는 애환의 사연들을 대물림받은 칠대손 류홍수 씨가 가문의 내력을 일러주며 자세하게 안내를 하는데, 안채로 들어가는 안대문 앞 사랑채의 헛간에 한 아름이 훨씬 넘는 통나무 뒤주가 있다. 쌀이 나오는 아랫부분에 '타인능해'라고 한자로 쓰여 있다. 밥 굶는 이들의 연명을 위하여 가진 자가 베푸는 나눔의 뒤주이다. '가솔과 인척들은 근접하지 말라, 이는 오로지 타인만이 여는 것이 가능하다.' 라고 해석하고 싶다. 당시로선 끼니를 굶는 사람이 한둘이겠냐마는, 초근목피로 보릿고개에 지친 이웃을 위한 연명의 쌀인 구휼미를, 가져갈 만큼 묻지 말고 가져가라는 운조루의 창건주인 류이주 어른의 고마움이, 수백 년 세월이 흐른 오늘에도 두고두고 고맙다. 밥을 짓는 연기도 담을 넘지 못하게 운조루의 굴뚝은 모두 댓돌 축대 밑으로 뚫어져 있어, 연기를 마당으로 깔리게 하였으니, 땔거리가 없어서 아궁이에 불도 지피지 못하는 이웃들의 심경이라도 자극하지 않으려고 했던 자상스러운 깊은 뜻에 고개가 숙여진다. 지주들의 수탈에 봉기했던 동학군으로부터도 가솔들이 무탈했고 운조루는 무사했다. 더구나 6·25 전쟁 때도 인민군에 가담한 이웃사람과 머슴들의 결사보은으로, 북괴군의 살육으로부터 대지주의 식솔들은 몸을 피할 수 있으며, 운조루는 전화를 면할 수 있었다니, 이는 '타인능해'의 뒤주에는 구휼의 쌀 말고도, 사람이 살아가는 근본과 이치까지 가득가득 채워둔 공덕이었으리라.

얼마 전 입적하신 법정 스님은, 조관도 허욕이니 대평상에 누워서 입은 옷에 가시면서, 무소유의 참뜻을 일깨워주셨지만, 속세의 삶이야 그러지는 못하지만, 과소유에 빠져버린 오늘의 세태가 너무나 부끄럽고 송구하고 민망하다. 민박을 위해 행랑채를 손질하고 있다니, 훗날 다시 들러서 하룻밤을 묵으면서 잊혀진 옛이야기들을 야심토록 듣고 싶다.

구만들을 빠져나와 화엄사 길로 접어들었다. 벚꽃나무 가로수가 길 양가로 줄지어 선 계곡을 따라 한참을 오르면 천년 고찰 '화엄대총림 지리산 화엄사'다. 백제 성왕 22년 서기 544년에 창건되었으니 국보와 보물이야 많기도 하지만, 필자는 이를 지켜낸 인간 보물이 있어 다시 찾았다.

구례 화엄사 하면 각황전이 앞선다. 현존하는 목조 건물로는 국내 최대인 국보 제67호이다. 정유재란을 일으킨 십만 왜병이 진주성을 함락시키고 구례로 쳐들어오자, 호남의 관문인 석주관에서 화엄사 승병들이 결사 항전하다 전멸을 하였으나, 가등청정은 이에 앙갚음으로 화엄사를 불태워버렸다. 이후 폐허의 대가람 중건을 위해, 조선조 제19대 왕인 숙종의 계비 숙빈 최씨의 시주로 옛 장육전 자리에 현존 전각을 짓고, 숙종은 친히 깨달은 바 있다 하여 '각황전'이라는 사액을 내렸다는 기록이 각황전 상량문에 씌어져 있다 한다. 숙빈 최씨가 '동이'인지 나주 목사의 부인 민씨의 시녀 '복순'인지는 사학자의 몫으로 돌리고 필자는 장엄한 각황전 돌계단 아래에서 차일혁 총경을 기리며 머리를 숙였다.

차일혁 총경! 그는 6.25전쟁 중인 1953년 서남 지구 전투경찰대 제2연대장이었다. 당시 지리산에 본거지를 둔 빨치산 남부군이 화엄사를 은둔지로 삼고 있어, 화엄사를 불태우라는 상부의 추상같은 명령이 내려진 것이다. 부하 일백 명을 인솔하여 화엄사에 도착한 그는, 빨치산 토벌대장으로서 항명도 할 수 없는 진퇴양난의 촉각에서, 그는 선조들이 물려준 천년 대찰인 문화유산을 지켜야겠다는 데 목숨을 걸었다. "절을 태우는 것은 한나절이면 족하지만 다시 지으려면 천 년도 부족하다"며 절집 문짝만 떼어내어 불을 태우고 "불을 지른 것은 사실이니 우리는 명령을 따랐다" 했다니, 총명한 기지와 혜안이 각황전을 지켜내어 오늘의 우리들께 오롯이 물려주었으니, 그는 곧 화엄사의 또 다른 보물이 아니라 하겠는가!

몇 해 전에야 그의 뜻을 기리며 추모비를 세웠으니 그나마 다행이지만, 고인 앞에 송구하고 죄스럽다. 요즘은 어디를 가나, 절집마다 경쟁이라도 하듯이, 키 큰 불상들을 잘도 세우더라만, 부처나 보살이 아니라고 흉상이라도 하나 못 세우는 걸까. 부처 보살이 따로 없다 해놓고선 말과 뜻이 다른 건지, 이만하면 부처이지 군담이 절로 난다. 마음 같아서야 부처님께 큰절하고, 불전함 하나 들여다가 이 공덕도 공덕이니 불공드리러 가는 신도, 십시일반 성금 모아 작더라도 동상 세워, 두고두고 숭고한 뜻을 천추만대로 기리고 싶어진다. 각황전과 동갑내기인 흑매는 삼백여 년의 역사를 오늘도 말없이 지켜보며 각황전 옆에서 꽃망울 맺고 섰다.

화엄사를 나서서 마을 앞 갈림길에서 표지판의 안내대로 우회전을 하여 빤히 보이는 매천사를 찾아갔다. 매천 황현 선생의 사당이다. 구한말의 십 년사인 매천야록과 천어 수의 시를 남기신 조선의 미지막 학자이신 황현 선생! 진주와는 인연이 깊은 사연이 있다. 임진왜란에 혁혁한 공을 세우고, 진주성 대첩에서 장렬히 전사하신 충청도

병마절도사 황진의 10대손이고, 을사늑약을 전해 듣고 '새 짐승도 슬피 울고 산하도 찡그린다. 무궁화 이 강산이 속절없이 망했구나'로 시작되는 절명시 4수를 남기고 자결하신 순국열사이시다. 선생의 절명시를 오늘날 백 년 역사의 경남일보가, 선생의 순국과 함께 이를 게재하여 조선 총독부로부터 신문을 압수당하고, 정간까지 당한 '경남일보 필화 사건'이었으니 진주와는 인연이 아닌가. 오늘날 선생이 계셨더라면 작금의 정치 현실을 매천야록에 뭐라고 이어 쓰셨을까? 집집마다 학사 석사 한 집 건너 박사인데, 학력은 높으나 지식인이 없고, 학식은 높으나 쓸 줄도 모르는 이 현실을 두고는 뭐라고 하셨을까. 무능한 왕조의 부정부패에 급제한 벼슬길도 초개같이 버리시고 낙향하시어, 외침 국란에 맞서 싸우지도 못함을 부끄러워하시며, 글 아는 선비구실도 참으로 어렵다 하시더니, 끝내는 망국의 한과 분을 풀지 못하여 자결을 하셨으니, 선생의 '오애시'를 빌어 필자는 '매천애시'를 쓰고 싶다. 국사를 소일거리 정도로 삼는 정치인들은, 귀먹고 눈멀어 바른 입도 없거니와 텅 빈 머리에 남의 감투 쓰고서 자리만 보존하니, 빈부의 골은 날만 새면 깊어지고, 국고는 분탕질로 거덜이 나는데, 묻는 길도 일러줄 지식인이 없으니, 이 땅의 젊은이들이 갈 곳 몰라 헤맨다.

영정을 모신 위패 아래서 향을 올려 예를 갖추고 문을 나서니, 해는 서산에 걸리었고 백로 한 마리가 하늘을 가르며 어디론가 날아간다.

5

옥천사를
찾아가며

길목마다 요란했던 확성기 소리도 신호등 교차로마다 배꼽 인사를 해대던 무리들과 백댄서처럼 춤을 추어대던 무리들도 간곳없이 사라졌다. 무당집 같던 현수막이 걷어지고 울타리엔 줄장미가 만발했다. 도깨비들의 난장판을 방불케 했던 1인8표제의 6·2지방선거의 소용돌이에 파묻혀 철이 가는 줄도 몰랐다. 산은 한껏 짙푸르고 들녘에는 보리도 익고 밀도 익었다. 고향의 냄새인가, 추억의 향기인가. 어디선가 밀 굽는 냄새가 나는 듯하다. 어지럽혀졌던 마음도 다잡고 머리도 식힐 겸 추억의 향기를 따라 길을 나섰다.

진주 대전 간 고속도로에서 연화산 IC를 나와서 우회전을 했다. 연화산 도립공원이라는 표지판을 따르면 영오면과 개천면을 거쳐서 옥천사로 가는 길이다. 갈림길에서 길을 물으면 사람마다 대답들이 각각으로 달라서 재미가 있다. 재미있게 물으면 재미있게 답하고, 신나게 들어주면 신이 나서 말한다. 사람과 사람의 오고 가는 만남이다.

이삼십 년 전 시골에서는 하루에 두세 번 오가는 버스를 기다리며, 어르신들이 양조장에 들러서 막걸리 한 잔씩을 사서 마시고 땀도 식

옥천 입구 하마비

옥천사 물레방앗간 터와 돌확

혔다. 옥천사 들머리인 이곳 개천면 소재지에도 버스 정류소 옆에 양조장이 있었다. 옥천이 흘러 물 좋기로 소문난 곳이라 '개천 막걸리' 하면 백 리 밖에서도 유명세를 누려왔다. 필자도 그 옛날 엄지손가락 잠긴 채로 한 사발 가득 퍼주던 막걸리 한 잔을 들이켜고, "안주 하이소" 하던 주인아주머니께 "이다음에 먹겠습니다." 해 놓고는 30여 년의 세월이 흘렀다. 당시의 양조장 술안주로는 알이 굵은 시커먼 왕소금 한 접시가 전부였는데 된장에 잘 삭힌 노릇한 들깻잎을 내어 주셨다. 앳돼 뵈는 총각으로 자식같이 보여 내놓으신 특별 메뉴였던 것을 뒤늦게 깨닫고 무심코 사양한 것이 거절로 받아들이지는 않았을까 하고 두고두고 미안한 생각이 문뜩문뜩 들었다.

30여 년이 흘러버린 긴긴 세월의 추억의 맛을 찾아 두리번거렸더니 '개천 양조장'이라는 빛이 바랜 널빤지 간판이 옛날 그 자리에서 필자를 과거 속으로 잡아끌었다. 출타를 하려고 문을 나서는 곱게 주름지신 할머니께 말을 붙여 봤더니, 시집와서부터 대물림을 받았으니 그때는 아주머니였다면서, 옛날엔 다들 그랬다면서 술을 한잔 떠서 오겠다며 서두르시기에, 바쁜 사람을 붙잡기가 미안해서 "훗날에 또 들리겠습니다." 하고 포장된 막걸리 한 병을 사 들고 돌아섰다. 인정까지 퍼주고 싶어 하던 할머니의 머리카락은 세월의 빛에 곱게 바래져 은빛으로 빛났다.

마을 어귀에서 옥천교를 건너 한참을 지나 널따란 주차장에 차를 세웠다. 차는 옥천사 앞마당까지 갈 수 있으나, 수백 년 세월을 지키고 선 만고상청 울울창창한 소나무 숲길을 걷고 싶어서였다. 주차장 옆으로 산비탈의 개울 바닥에는 우둘투둘한 암반 위로 연잎만 한 발자국들이 무질서하게 움퍽움퍽 패여 있다. 안내판에는 '공룡 발자국 화석지'라는 설명이 쓰여 있다. 6,500만 년 전이라는 세월의 깊이가 실감 나지 않아 이내 발길을 돌렸다. 주차장 주변으로 숙박 시설과 휴식 공간이 군데군데 있고 팔각 정자로 잘 가꿔진 언덕 위로, 연화지라는 작은 못이 고요해서 평화롭고 물이 맑아 새파란데 노송들이 반사된 연화산의 풍광이 더없이 정겹다.

연화지 옆으로 식당답지 않게 고즈넉하게 산채 비빔밥집이 있어 막걸리병을 들고 들어가 자리를 잡았다. 과거 숙식을 겸한 옥천 여관일 때는, 산비탈에서부터 통나무 홈통을 층층이 이어서, 홈통을 따라 흐르는 물이 떨어지고 흐르고를 반복하며, 기와지붕 처마 끝에서 물줄기가 쏟아져 내렸고, 그 운치가 오가는 길손들의 발목을 잡았으며, 옥천사 바로 아래에 자리하고 있었다.

세월에 바래져서 잊혀져가는 옛 기억을 새삼스레 더듬으면서, 산채 비빔밥을 시켜서 산채 무침에 막걸리 한 사발을 들이켰다. 세상사에 부대끼어 답답했던 가슴이 풀어지는 듯했다. 여름이 오면 하룻밤 날을 잡아 다시 와서, 밤새도록 울어대는 소쩍새 소리를 다시 한 번 듣고 싶다.

연화지에서부터 계곡을 따라 아름드리 소나무와 도토리나무가 하늘을 뒤덮고 섰는데, 길섶으로 낭떠러지 깊숙한 계곡의 물소리는 속인을 멀리한 듯 절집 찾는 길손들을 거들떠보지도 않고 소리 내며 흘러간다. 그 옛날 열두 개의 물레방아를 돌리며 절답에서 소작료로 걷어온 천 석이 넘는 나락 방아를 철 가는 줄도 모르고 쿵덕쿵 쿵덕쿵 찧기만 하던 옛이야기를 나누는 것인지, 옥천사의 한지가 품질이 좋아서, 조정의 공문서용과 임금님이 쓰실 어람지를 제조하는 사찰로

지정되어, 진상 수량을 채우느라 밤새도록 찧고 찧던 닥나무 방아가 힘겨워서, 도망간 행자승의 이야기라도 나누는 것일까. 아니면 당대의 세도가인 함안 조씨의 족보용 한지 상납량을 견디다 못해, 옥천사의 노대덕이 보낸 "玉泉寺造紙, 盡入於咸安趙氏譜紙中 絶無餘力"이라, 훈으로 새겨 읽으면 "옥천사에서 만든 종이가 함안조씨의 족보 용지로 이미 다 들어가고 이제는 더 만들 남은 힘이 없습니다." 하고 간곡한 사절이지만 한자를 음으로만 읽으면 망측한 욕이 되는 짤막한 편지를 받은, 조씨 문중 사람들의 표정을 상상하며 깔깔거리는 웃음소리인지, 온갖 산새들이 지저귀는 소리에도 아랑곳없이 그들끼리만 도란거린다. 열두 개의 물레방앗간 돌 담장과 엄청난 크기의 돌확을 한참 동안 내려다보면 삐거덕거리는 물레방아 소리가 귓전에 아롱거리고 돌확을 내리치며 쿵덕거리는 방앗공이 소리가 가슴을 쿵쿵거린다.

절집 건물은 보이지도 않는데 천년 고찰답게 커다란 일주문이 길을 막고 섰다. 그 앞으로 지주석이 하나씩 세 개가 길섶에 꽂혀 있다. 원래 두 개씩 짝을 지어 두 쌍이 섰던 것인데, 하나를 양상군자가 뽑아 갔는지 남은 세 개만 섰다. 일주문을 세우면서 무식하게도 하나씩 모양새로 박은 것 같다. 기회가 있으면 다시 쌍으로 세워야 할 이유가 있다.

수백 년 동안을 아들딸을 점쳐온 영험한 돌기둥이었다. 지주석 구멍 속으로 돌을 던져서 둘 다 통과하면 아들을 낳고, 하나만 통과하면 딸을 낳는다고 철석같이 믿으며, 바라는 바를 얻고자 합장 기도하며 줄을 서서 차례를 기다릴 정도였다. 근거 없는 줄이야 누군들 모르랴만 애타는 이들이 적지 않은 탓이었으리라. 간절한 바람이 신앙이 되고, 절실한 기도가 소원이 된다. 힘이 되면 다시 제자리로 옮겨

심고 싶다.

숲길을 따라 한참을 걸으면 천왕문을 마주한다. 죄업 많은 중생더러 사대천왕의 검문을 받으란다. 고개를 쳐들어 천장 높이의 사대천왕 얼굴을 쳐다봤더니, 퉁방울 같은 눈을 부라리며 시퍼런 청룡도에 떡메만 한 주먹을 쥐고 힘을 불끈 주기에 잽싸게 합장하고 고개를 깊숙이 숙였다. "용서는 두 번씩을 하였지만 용서받을 일은 거듭하지 않았습니다."라고 해도 아무 말이 없어서 눈 감이 주나 보다 하고 이쪽저쪽 대놓고 꾸벅꾸벅 절을 하고 통과를 하니까, 여느 절집에서는 볼 수 없는 하마비가 섰다. 임금님이 쓰실 어람지인 한지를 만들어 진상하는 사찰이며, 호국 승군의 군영이니 절 문 앞에서 말에서 내리란다.

연등교를 건너 돌계단을 오르면, 시골학교 운동장만 한 널따란 마당에 높다란 석축 위로 웅장한 자방루가 천 년 역사의 무게를 짊어지고 성루와 같은 위풍당당한 기세로 가로막고 섰다. 양옆으로 작은 대문이 있어 오른쪽은 해탈문이요 왼쪽은 연화산 옥천사라 쓰여 있어 정문인 격이다. 자방루 아래로 크게 문을 내지 않은 까닭은, 대웅전과 자방루가 정면으로 마주하고, 적묵당과 탐진당이 좌우로 마주하여 口자 모양의 안마당을 중심으로 나한전, 명부전, 산령각, 독성각, 칠성각, 팔상전이 다른 당우들과 함께 겹겹이 둘러싸서 연꽃 모양을 이루고 있어, 연꽃 정면에다 구멍을 내지 못하고 꽃잎 사이로 문을 낸 것이다. 안마당으로 들어서면 연꽃 속에다 무게를 실어서는 안 된다는 연유로 석탑도 없다. 높다란 돌계단 위로, 676년 의상대사가 창건한 화엄 십대 종찰이었던 천년 고찰 연화산 옥천사의 대웅전이 내려다보고 있다.

대웅전에 들러 예를 갖추고, 옥천각의 옥수를 한 바가지 퍼서 마셨다. 이 옥샘이 의상으로 하여금 절을 짓게 하였으니, 천삼백여 년을 줄지도 불지도 않으면서 오늘도 소리 없이 솟아나고 있다. 일찍이 청담 스님은 이 옥수를 마시며, 한국 불교의 정화 운동을 계획하셨을까. 청담 스님의 사리탑 앞에서 고개를 숙였다.

'우리는 지금 어디를 향하여 나아가야 합니까?'

무거운 고개를 들고 연화봉 위로 하늘을 쳐다보니 떠가는 뭉게구름 사이를 뚫고 유월의 햇살이 부챗살처럼 뻗쳐 내린다.

6

서산 서원을 찾아서

칠월이 되면 이육사의 시 청포도가 생각난다. 조국 광복을 청포를 입은 손님이라 한 퇴계 선생의 14대손인 선생께서는 청포를 입은 손님맞이를 위해 의열단에 가입 항일 독립운동에 팔을 걷어붙이고 서울과 베이징을 넘나들다 대구 형무소 수인 번호 264를 우리의 가슴에 남긴 채, 서울에서 체포되어 베이징으로 압송되어 광복 한 해를 앞두고 감옥에서 숨을 거두셨다. 청포도가 익어가는 그림 같은 정경 속의 그 어떤 고향을 우리의 가슴에 남기셨다. 고문과 회유를 끝끝내 뿌리치고 변절하지 않은 선생을 기리며 생각나는 곳이 있어 차를 몰았다.

변절과 지절을 되뇌면 사육신이 떠오른다. 단종을 복위하여 원칙과 기준에 따라 정통성을 확립하고 백번을 죽어도 사직의 기틀을 바로 잡자고 목숨을 걸었던 사육신! 우리는 죽임을 당한 사육신은 기억하지만 살아서 소리 없이 저항한 생육신을 잊어가고 있다. 진주에서 가까운 함안군 군북면 원북리에 생육신의 위패를 모신 사당이 있어도 예사롭게 지나치거나 아예 모르는 이들이 많다. 무료한 시간 정도면 충분한 거리라서 아무런 준비 없이 입은 옷에 나서도 좋다. 운동

보물 159호마애불

서산서원

화 한 켤레만 있으면 야트막한 방어산 중턱에서 보물 제159호 마애약사여래불을 뵙고 감로수 한 바가지도 마실 수 있어 꼭 한번 가볼 만한 곳이다.

함안군 군북면과 진주시 사봉면을 잇는 1004번 도로 옆에 널찍하게 마련된 주차장과 높다란 홍살문이 있어 찾는 길이 어렵지는 않다.

함안 방면에서 오든 진주 방면에서 오든 멀찍이서 보아도 고래 등 같은 기와집 무더기가 한눈에 들어오고 작은 동산도 예사롭지 않게 운치를 더하는데 화려한 단청에 정교한 비각의 자태가 노송을 배경으로 한 폭의 그림 같다.

주차장에 차를 세우면 솟을대문 앞으로 작은 연못에는 아치형 석교를 놓아 정원이 잘 꾸며져 있고, 숭의문이라는 현판이 붙은 정문인 솟을대문을 들어서면 유생들의 숙소인 상의재와 헌관들의 숙소인 양정당을 좌우로 정면에는 서산 서원이라는 현판이 크게 걸려 있는 기와지붕의 웅장한 외모와 근엄한 품위가 찾는 이의 몸가짐을 경건하게 한다. 서원 뒤를 돌아가면 경앙문이라는 작은 대문이 있고 여기를 들어가면 생육신의 유물을 보관 안치했던 소청각과 제사를 준비하는 전사청이 좌우로 마주 보고 섰는데 정면에는 충의사라는 현판이 붙은 생육신의 위패를 모신 사당이 묵묵히 역사의 무게를 깔고 앉았다. 어디를 봐도 찾는 이가 없음이 역력하고 널찍한 뜰 안이 적적하고 괴괴하다. 사당문을 열고 들어서니 제단 위로 위패함 여섯이 가지런하게 좌우로 정갈하게 안치돼 있어 경건한 마음으로 예를 갖추어 헌향 재배를 하고 잊지 않아야 좋을 충절의 얼을 되새기며 정좌를 하고 서산 서원 안내서를 살포시 펼쳐봤다.

서산 서원은 숙부 세조가 단종의 왕위를 찬탈하자 비분강개하여 불사이군의 절의를 지킨 생육신 경은 이맹전, 어계 조려, 관란 원호, 매월당 김시습, 문두 성담수, 추강 남효은 선생의 충절을 천양하고 덕의를 숭모코자 함안이 향리인 어계 조려 선생께서 은둔 소유하던 이곳 백이산인 서산 아래에 1703년 숙종 29년에 유림의 뜻을 모아 서원을 건립하여 생육신의 위패를 모신 후 액호를 하사받은 사액 서원이라 요약돼 있다. 수양의 찬위에 벼슬을 버리고 모두들 낙향하여 맹농의 중병을 위장하거나 단종이 사사되자 종적을 감추고 삼년 복상을 치르는 등 다시는 한양 땅을 밟지 않으셨다는 지절의 넋이 오늘날의 세태를 꾸짖는 듯 등줄기를 타고 진땀이 흐른다. 무슨 연대 야전 사령관이라고 자처했던 이가 대선주자가 상대편으로 결정되자 일등 공신을 자처하고 나서는 선량하며, 운동기간에는 흔적조차 없던 이가 단체장 당선 확정이 발표되자 맨 앞줄에 서서 제일 힘차게 만세를 부르는 이를 생육신은 아실 것 같아 나도 모르게 이상한 웃음이 나와서 "무례함을 용서하십시오" 하고 얼른 자세를 고쳐 앉았다. 세상이 바뀌니 세태 따라 12간지에 새 가지가 돋아나서 박쥐띠가 생긴 것을 어찌 모르시랴. 후텁지근한 날씨에 준엄한 나무람을 듣고 앉았으니 전신이 땀에 젖어 살며시 문을 열고 나섰다. 야단을 다 맞고 나온 기분 같아서 마음이 홀가분한데 어디선가 불어오는 한점 바람결에 가슴 속까지도 시원하고 후련했다.

주차장 옆으로 도로를 사이에 두고 건너편에는 작은 동산 아래로 오백 년 은행나무는 천수를 다한 듯 잎을 피우지 못했는데 백세청풍의 채미정이 고즈넉이 눌러앉았다. 생육신 어계 조려 선생을 백이숙제가 서산에서 채미가를 부르던 고사에 비할 수 있다 하여 채미정이라 했다 하니 선생의 성품을 짐작케 한다. 건너편 쌍절각의 안내문에는 어계 조려 선생의 5세손인 의병장 조종도 장군이 정유재란을 맞아 가등청정에 맞서 함양 황석 산성에서 장렬히 전사하자 부인 이씨도 스스로 목숨을 끊었다하여 호국충절과 정절을 선양코자 세운 쌍절각은 그 건축미가 예사롭지 않아 길손들의 발길을 멈추게 한다.

　내친김에 안내판이 일러주는 대로 어계 고택을 찾았다. 십분정도를 걸었을까 한데 수백년은 족히 된 은행나무가 세월의 깊이를 일러주고 섰는데 솟을대문에 기와지붕의 고택이 예스러움을 흠씬 풍기고 근엄하게 앉았다. 어계 선생의 후손이 옆집에 살면서 삼월 초 정일에 제사를 모시고 생가는 인근 명관마을이라 일러주며 건너편 절벽 아래 개구리바위가 있는데 선생께서 낚시를 하던 곳이라 일러준다.

　벼랑을 등지고 개구리를 꼭 닮은 커다란 바위가 방어산을 향해 금방이라도 펄쩍 뛰어갈 듯한 자세다. 개구리바위에 올라 선생께서 앉았을 만한 옆자리를 띄우고 양반다리를 하고 앉아 보았다. 침석정이라 음각이 되어 있고 바위 아래의 작은 도랑은 콘크리트로 옹벽을 쳐서 피라미 한 마리도 구경할 수 없으나 당시에는 꽤나 깊은 소가 있었을 법하다. "선생님 고기가 낚시를 물고 달아나는데 뭘 하십니까?"라고 해봤자 응당 답은 없을 것이고 그래서 '백이숙제도 수양산에 들어가 고사리만 먹다가 굶어 죽지 않았습니까? 어찌 그리 융통성이 없으십니까? 선생님 때문에 저도 삼당 합당 때에 따라가지 않아서 이 고생을 합니다.' 그래도 흘러가는 구름만 바라볼 것이어서 더 큰소리로 "가솔들은 어쩌고 삼족들 생각이나 하셨습니까? 함안 조씨가 멸문을 당할 뻔하지 않았습니까?" 그제서야 낚싯대를 들어 대롱대롱 매달려서 파닥거리는 피라미를 떼어 도랑물에 되놓아 주셨다.

선생께서 세월을 낚으셨던 곳이 예 말고도 또 있다. 서산 서원에서 군북 방향으로 1㎞ 남짓 가다 보면 철길을 사이에 두고 오른쪽으로 개울을 따라 길게 뿌리를 내린 절벽이 절경이라서 지나는 길이면 눈에 얼른 띈다. 깎아지른 절벽이 열두 겹으로 원근의 조화까지 일정하여 마치 열두 폭 병풍을 골이 지게 펼친 듯한데 가운데 폭에는 굵은 글씨로 백세청풍이라 쓰였으니 어계 선생의 인품을 새긴 어조대이다. 복선화 철길 공사로 지금은 흙탕물이지만 훗날 낚싯대를 한번 던져 보기로 하고 마애불을 알리는 표지판이 일러주는 대로 차를 몰았다.

모내기가 막 끝난 들판을 가르며 아스팔트 포장이 잘된 길을 따라 5분 남짓한 거리의 산골짜기에 마애사 주차장이 널찍하고 깔끔하게 마련돼 있어 차를 세웠다. 마애사의 대웅전인 극락보전을 지나 산령각 옆으로 잘 닦여진 갈지 자형 산길은 하늘을 찌를 듯 곧게 자란 낙락장송이 울울창창한데 도토리나무도 뒤지지 않을세라 하늘을 가리고 한껏 짙푸른 호젓한 길이다. 이만큼에서 쉬어갈까 할 무렵에 흑적색의 바위 절벽이 내려다보고 섰다. 방어산 마애약사여래삼존불입상이다. 일광과 월광보살을 좌우 협시보살로 삼은 음각된 삼존불로서 애장왕 2년(801년)이라는 조성 연대를 새겨놓은 보물 제159호이다. 1200년 세월의 상처로 바윗돌이 조각조각 삭아서 떨어져 내린다. 중생들의 우환을 거두시느라 약사여래의 육신이 작은 조각으로 부스러져 흘러내리고 있는 것이다. 합장 삼배를 올리고 근처 약수터를 찾았다. 작은 베개만 한 크기로 옴폭 파진 암반의 약수를 한 모금 마시니 무거웠던 가슴의 돌덩어리가 떨어져 나간듯한데 멀리 건너다보이는 백이산 산마루의 비안개 속에 어계 선생의 존영이 그림자 진다.

백의종군로와 황계 폭포

이른 장마가 끝나기가 무섭게 삼복더위가 기세깨나 부린다. 삼십사오 도를 넘나드는 폭염의 연속에다, 연일 계속되는 열대야는 밤잠을 훼방 놓고 새벽녘에나 시치미를 떼고 물러간다. 이따금 마른하늘에 번갯불이 번뜻하면 한줄기씩 퍼붓는 소나기가 천둥소리를 문밖까지 몰고 오는 여름치고는 꽤 멋이 있는 나날이다. 중복이고 해서 보양식보다는 더위를 즐겨볼 요량으로 길을 나섰다.

충무공은 백의종군 길의 난중일기에서 무쇠가 녹고 구슬이 녹을 듯이 땅이 뜨겁다고 하셨다. 그날이 바로 단계에서 합천 초계의 권율 장군 진영으로 가다 삼가현에 닿았던 정유년 오늘 중복 날이었다. 비로 인하여 하루를 더 머물렀다고 한 것으로 보아 간간이 쏟아진 폭우로 냇물이 불었던 모양이다. 충무공을 만나 뵙기로 하고 백의종군로를 찾아 삼가로 향했다.

백의종군로의 기념 표지석은 하동 화개에서 옥종과 단계를 거쳐 삼가를 지나 합천 초계까지 중간중간 갈림길마다 하얀 화강암에 네모지게 오석을 연마하여 흰 글씨로 이정표처럼 세워져 있어 오가는 길에

남명선생 단성사직소 전문비

황계폭포

눈여겨보면 누구나 쉽게 볼 수 있다.

삼가면 소재지는 33번 국도 진주 합천 간 중간 지점이고 동서로는 20번 국도를 이용하면 길 찾는 것은 문제가 될 게 없다.

삼가면 소재지가 삼가 5일장터이고 장터 옆으로 흐르는 양천강 다리목에 커다란 조형물인 기념탑이 있어 차를 세웠다. '정미 의병 전쟁 삼가 의병장 순국 기념비'와 '삼가 장터 3 · 1 독립만세 기념탑'이다. 비문과 안내문을 읽고는 몇 오라기 남지 않은 머리카락이 햇볕에 타버린들 아까울 게 없다 하고 볕 가림 모자를 벗고 깊숙이 허리를 굽혀 절을 올렸다. 이글거리는 태양열이 뒷덜미에 숯불을 퍼붓는 듯했지만 순국의 영령과 호국의 선열 앞에 얼른 고개를 들 수가 없었다. 헌향 헌화가 없어도 이토록 떳떳하고 당당하며 준엄하고 근엄할 수 있는 기념비가 흔치는 않으리라.

두 비문을 요약하면 1905년 을사늑약에 이어 1907 정미 7조약으로 일제는 우리의 군대까지 해산케 하여 전국은 구국의 의병 전쟁이 확산되었고 1908년에 이곳 삼가에서는 한치문 56세, 김팔용 41세, 그리고 17세의 이소봉을 비롯 이삼십대의 이차봉, 김우옥, 김응오, 김화숙, 장명언, 김찬숙 등이 의병장으로 왜병과 싸우다 꽃봉오리 같은 젊은 나이에 순국하였으니 정의에 앞장서는 경의 사상은 기미년 3 · 1 독립만세 운동으로 이어져 음력 2월 17일과 22일 삼가 장날을 기하여 두 차례에 걸쳐 삼가, 쌍백, 가회면 등 인근면민 3만여명이 독립만세를 부르며 일제의 총검에 맞서다가 40여 명이 현장에서 순국하고 150여 명의 부상자와 50여 명이 투옥된 국내 최대의 3 · 1 독립만세 운동으로 밝혀지고 있어 고귀한 영령의 뜻을 기리고자 탑과 비를 세웠단다.

남녀노소가 필사의 결의가 아니고서는 장터까지 수십 리 길을 목숨을 걸고 걸었겠는가! 당시의 인구로선 3만이라면 지역민 모두가 죽음을 각오한 사생결단의 항거이었음이 가슴을 찡하게 울린다. "선열이시여! 물려주신 이 강산을 길이 보전하겠습니다. 두고두고 굽어살펴 주옵소서" 하고서야 발길을 돌렸다.

삼가면사무소 삼거리에서 우체국 쪽으로 십여 보를 가면 왼편으로 정자나무가 짙푸른 수정정이라는 정자 옆에 '이순신백의종군로 합천 율곡 33.1km 화개 114.7km'라고 쓰인 표지석이 있고 이삼십 미터를 더 가면 오른쪽 길가에 예사롭지 않은 2층 누각이 눈에 띈다. 정면 3칸 측면 2칸의 겹처마 팔작지붕에다 닭 벼슬 모양의 난간이 멋의 조화를 이루고 적과 청 그리고 흑백이 두드러진 단청이 예스런 맛을 한껏 풍기는데 '기양루'라 양각된 현판이 덩그렇게 걸려 있다. 길손을 반기는 안내판에는 경남 유형문화재 93호로서 합천군 내에서 목조기와 누각으로는 제일 오래된 것이며 이순신 장군이 백의종군길에 머물렀던 곳이라 일러준다.

2층 누마루에 오르니 커다란 용 두 마리가 대들보를 걸터타고 마주보는 가운데 가수헌이라는 또 다른 현판 옆으로 '국기'라고 세필로 쓴 현판에는 '태조강헌대왕 5월 24일 건원능 양주'라고 쓰인 첫 줄을 시작으로 조선조의 왕과 비의 제삿날과 능명과 장소가 장헌세자에 이르기까지 빼곡하게 적혀있다. 이 또한 흔치 않은 유물이거니와 백의종군 중인 이순신 장군이 좌정하고 계신 듯하다.

"장군! 요즘은 삼가 한우 고기가 전국 제일입니다. 오늘이 중복이니 제발 사양마시고 드시어 기체를 굳건히 하셔야 왜적을 괴멸시킬 것이

옵니다."

백의종군 길에 수행군졸과 군량으로 쓰시라고 하동 현감이 소 다섯 마리를 보내왔는데 백의종군 길에 가당찮다고 돌려보내셨기에 말씀드렸더니 옷고름만 고쳐 매시고 들은 척도 않으신다. 이참에 아뢰자

"장군! 지난봄 백령도 앞바다에서 북한 잠수정이 어뢰를 쏴 천안함이 두 동강이 난 채로 침몰하여 금쪽같은 수병 용사 마흔여섯을 잃었습니다."

부끄러워서 모깃소리만 하게 아뢰었는데도 장군의 눈에서는 번갯불이 튀었다.

"경계 근무는 실수도 실패도 용서받지 못한다. 더구나 하나를 잃었으면 백을 잡아야지!"

뇌성벽력의 천둥소리가 귀청을 찢었다. 뒷걸음으로 살금살금 계단을 내려와 가회면 방향으로 차를 몰았다. "즉각 반격하고 응징하여 전리품을 내놓았으면 저들이 오리발을 내밀지도 못했을 것이고 이 땅의 불순세력도 입을 열지 못 할 것인데" 하고 더 아뢰었다가는 불벼락이 떨어질 것이고 장군이 오셨던 길을 거슬러 가수교 삼거리 백의종군로 표지석 옆에 차를 세우고 참았던 숨을 몰아쉬고 땀을 닦는데, 족히 수백 년은 넘었을 것 같은 노송이 하늘을 가린 언덕배기에 오랜 세월에 모가 달은 석상이 퉁방울 같은 눈을 부라리며 내려다보고 섰다. 소원을 빌면 이뤄진다 하여 사시사철 촛불 꺼지는 날이 없다고 들일 나가던 주민이 일러준다.

다시 1㎞ 정도를 더 가면 장군께서 더위를 피해 잠시 쉬었다는 500여 년 수령의 홰나무 그늘아래 앉아 땀을 식히며 장군의 유지를 되새겨 보니 우리가 나아갈 길이 아련하게 보인다.

덕진리 표지석에 닿으면 홰나무 정자까지는 900m로 적혀 있다. 여기서 잠시 5분 거리의 외토마을에 들리면 남명 조식 선생의 생가지와 남명 선생이 지은 뇌룡정이 있고 용암 서원이 깔끔하게 잘 정비되어 있다. 뇌룡정은'죽은 것처럼 가만히 있다가 때가되면 용처럼 나타나고, 깊은 연못처럼 묵묵히 있다가 때가 되면 우뢰처럼 소리친다.'라는 뜻으로 이름을 붙였다니 여기서 잠시 삼가 장터의 의병장 순국비와 3 · 1 독립만세 운동 기념 비문을 되새기면 남명은 훗날을 훤히 꿰뚫고 정인홍과 곽재우를 문하에 두고 제자들에게 경과 의를 가르친 연유를 알 듯하다. 합천군이 뇌룡정을 빗겨 흐르는 양천강과 영파대를 정비하면 풍광도 멋스러워 백의종군로와 함께 찾는 이가 많아 삼가 장터는 만세 운동을 방불케 할 게다.

다시 길을 되돌아서 덕진 삼거리에서 백의종군로와 작별하고 60번 도로를 따라가면 장대 삼거리가 나오고, 여기서 우회전을 하면 1089번 도로가 황매산 만남의 광장 삼거리까지 안내를 한다. 여기서 합천호 방향으로 직진을 하면 양리 삼거리가 나오고, 우회하여 1026번 도로를 따라서 용주면 소재지 방향으로 가다 보면 오른쪽으로 황계 폭포라는 커다란 표지판이 있다. 우회하여 다리목에 차를 세우고 700여m의 평평한 길을 개울을 따라가면 자연정이라는 작은 정자가 있다. 정자 옆 건너편으로 비스듬하게 폭이 넓게 흐르는 물줄기가 하단 폭포이고 연이어서 위로 12m 높이의 상단 폭포가 위용을 드러낸다. 물도 돌도 탐나고 찾아오는 사람까지도 탐이 나는 경치다. 남명 선생의 시 한 수가 빗돌에 새겨져 있다.

달아맨 듯한 물줄기 은하수처럼 쏟아지니

구르던 돌 어느새 만 섬의 옥돌로 변했구나
내일 아침 여러분들 논의 그리 각박하지 않으리
물과 돌 탐내고 또 사람까지 탐낸다 해서

한의학의 성지
산청 왕산을 찾아서

갑자기 잠자리의 홑이불이 얇아진 듯하더니 아침 공기가 상큼하고 서늘해졌다. 태풍이 더위 몰이를 하고 물러나자 먹장구름도 걷히어 하늘도 말끔하게 치워져 한껏 높아졌고 산과 들도 깔끔하게 씻어져 초목의 빛깔이 부드럽고 선명한데 온갖 과일이 날 좀 보라며 볼을 붉히는 완연한 가을로 바뀌었다. 이때쯤이면 가지런하게 익어가는 볏논의 들녘을 가로질러 가다 보면 띄엄띄엄 키가 큰 수수가 콩밭을 지키고 선 산모롱이마다 도토리 떨어지는 소리가 들릴 듯이 고향길이 그리워지고 햅쌀밥 짓는 냄새가 담장을 타고 넘어오는 계절이라 향수에 젖는다. 초가을의 야릇한 유혹에 고향 냄새가 맛보고 싶어져 산길이 아름다운 한의학의 성지 산청군 금서면의 왕산 자락 특집재를 향해 길을 나섰다.

대전. 통영 간 35번 고속도로 산청 IC를 나오면 해마다 5월이면 열리는 산청 한약 축제장이고 래프팅으로 유명한 경호강을 만난다. 강을 건너지 말고 우회를 하여 금서면 사무소 앞을 지나면 갈림길이 나온다. 좌회전을 하면 금서 농공 단지를 지나 지리산 대원사 쪽으로

국쇄전각

산청 한약공원 천부경

넘어가는 밤머리재이고 직진을 하여 한참을 가면 산청 한방 휴양 관광단지로 가는 길이다. 포장이 잘된 2차선 산길을 구불구불 돌아서 한참을 가면 탕제원이라는 안내판이 붙은 갈림길이다. 여기서 잠시 생각을 해야 한다. 운명이 달라지는 선택의 갈림길이기 때문이다. 좌우로 번갈라 "어디로 갈까 보으자"를 하던 선택은 자유다.

좌회전을 하여 탕제원으로 들어섰다. 차 문을 열자 탕약 냄새가 차 안으로 밀고 들어온다. 팔작지붕의 탕제원 건물을 등지고 산음 고을을 향하여 심호흡을 해봤다. 왕산이 등을 쳐주고 필봉산이 팔을 번쩍 쳐들어 준다. 가슴 깊숙이 탕약 냄새가 파고들며 허하던 기가 불끈 솟아오르고 오장육부의 혈이 시원하게 뚫리는 것 같다. 이러다가 만년 살아 산 귀신이 되면 어쩌나.

탕제원을 들어서니 삼십여 개의 약탕관이 제각기 증기를 품으며 숨가쁘게 끓고 있고 진맥실의 윤하정 원장은 한의서 삼매경에 빠져 미동도 않다가 헛기침 소리에 몸을 일으킨다. 약차 한 잔을 마주하고 마시니 멍멍했던 귀가 뻥 뚫린다.

탕제원을 나서면 한방 테마 공원이다. 안내판만 읽어도 일침 이구 삼약의 이치와 한약재의 독해를 구별하고 자기의 체질을 판정할 정도는 된다. 산 중턱을 깎아낸 한방 공원은 잘 포장된 도로와 엄청난 면적의 토목 공사는 이미 끝이 난 듯하고 빈터의 규모로 보아 더 많은 시설들이 더 들어설 모양이다. 한약 판매장 안의 온갖 약재들을 둘러보고 2차선 도로를 가로질러 높다란 기와지붕의 출입문을 나섰다. 뒤돌아 쳐다보니 높다랗게 '불노문'이라는 현판이 큼직하게 붙어있다. 늙지 않는 문이라니 이렇게 신비한 문이 예 말고 또 있겠나. 탕제원 갈림길에서 운명이 바뀐다고 했던 말은 이를 두고 한 말이다. 탕제원

쪽에서 들어오면 '불노문'을 나가게 되고 특집재 쪽에서 들어오면 '불노문'을 들어오게 된다. 들어가서 늙지 말거나 늙지 말고 나오거나 요량대로 하랍시고 한의학 박물관을 꼼꼼히 둘러보고 '국새전각전'으로 올라갔다. 정확한 이름은 '국새 제작 전각전'이라 해야 맞다.

제4대 국새를 이곳 5합토의 재래식 가마에서 전통 기법으로 구워 냈다며 세간을 뒤흔든 희대의 사기극으로 인하여 속절없이 공범자가 되어 죄 없는 고통을 감내하느라 비안개에 젖은 기와지붕은, 막새 끝으로 탄식의 눈물을 흘리는데 빗장 걸린 나무 대문은 육중한 자물쇠를 오지랖에 안고 고뇌의 침묵 속에서 국새 전각전은 고개를 숙이고 섰다.

측방 정면으로 왕산을 등지고 2층 누각의 등황전이 웅장한 자태로 높이 솟았다. 공사 중이다. 정면 뒤쪽으로 거대한 돌거북이 수직으로 석경을 향해 산을 기어오르고 있다. 귀감석이란다. 거북 등에 새겨진 문양과 상형 문자를 마음속으로만 읽고 돌계단을 따라 오르면 우리나라에서 최대의 기가 응집된 곳이라는 석경각이 나온다. 백두산 정기가 태백산맥을 타고 흘러 지리산서 뭉클 솟아 왕산의 이 자리에 응집되었다 하여 그 운기를 받아 국새를 제작하려고 국새원을 만든 것이다. 토목 공사 중에 출토된 커다란 바윗돌이 예사롭지 않아서 천부의 정기를 고루 비추려고 석경으로 다듬었는데 눈동자마저 선명한 봉황이 하늘을 향하여 솟구치는 문양이 신비롭게 드러나 천기가 흐른다 하여 천부인각경이라 했다. 석경 아래 돌부리에 손과 이마를 대면 백두대간의 기를 받는다 하여 찾는 이가 많다. 석경의 돌부리에 두 손바닥을 대고 이마를 붙여봤다. 중생은 그저 죄업을 빌었는데 기를 듬뿍 받았는지 기운이 펄펄 나는 듯도 하다.

류의태 선생의 동상 앞에서 옷매무새를 고쳤다. 당신의 몸을 제자 허준에게 내어주어 해부학의 효시를 이룬 살신성인의 제중의 높은 뜻에 감사의 절을 하니 하늘도 맑게 갰다. 주차장 옆으로 허준 선생의 동상이 우뚝 서서 무언의 처방전을 찾는 이에게 내리고 섰다. 공원한 바퀴를 돌고 나니 늦은 점심때라서 허기가 져서 주차장 옆의 한방식당을 찾아들었다. 산약초의 산채 나물에 약초버섯탕이 일미인데 운전 때문에 동동주 뚝배기에 군침만 삼키는 속내를 알아차린 주인아주머니는 동동주 작은 술잔 속에 인정을 녹여줘서 정겨움에 감사하고 특집재를 넘으려고 차를 몰았다.

고갯마루에 오르니 울타리를 둘러친 듯 분지 속의 광활한 가을 들녘이 예사로운 지형이 아님을 알 수 있다. 산청 흑돼지로 유명한 화계장터를 못 미쳐서 표지판이 길손을 붙잡는다. 류의태 약수터와 구형 왕릉의 위치를 일러주는 덕양전 안내판이 주차장으로 인도했다.

홍살문을 앞세운 고래 등 같은 기와지붕의 날렵한 누각들이 정교한 돌담장 너머로 겹겹으로 즐비하고 4개의 대문을 거쳐야 덕양전으로 들어갈 수 있는 작은 궁궐이다. 가라국의 마지막 왕 구형왕과 왕비의 영정과 위패를 모신 덕양전이다.

덕양전 돌담을 따라 계곡 길을 오르면 이내 골짜기 깊숙한 곳에 홍살문이 보이고 한눈에 피라밋을 연상케하는 웅장한 돌무덤인 구형 왕릉이 나온다. 홍살문을 들어서 솟을대문을 들어가면 '가락국양왕릉'이라는 육중한 비석 앞에 커다란 상석을 가운데 두고 8척장신의 문인석 무인석이 좌우로 기립하고 석마는 마주 보고 경계를 서고 있다.

산비탈을 따라 혼자 들기는 버거운 크기의 돌덩이를 수천인지 수만

인지 가늠키는 어렵고 이등변삼각형으로 일곱 개의 단을 지워 쌓아올린 꼭대기는 작은 원형을 하고 있으나 한눈에 보아도 모서리가 선명한 피라밋을 방불케 한다.

찬란했던 철기 문화의 오백 년 사직과 순박한 백성과 기름진 도읍지를 신라에 넘겨주던 폐하의 심정은 어떠하였으랴. 흥망성쇠가 재천이거늘 천운을 한탄한들 무엇하랴만 종묘에 죄를 빌고 백성 앞에 속죄코자 이토록 애달픈 유언을 남겼을까? 과인이 죽으면 흙으로도 덮지 말고 돌로만 덮으라고 했던 비통한 마음을 산천초목도 함께하고 산짐승 날짐승도 슬퍼하는 것일까. 폐하 가신 지 천오백 년 가까운 세월이 흘러도 산새도 까막까치도 능 위로는 날지 않고, 등넝쿨 칡넝쿨 한 가닥 범하지 않으며 흙먼지 한 점도 쌓이지 않아 잡초 한 포기도 나지 않으며, 가랑잎 하나 날려 오지 않고 이끼 한 점도 끼는 법이 없으며 산짐승 한 마리 밟는 법이 없다니, 심산계곡의 울울창창 수목 사이에서 그저 신비로울 뿐이다. 폐하의 영혼이라도 들고 납시라고 네 번째 단 가운데로 감실이라는 작은 문을 낸 것이 산 자가 할 수 있는 마지막 충성인가. 천오백 년 세월을 헤집고 찾아온 유생은 폐하께 읍하고 고개를 들어보니 높아 버린 하늘에 작은 구름 한 점이 그린 듯이 떠 있다.

차를 돌려서 류의태 약수터를 가리키는 비탈길을 들어섰다. 상수리나무와 고로쇠나무가 낙낙장송과 하늘을 향해 키 자랑을 하며 빼곡하게 늘어선 시멘트로 포장된 산길을 한참 오르다가 안내판이 시키는 대로 차를 세우고 걷기를 십여 분, 돌너덜의 작은 도랑의 물소리가 요란한 곳에 너덜의 돌로 평평하게 바닥을 깐 약수터가 나왔다. 돌너덜 사이로 물이 새어버리지 않고 흘러나오다니 예사롭지 않음은 분명하다. 정화수에 버금간다는 한천수로서 서출동류하니 만병통치의 약수인가 보다. 한 바가지를 단숨에 마셨다. 병마가 줄행랑치고 머리가 맑아진다. 억만 시름도 가노라 하직한다.

용유담
가는 길

　빨갛고 노랗고 그 어우름에 분홍과 주황이 자리한 틈새마다 청솔가지의 푸른 빛깔이 단풍의 색을 더욱 돋보이게 한껏 어우러져서 산야를 온통 은근한 열정으로 불태웠던 가을의 뒤끝이 아쉬움과 그리움으로 채색되는 겨울의 초입에서, 헝클어졌던 온갖 생각들을 가지런하게 정리도 할 겸 어디론지 홀가분하게 떠나보고 싶은 햇살이 따스한 날이다.

　진주 시가지를 벗어나 3번 국도를 따라서 경호강을 거슬러 오르며 차를 몰았다. 먼 산 높은 곳에는 된서리가 내리어 비둘기의 부드러운 솜털 같은 회색 빛깔이 양모 이불만큼이 포근해 보이고, 골짜기 초입의 옹기종기한 마을 어귀의 산기슭에는 아직도 가을의 끝자락에 발목을 묻은 채 샛노란 소국이 국화 향기를 은은하게 내뿜는데, 새빨간 적홍의 단풍나무 이파리는 고단한 기색도 없이 자태를 흐트리지 않고 정갈한 기품을 지키고 섰다.

　산모롱이를 돌고 또 돌아서 생초면 소재지의 날머리 삼거리에 차를 멈췄다. 국제조각공원이라는 안내판이 산기슭의 비탈길을 잠시

용류담 기암괴석

용류담 전경

오르게 하더니 이내 주차장으로 안내했다. 간간이 틈이 나는 날이 있어 나들이라도 해볼까 하여 어디를 갈 것인가 하고 궁리를 해봤자 거기가 거긴 것 같아서 생각만으로는 갈 곳이 없다. 길은 나서고 봐야 갈 곳이 많아진다. 한걸음에 온갖 구경을 다 즐기고 싶어서 구경거리에 욕심을 부리다 보면 아무 데도 못 간다. 홀가분한 차림으로 나서고 보면 왔던 곳이라도 날마다 다르게 보인다. 이곳 조각 공원도 그냥 지나치기만 했던 곳이었다.

대전 통영 간 고속도로를 이용하면 생초 IC에 내리면 경호강을 만난다. 다리 건너편 산기슭이 국제 조각 공원이다. 화강암 돌 조각상이 한눈에 띄고 목아 박찬수 선생의 조각 전수관이 대궐 같은 한옥으로 새로 지어졌고 조각 박물관도 큼직하게 세워져 있다. 조각의 문외한이라 딱히 어떤 감정도 못 느낀 게 왠지 부끄럽지만 웬만한 이들이라면 꽤 볼만한 곳인 듯하다. 휑하니 둘러보고 생초 삼거리에서 다리를 건너 생초 IC 입구에서 우회전을 했다. 조각 공원에서 느끼지 못한 조각의 문외한이 자연이 만든 조각에 흠뻑 취해도 될 만한 곳이 생각나서였다. 옛 선인들이 용유동천이라 이름 붙였던 휴천면 송정리의 계곡으로 지리산 신선과 아홉 마리의 용이 노닐었다는 용유담으로 갈 요량이다.

35번 고속도로의 교각이 덩그렇게 가로 질러진 아래로 하촌마을을 가운데 두고 들녘이 꽤나 넓은데 덕유산에서 흘러오는 남천강과 지리산에서 흘러오는 엄천강이 합류하여 경호강을 이루고 퇴적된 들녘은 사질양토로서 마, 우엉, 양파가 품질 좋기로 유명하며 물이 좋은 쌀이라서 밥맛이 으뜸이라 했다. 들녘의 날머리에서부터 엄천강이다.

산모롱이를 돌면 벼랑길이 강을 따라 그림 같은 절경이다. 느티나무와 도토리나무가 흙도 한 점 없는 길섶의 석축 틈바구니에 줄지어 서서 백년 고목이 되었건만 용틀임하듯 힘이 넘치고 잔잔한 강물에 고무신짝만 한 작은 배를 대나무 삿대질로 한가로이 저어가는 어부의 그물에는 고기 비늘이 햇살에 반사되어 반짝거린다. 얼큰한 민물 매운탕 끓는 냄새가 나는 듯한데 화계장터 삼거리에 닿았다. 산청 흑돼지와 엄천강의 민물고기의 진미를 맛보랍시고 식당들과 횟집 간판이 눈길을 끈다.

화계 삼거리에서 우회전을 하여 임천교를 건너면 함양군 유림면이다. 유림 삼거리에서 좌회전을 하여 백무동 마천이라는 표지판을 따르다가 아찔한 강변 벼랑길을 벗어나면 동호마을 초입에 우람한 정자나무 아래 청풍정이라는 육모 정자가 길손을 반기는데 둥글넓적한 커다란 빗돌이 발길을 멈추게 한다. '점필재 김종직 선생 관영 차밭 조성터'라고 굵직하게 음각되어 받침돌에는 그 내력으로 이곳에서는 나지도 않는 차를 공납해야 하는 백성들의 고통을 덜어주기 위해 지리산 야생차의 씨앗을 받아 차밭을 일구어 백성들의 고통을 덜어주었다고 쓰여 있고 빗돌 주변으로 녹차 밭이 가꾸어져 있다.

조선 도학의 거유로 영남학파의 종조이자 사림파의 시조인 점필재 김종직. 함양군수 시절 관찰사 유자광이 온다는 전갈을 받고 민정이 급하다며 이은리로 피해버렸는데 그새 유자광이 학사루에 올라 시를 지어 주련으로 걸어둔 것을 선생께서 모조리 걷어내어 불태우고 훈구파의 유자광과 정면대결한 대쪽 같은 성품이 백성들 앞에서는 할머니의 품속같이 그저 감싸시기만 했던 목민관의 근간이셨다. 목민관 청백리의 빗돌 앞에 고개를 숙였다.

"선생님! 꿈에서 보신 원혼의 신인이 단종이신 노산군의 혼령은 아니고 정말로 의제였습니까? 세조와도 맞서시려는 것은 정녕 아니셨습니까?"

조의제문을 기어이 쓰신 연유를 누군들 모르랴만 부관참시로 이어질 줄이야 선생의 제자인들 짐작이나 했겠나. 김굉필, 김일손, 정여창 등 절개 곧은 영남의 거목들을 길러내신 뒤끝이 무오사화로 이어질 줄이야 어찌 알았겠냐만 올곧은 학문의 정도는 숙종에 와서야 영의정으로 증직되셨으니 사필귀정이건만 삼족과 제자들의 그간의 수난은 무엇으로 달래나. 유두류록의 지리산 기행문 말고도 그 많은 저술서마저 불태워졌으니 두고두고 안타까운 일이다. 고개를 들고 하늘을 보니 지리산 반야봉 위로는 구름 한 점 떠간다.

여기서부터 왼편 낭떠러지 아래는 엄천강 상류로서 앞뒷산의 풍광과 굽이도는 계곡이 어우러져서 굽이굽이 그림 같은 절경이 끝없이 이어진다.

성황당 돌탑이 옛 세월을 말하건만
나박정 정자는 표석만이 남았는데
마을의 옛 이름은 높은징이였다네

문정과 송정을 잇는 송문교를 건너지 말고 문정을 그대로 지나서 얼마 가지 않아 용담입문이라는 주서가 음각된 커다란 바위를 지나면 또 다른 다리가 용유교이고 다리 아래의 강물은 그 깊이를 짐작할 수는 없으나 검푸른 빛으로 보아 갈수기인 지금도 족히 두세 길 깊이는 되는 성싶은 용유담이다. 출렁출렁 흔들린다 하여 출렁다리라 했던 줄다리는 태풍에 쓸려가고 지금은 2차선의 새 다리가 용유담에 그림자를 지운다. 뱀사골, 달궁, 백무동, 한신, 칠선 계곡 등 지리산의 유명 계곡의 맑은 물이 합류하여 만들어 놓은 용유담. 커다란 자라바위는 물 위에 떠 있고 명경 같은 물속에는 고기들이 노닌다. 혹시나 가사어는 아닐까. 승려들이 붉은 가사를 걸친 듯 빨간 갈기로 띠를 둘렀다 하여 가사어라 이름 붙여져 월척 크기로 용유담에만 살았다 했다. 가을에 물길을 따라 용유담으로 왔다가 봄이 되면 다시 달궁사 옆 돌못으로 돌아간다는 전설적인 고기지만 김종직 선생은 운봉에 사는 벗이 귀한 가사어를 보내왔다며 고마운 뜻을 담아 시 한 수를 남기셨다.

달궁사 아래 쪽에 물고기 있는데
자주빛 갈기 얼룩비늘 맛은 더욱 좋다네
진중한 광문께서 맛보지도 않고서
천령 땅 병부집에 문득 가져왔구려

가사어도 아니면서 팔뚝 굵기의 점박이는 필자를 보는 척도 않고 역사 속에서 회유를 즐기고 노닌다.

용유담은 계곡 바닥으로 내려가서 봐야 제맛을 느낀다. 구룡정 맞은편으로 돌계단을 따라 내려섰다. 시야를 가득히 메운 바위들의 형상이 말 그대로 요지경이다. 누가 무슨 재주로 이렇게 빚었을까! 감탄사가 절로 난다. 아홉 마리의 용이 뒤엉켜서 조금 전까지 노닐었다는 게 틀림이 없다. 똬리를 틀었던지 항아리 속같이 안쪽이 더 넓은 구덩이하며 이쪽저쪽을 미끄러지며 넘나든 반질반질한 자욱하며 미장공이 흙으로 빚은들 이렇게 매끄러울 수야 있겠나. 장정 네댓이 들어앉아도 남을 만한 가마솥 같은 바위하며 참으로 괴이한 자연이 빚은 조각 공원이다.

강물이 길손에게는 무심도 하더니만
산천은 그리 좋아 바윗돌을 휘감아서
옹기 속 암팡지게도 빚은 듯이 다듬었나

물길이 세월을 빌려 갈고 다듬은 스톤 홀. 그 절묘함이 경이롭기만
한데 커다란 바위가 갈라진 틈으로 굉음을 내며 흐르는 물은 용유담
의 전설을 소용돌이 속에서 오늘도 끊임없이 풀어내고 있다.

10 ────────

보안암을
찾아가며

찬바람이 쌀쌀하게 목덜미를 파고들고 코끝이 맵싸한 차가운 날씨다. 몸을 움츠리면 마음도 오그랑바가지처럼 쪼그라들기 십상일 게고 책상머리에 걸려있는 한 장 남은 달력이 존시가 지켜보는 '마지막 잎새'만큼이나 처량한데 마주한 내 모습도 처량해지기 전에 알싸한 바깥 날씨를 오히려 즐기면서 겨울의 멋이라도 한껏 부려볼 요량으로 길을 나섰다.

장작 난로가 빨갛게 달아오르는 찻집에서 원두커피가 익어가는 냄새를 맡으면서 경인년의 한 해를 뒤돌아보고 싶지만 그럴만한 찻집은 추억 속의 잔영일 뿐 딱히 마땅한 곳이 없어서 호젓한 산길이라도 걸을까 하고 봉명산 보안암 가는 산길이 걷고 싶어 다솔사 가는 길로 길머리를 잡았다.

완사를 거쳐 하동 가는 2번 국도로 진주시 망경동을 벗어나서면 망진산 벼랑을 따라 남강을 굽어보며 경전선 철길과 나란히 차를 몰면 철 따라 채색되는 풍경이 어느 때라도 절경이라 이 길은 출발부터 마음이 상쾌해지는 길이다.

보안암 석굴

보안암 석축

완사역을 오른쪽에 두고 한참을 가다가 곤명면사무소 삼거리에서 차를 세웠다. 오라는 사람도 없는데 누가 부르듯이 서두를 것도 아니라서 곤양 쪽으로 곧장 좌회전하지 않고 직진을 100여m 가량 가다가 다솔사역으로 들어섰다. 애당초 역사 건물도 없어 대합실도 없고, 빨간색 파란색 수기를 말아 쥐고 섰던 금테 모자의 역무원도 없는 경전선 기찻길의 간이역이다. 아무도 없는 플랫폼에는 검정 글씨로 '다솔사'라 쓰인 하얀 널빤지의 이정표만이 옛 추억을 머금은 채 기다림에 지쳐서 고단한 두 다리로 쓸쓸히 홀로 섰다. 하동장, 북천장, 완사장, 진주장 등 5일장을 찾아다니던 왁자지껄한 아낙들의 소리도, 검은 모자의 남학생들이며 하얀 교복 카라의 여학생들 하며 통학생들의 시끌벅적했던 소리도 끝없는 철길을 따라 긴긴 세월 속으로 기적 소리와 함께 사라져 갔다. 떠나고 보내던 이의 눈물 젖은 플랫폼에서 그래도 혹시 고달픈 삶에 지쳐 희끗희끗한 머리를 하고 행여 나를 찾는 이가 올 것만 같아서 옷깃을 세워 바람을 가린 채 뜬금없는 생각에 젖어 한참을 서 있었다. 다정한 말 한마디 주고받아도 좋았을 그때 그 사람들, 지금은 다들 어디로 갔을까. 세월의 강 저편을 바라보고 하염없이 섰다가 발길을 돌린다.

텅 빈 간이역을 뒤로하고 다시 곤명면 삼거리에서 곤양 방향으로 차를 몰아 다솔사 표지판이 시키는 대로 산문으로 접어들었다. 약수터를 지나자 커다란 바윗돌에 '어금혈 봉표'라는 주홍 글씨가 천하 명당의 봉명산에 묘를 쓰지 말라는 어명을 일러주고 섰는데 울울창창한 낙락장송들이 간신히 길만 터주고 하늘을 덮었다. 쭉쭉 뻗은 소나무는 수령 백 년은 족히 넘은 듯 푸르른 빛이 너무나 싱그럽고 기품이 당당하여 낙목한천에 더욱 돋보여서 이를 두고 만고상청이라 했던가.

소나무 숲길을 한참 만에 빠져나오니 널따란 주차장이다. 점퍼 차림에 운동화로 갈아 신고 돌계단 앞에 섰다. 위로 쳐다보니 2층 누각이 대양루라는 현판을 달고 위세 좋게 굽어보고 길손을 맞아준다. 정면 5칸 측면 4칸인 맞배지붕의 골기와 건물로서 그리 커 보이지는 않는데 그 높이가 예사롭지 않다. 안내판을 읽어보니 높이가 13m고 통나무 대들보가 10m를 넘는다니 예사로운 건물은 아니다. 영조 24년 1748년에 세웠다니 270여 년의 세월이다. 만해 한용운 선생과 효당 최범술 제헌 의원이 기거하던 독립 항쟁의 터전이었고 김동리 선생이 야학을 가르치며 단편소설 "등신불"을 집필한 곳이라니 종교적 의미에 앞서 자주독립의 민족혼이 흐르는 유서 깊은 천년 고찰로서 학문의 전당이기도 했다.

석가의 진신사리를 모시고 있어 대웅전에는 불상이 따로 없고 불단이 있는 벽면 유리창 밖으로 커다란 석종형의 사리탑이 좌정하고 섰는데 염불하는 젊은 스님의 목탁 소리가 경내로 울려 퍼지고 있어 합장 삼배로 예를 올리고 산길로 접어들었다. 5분 남짓하게 산길을 오르니 봉일암이라는 팻말이 있어 제법 비탈진 길을 따라 찾아들었다. 허름한 목조 기와 건물이 빗물이 새는지 지붕 용마루에 비닐을 두툼하게 덮어씌웠고 사립문도 없이 장대 하나가 가로 걸쳐서 출입을 말라는 것 같았다.

속세와 절연하고 주야장천 면벽하며 구도에만 정진하는 불력 깊은 스님이 있나 싶어 헛기침을 크게 해봤다. 아니나 다를까 멀리서 봐도 정갈해 보이는 스님이 들라 해서 장대를 걷어내고 작은 마당으로 들어섰다. 의제 허백련 선생이 쓰셨다는 봉일암이라는 현판이 붙어 있고, 스님의 방으로 들어서니 지필묵에서 흘러나는 묵향과 녹차 향이 어우러져서 깊은 향기가 방 안을 가득 메웠다. 풀을 빳빳하게 먹인 홑겹 장삼만 입고 있어 춥지 않냐고 물었더니 방에만 있는데 괜찮다고 했다. 다른 스님들은 좋은 옷감에 두툼한 누비 장삼을 폼나게 입고 있던데 하니까 가볍게 웃기만 하고 답도 않고 녹차만 따라주셨다. 차탁에 마주 앉아 말차까지 얻어 마시고 신묘년 새해의 길을 물었더니 '나를 깨닫는 해로 삼으라' 했다. 국운도 물어보고 해운도 물었으나 선문답일 뿐이고 가부좌한 바짓가랑이의 끝이 헤어져서 "바지가 다 떨어졌네요." 했더니 안 떨어진 것도 있다고 했다. 법명을 알고 싶다 했더니 산승의 법명은 알아 뭣하게요 하더니만 '동초'라고 했다. 티 없이 해맑은 동초 스님의 얼굴에 작은 미소의 뜻을 새기며 암자를 나왔다.

보안암 표지를 따라 나무 계단을 잠시만 오르면 작은 차는 충분히 다닐 만한 반들반들한 흙길이 평지같이 이어진다. 산은 온통 잡나무 하나 없이 소나무만 빼곡하게 들어서 있어 사방에서 송진 냄새가 몸 속까지 파고든다. 다솔사에서 보안암까지는 2km 남짓하지만 10여 분 거리의 작은 비탈 말고는 전부가 평지길이라 앞서거니 뒤서거니 할 필요도 없이 도란도란 이야기를 나누면서 걷기에 더없이 좋은 혼자 걷기 아까운 산길이다.

산모롱이를 돌 때마다 멀리 남해 바다가 가물가물하게 보인다. 사천대교와 삼천포 창선대교의 아치형 다리도 그림같이 아련히 보인다. 간간이 심호흡을 하면 송진 냄새에 바닷바람을 묻혀 오는 듯 싸늘한 날씨에도 남향받이라서 들어 마시는 소나무 숲길의 공기는 더없이 부드럽다. 중간중간에 이정표가 있는 쉼터가 있지만 가파른 길이 아니라서 다리를 쉬는 게 아니라 그저 마음을 쉬게 하는 장소일 뿐이다.

잡목 사이로 커다란 바위들이 눈에 띄고 방석 두 닢 크기 정도의 자연석 돌로 된 계단이 비탈을 따라 가지런하게 깔려 있는데 작은 돌로 쌓은 석벽이 엄청난 높이로 길을 막아선다. 돌이끼로 세월의 무게를 겹겹이 두른 채 고색창연한 옛 내음이 물씬 풍긴다. 얼마나 많은 돌을 날라 이토록 높고도 정교하게 그 누가 쌓았단 말인가. 수만 개일까 수십만 개일까. 정녕 사람의 솜씨로 쌓았을까.

돌부리 하나라도 건드리지 않으려고 조심스럽게 돌계단을 밟으며 석벽과 석축 사이를 지나 또 하나의 돌계단을 오르면 크고 작은 돌들로 돌담을 쌓듯이 차곡차곡 쌓아서 둥그스름한 석굴과 마주한다. 문지방도 문설주도 돌로만 세워졌고 두 개의 돌기둥으로 출입문 추녀까지 받쳐 이고 있어 벽도 지붕도 전부가 돌로만 쌓은 커다란 돌집이다. 허리를 굽혀 안으로 들어서면 큼직한 석좌불이 작은 돌로 다듬어진 16나한들을 거느리고 좌정하고 있다. 겨우 한 사람만 절을 할 수 있는 바닥이고 천정은 커다란 돌을 걸쳐 대들보로 삼았다. 불국사의 석굴암보다 200년을 앞서 조성된 석불이라니 예사롭지는 않은 석굴 석불이다.

작은 요사채는 늘 사립문으로 닫혀져 있어 속세와는 영영 돌담을 쌓아 질기고도 모질기만 했던 온갖 인연도 끊었나 보다. 무엇을 빌고 무엇을 얻으려고 이토록 겹겹이 절연의 돌담을 쌓았을까? 석굴 불단에 향을 피워 올리고 다시 돌담을 따라 사잇길로 조금을 벗어나면 네모난 커다란 바위가 서너 길 높이로 자리 잡고 있다.

가까이 가보면 더욱 신기하다. 켜켜이 쌓은 모양이 영락없는 시루떡이다. 배고픈 중생을 위한 부처님의 자비인가. 손을 대면 떡가루가 포슬포슬하게 떨어져 나오고 수십 층으로 쌓아서 위에서 누르는 무게를 감당하느라 옆으로 볼록하게 뭉개져 나오는 모양까지도 시루떡임에 틀림이 없다. 시루떡 틈새로 작은 고란초가 겨울 가뭄으로 말라붙었다. 정녕 발붙이고 살 곳이 여기뿐이던가. 빗물 먹기는 하늘의 뜻이요 안개인들 마다하랴 이슬인들 싫다하랴. 박복한 삶이라서 찬 서리도 마다 않고 틈새 사이로 죽은 듯이 살아있는 고란초는 멀리 바라다보이는 남해 바다를 향한 희망의 꿈을 꾸며 잠시 곤하게 잠들어 있다.

11

성전암
가는 길

아침 기온이 영하 15도로 곤두박질하는 혹한이다.

기름값이 천정부지로 올라만 가는 데 없는 사람들 어쩌라고 날씨마저 이러나. 엊그제 나라님이 기름값이 이상하다던 말씀은 딴청부리는 것 같아서 참으로 이상하다. 우리나라 소비자 가격들이 이상 안한 것이 어디 있냐만 환율 타령 말고 유류세라도 낮추어서 엄동설한을 넘길 생각을 해야지 보일러도 얼어붙고 자동차도 얼어붙어 시장바구니도 땡땡 얼어붙었다. 게다가 눈치도 없는 세월은 달음질로 달려와서 설날이 코앞이다. "요놈의 추위야 네 오뉴월에 보자" 하던 딸깍발이 남산골 샌님의 오기로는 될 게 아니라서 마음까지 얼어붙기 전에 길을 나섰다.

진주시의 동녘인 일반성면사무소 앞에서 경전선의 반성역을 오른쪽에 두고 반성 장터를 지나니까 전에 없던 수목원역이라는 기차역이 또 하나 생겼다. 때마침 함안 쪽으로 가는 무궁화호 열차가 섰다가 출발을 하기에 한참 동안을 나란하게 같이 달릴 수가 있었다. 기차는 산모롱이를 돌아 평촌 들녘 멀리로 꼬리를 감추고, 필자는 이반성면

용암사지 석좌불

용암사지 석탑부재

소재지를 향해 들판을 가로질러 우체국 옆을 지나 용암사지 표지판을 따라 우회전을 하여 작은 마을 공터에 차를 세워두고 십여 분이면 족한 거리라서 걷기로 했다.

만고상청의 송죽인 소나무와 대나무가 우거진 두세 굽이의 완만한 비탈길을 오르니까 비연문이라는 현판이 붙은 솟을대문이 활짝 열려 있어 대문을 성큼 들어서니 산이 '쩍'하고 갈라져 있다. 퇴적토가 층층이 쌓여 굳어진 암반이 수천수만 층으로 켜켜이 쌓여진 바위산의 한 자락이 수직으로 갈라져 암반의 협곡을 이루고 있는데 양면의 절벽 높이가 십여 미터는 족할 것 같다. 자연 조화의 오묘함과 돌이끼 내음이 어우러진 협곡 속은 태고의 정취를 물씬 풍긴다.

그 옛날 대덕 현승들이 억조창생들의 죄업을 빌고 빌었던 고려 시대 초기로 추정되는 용암사라는 절터이다. 돌계단으로 올라서면 기둥마다 주련이 걸린 골기와의 낡은 기와집이 세월에 바래져서 고색창연한데 해주정씨의 재실인 장덕재이고 왼편으로 맞배집의 작은 당우는 '농포집장판각'이라는 현판이 붙었는데 장판은 충의사로 옮겨진 지 오래인 빈집이라서인지 추위에 웅크린 듯이 초췌한 모습이다.

농포집은 임진왜란 때 문관이면서 의병 대장으로 임명되어 카토 기오마사의 왜군을 임지 함경도에서 몰아낸 위국위민의 충의공 정문부 선생의 오언고시, 칠언절구 등 선생의 한시가 수록된 문집으로 선생의 호를 붙여 농포집이라 하였고 이곳 장판각에는 200여 장으로 목각된 농포집 장판이 보관되었던 곳이다.

재실 옆으로 돌아들면 용틀임이 도드라지게 양각된 둥그스름한 빗돌을 등에 진 돌거북이 세월의 무게를 감당하느라 길게 목을 뽑고 엎드리고 있다. 무슨 죄업이 그리도 많아선지 무거운 돌비석을 등에 진

채 한걸음도 내딛지 못하고 천년 세월을 하루같이 엎드리고 있단 말인가. 내가 져야 할 빗돌의 무게를 생각하니 나도 모르게 손이 모아졌다. 돌거북에게 깊숙이 절을 하고 고개를 드니 키 한 길을 족히 넘을 커다란 부도가 우람하게 버티고 섰다. 중생들의 죄업까지 감싸 안고 다비장 불길에서 환생한 도승인지 차갑고 단단한 돌이라는 느낌이 들지 않고 따스하고 부드러운 질감으로 느껴진다. 팔면에 양각된 오묘한 불심이야 어찌 알랴만 정교하고 화려하면서도 혼란스럽지 아니하고 육중하면서도 거만하지 아니한 겸허한 자태가 범상치는 않다. 부도의 예술적 가치가 뛰어나서인지 훼손된 부분에 많은 손질을 했어도 대한민국 보물 제372호로 지정돼 있어 긴 설명을 요하지 않는다.

부도 옆의 비탈 위로 널빤지로만 된 작은 기와집의 문이 활짝 열려진 안으로 석조여래좌상인 지장보살님이 찾는 이 없어도 오르지 중생구제의 일념만으로 천년 세월을 지키며 자애로운 미소를 머금고 계신다. 곳곳의 절집마다 신도 보살님들이 넘쳐나는데 이곳을 찾는 이는 아무도 없어 놋쇠 다기의 물은 꽁꽁 얼어있고 향로 하나에 촛대 두 개가 이곳 지장보살님이 천 년을 살아오신 세간살이 전부이니 불심의 본뜻은 어디에 있는 건가. 그나마 놋쇠 촛대도 지난해에 속객이 사놓은 것이다. 속객은 이곳 용암사지의 지장보살님께 오랜 세월 동안 내왕을 했었다. 눅눅해진 성냥을 몇 번이고 쳐서야 향을 붙이니 가냘픈 연기가 비천상의 그림같이 사바세계로 흘러간다.

발길을 돌려서 용암마을의 충의사로 내려갔다. 수십 채의 고래 등 같은 기와집이 작은 마을을 이루고 있는 듯하고 정문을 들어서면 노산 이은상 선생이 짓고 고천 배재식 선생이 쓴 웅장한 충의공 사적비가 가로 막아선다. 여기 비문에 쓰였기를 "세상에는 적은 공으로 큰 상을 받는 이도 있으되…"로 시작하여 "역사를 읊은 시 한 장으로 모함을 입어 옥에 갇히어 모진 고문 아래서 숨을 거두시니 인조 2년 11월…"의 글귀가 유난히 마음에 와 닿는다. 옥좌의 인조는 끝내 충의공을 구하지 못한 것이다. 인조가 어찌 충의공을 헤아리지 못했으련만 사직을 흔드는 무리를 감당하지 못하고 충의공을 보내야 했던 인조는 예서 가까운 여항산 중턱의 성전암에 위패로 모셔져서 한 맺힌 넋이 되어 충의사를 내려다보고 있다.

충의사를 나와서 성전암 안내 표지판을 따라가다가 철길 건널목을 건너서 평촌역에 들렀다. 꾸밈은 없어도 깨끗한 대합실에는 매표창구는 닫혀있고 인기척이 없어서 두리번거렸더니 역무원이 없는 역이라는 안내문이 붙어 있고 무궁화호 열차가 상하행 다섯 차례 정차한다는 시간표와 함께 승하차의 방법이 상세하게 적혀 있다. 기차가 올 시간이 아니라서인지 텅 빈 플랫폼은 정적만이 흐른다. 오가는 사람들이 왠지 보고 싶어 훗날을 기약하고 발길을 돌려서 은헌고택이라는 표지를 보고 돌담길을 따라 들어가 보았다. 한눈에 찾은 고택은 이것이 한옥의 멋이라는 것을 감탄할 수 있게 했다. 보존 상태도 깔끔하거니와 천장 대들보의 짜임새가 신기하다 못해 신비스럽다. 다음에는 무궁화호 열차를 타고 다시 한 번 찾아보기로 하고 발길을 돌리는데 건너다보이는 죽산마을 들머리에 엄청난 크기의 정자나무가 눈에 띄어 발품을 팔았더니 수령 600년의 느티나무란다. 육중한 몸집에 기품이 당당하고 불끈불끈 마디마디가 힘이 넘치고 건재하건만 속이 비어서 인공 부재로 채워졌다. 60년 남짓하게 살아온 속객도 온갖 속이 다 썩었는데 600년의 그 세월이 오죽이나 했으랴.

도란도란 추녀를 맞댄 장안마을을 가로질러 산죽숲을 지나 낙락장 송이 우거진 앵돌아진 산길을 굽이굽이 오르며 괴암 석벽 아래 제비 집처럼 붙어 있는 성전암을 찾았다. 아뿔싸! 이를 어쩌나!

대웅전은 불길 속에 빈터만 남았는데
삼성각도 간 곳 없고 요사채도 흔적 없어
삼라만상 일깨우던 범종 소리 멎었구나

은혜는 돌에 새기고 원수는 모래에 새기라 했는데 하물며 자비의 성전에 원한의 불질이라니 황망지사로다.

대웅전 빈터 뒤편 가파른 벼랑 위의 인조대왕 위패각만은 화마도 감히 범하지를 못했나 보다. 이곳을 두고 도선 국사는 남향의 첩첩산이 이곳 여항산을 바라보고 읍하는 형세로 왕좌와도 같은 명지라 하였고, 조선 왕조의 흥망성쇠가 왕권 다툼으로 종묘사직이 풍전등화와 같았던 역모와 당쟁의 회오리 속에서도 능양군으로의 인조가 등극의 큰 뜻을 품고 머물렀던 곳이다.

조선조 16대 왕인 인조대왕의 위패 앞에 무릎을 꿇고 인조 2년에 옥사를 한 충의공 농포 선생을 생각했다. 어쩌다 삼백수십 년이 지난 오늘에 다 같이 여항산에 위패가 봉안돼 있으니 이 또한 무슨 연이 닿아서일까. 군신의 신의던가 억겁의 연이던가. 오묘한 인연의 섭리를 어찌 알랴만 석양은 첩첩산 멀리서 붉게 타고 있었다.

처녀 뱃사공을
찾아서

겨울 날씨가 바람만 불지 않으면 별것도 아니라서 겨울은 겨울다워야 한다고 너스레를 떨다가 입이 얼어붙었던 이번 겨울의 추위는 매섭다는 표현이 딱 들어맞는 혹한이었다. 설을 쇠고 나니 바람결의 매운맛이 확연히 부드러워진 듯하고 어딘가에서 봄이 오는 기색이 느껴지는 것 같아서 길을 나섰는데 그래도 간간이 부는 바람결은 알싸한 매운맛이 묻어나 봄 마중 가기엔 좀 이른 것 같아서 정월 대보름을 앞두고 세시풍속이라도 볼만한 곳이 없나 하고 지방도를 따라서 차를 몰았다.

산모롱이를 돌아가면 골짜기마다 작은 마을이 석류알처럼 알알이 박혔건만 꼬리연 하나 날아오른 마을도 없고 널뛰는 소리도 들리는 곳이 없으며 윷놀이 판의 와자지껄한 소리도 찾을 길이 없는데 지신밟기의 꽹과리 소리도 흔적이 없다.

세시풍속의 민속놀이는 우리 민족의 반만년 역사를 이어오게 한 질긴 끈이었다. 맺힌 고를 풀어내는 화해와 화합의 장이요 서로를 인정하고 존중하며 염려와 기원을 함께하는 배려의 품이었고 이웃이 있어 좋은 우리의 삶이었다. 전국으로 창궐하는 구제역의 탓도 있겠지

악양루

처녀뱃사공 노래비

12. 처녀 뱃사공을 찾아서 _____ 89

만 건너다보이는 마을마다 연기가 나는 집은 찾아볼 수 없어 인적 없는 적적함이 격세지감이다. 지자체가 기를 쓰고 만들어내는 낯내기와 낭비의 축제는 어지간히 했으니 이제는 지양하고, 이웃과 함께하는 민속놀이의 잊혀져가는 세시풍속도를 더욱 진하게 그릴 수 있는 방안으로 전환하였으면 하는데, 법당 파리 맛을 본 그네들이 들은 척도 할 리 없으니, 짚신짝에 괴나리봇짐이 승용차로 바뀐 것만으로도 감지덕지하니까 군말 말고 풍광이나 즐기기로 하고 마음을 돌렸다.

아련한 옛 생각에 젖어 마을과 산길을 한참을 지나서야 위치를 확인하려고 차를 세웠더니 좌회전을 하면 함안 IC이고 우회전을 하면 함안군청이란다. 함안이야 아라가야의 도읍지로서 고분군과 산성도 가봄직은 하다만 낙목한천의 이수정의 또 다른 풍광을 먼저 보고 처녀 뱃사공이나 만나볼 요량으로 먼저 함안군청을 오른쪽에 두고 길머리를 잡았다.

얼마를 가지 않아 4차선 새 국도와 마주치는 길가에 이파리 하나 남김없이 다 벗어버린 거목들이 연못 주위로 즐비한 이수정이 긴긴 겨울에 묻혀 시간이 멈춰버린 고즈넉함 속에서 곤히 잠들어 있다. 사시사철 고요함에다 정을 녹이며 걸을 수 있게 가장자리를 빙 둘러친 깔끔한 둘레길은 수백 년 된 홰나무와 왕버들 그리고 느티나무가 세월의 무게를 한껏 더한 육중한 거구로 버티고 있어 찾는 이가 하나같이 겸허한 자세가 되는데 두 개의 다리는 연못 한가운데의 섬으로 연결되어 만나고 헤어짐을 뜻함인지 그린 듯이 고요한 육모 정자의 영송루에서 만난다. 연못가에는 어계 선생의 후손인 부자 쌍절각이 고색창연한 자태로 충효의 넋을 품었는데 벼랑으로 올라 동정문을 들어서면 팔작지붕의 단아한 정자가 아무런 장식도 채색도 없이 고고한 자태로 근엄하게 섰다. 생육신 어계 조려 선생의 손자이며 조선 중종 대의 청렴하신 목민관 조삼 선생을 기리며 선생의 호를 따서 지었다는 무진정이고 보면 화려함이야 가당키나 한 일인가. 편액과 정기는 주세붕 선생의 친필로 추정한다니 주세붕 선생의 향리 또한 함안이었으니 짐작되는 일이다. 음력 사월초파일 저녁이면 조선 시대 양반 문화의 대표적 놀이였던 '무진정 낙화놀이'가 재현된단다. 연등 사이로 이어진 줄에 숯가루를 묻힌 줄을 촘촘히 매달아 폭포수같이 불꽃이 떨어지는 낙화놀이를 해마다 이어진다니 후일을 기약하고 맞은편 대산리의 대사마을을 찾았다.

마을 들머리에는 널따랗게 주차장이 마련된 작은 공원이 잘 꾸며져 있고 향리를 아끼고 가꾸어 온 공적과 선덕비가 줄지어 섰는데 새미 정자를 쓴 삼정이라는 우람한 바윗돌의 표지석이 일수정 이수정 삼수정의 잊혀져가는 옛 지명을 짐작하게 한다.

마을로 들어서면 큼직한 느티나무와 석불이 한눈에 들어온다. 안내판에는 보물 제71호 대산리 삼존불상으로 고려 시대로 추정된다고 씌어 있다. 이곳의 지명이 대사리라는 큰절마을이고 보면 짐작이 가는 불상들인데 사람 키와 비슷한 두 개의 입상은 온전하건만 광배를 두른 석불 좌상은 머리가 간곳없다. 작은 석단에는 촛대 두 개에 향로와 다기 하나가 전부이지만 촛농이 흐른 흔적으로 보아 찾는 사람들이 간간이 이어지는 모양이다. 그 옛날 화려했던 불교의 융성기에는 엎드려 절을 하느라 제대로 쳐다보기도 어려웠을 불상이 어쩌다 머리마저 잃고 풍우한설을 전신으로 맞으며 천년 세월을 노천에 섰는가. 우리들의 할머니의 할머니들이 죄업을 사하여 달라고 한없이 빌었고 손자를 점지해 달라고 애원도 했었고 자녀들의 무병건강을 얼마나 빌었으며 전장에 나갔거나 중병을 앓는 남편을 위해 얼마나 애절하게 빌고 빌었던가. 애달픈 사연들은 잊혀진 지 오래고, 목탁 소리 범종 소리 멎은 지도 오래라, 덧없는 세월인가 인생사의 무상인가. "한갓 미술품이 아니라면 중생들의 소리를 들어주소서" 하고 합장 삼배로 예를 가름하고 발길을 돌렸다.

하루해를 잡은 김에 처녀 뱃사공을 찾아서 왔던 길을 되돌아서 함안 IC를 빗겨서 법수면을 지나 계속 직진을 하였다. 대산면 쪽으로 들녘을 가로질러 길이 맞닿는 삼거리에 '처녀 뱃사공'이란 표지판이 우회전을 하란다. 불언지간에 악양교가 나오고 다리를 건너니까 오른쪽으로 작은 소공원이 꾸며졌는데 화강암 조각상이 한눈에 들어온다. "낙동강 강바람이 치마폭을 스치면…" 하는 노랫말이 적힌 노래비에 여인상을 붙여서 조각한 처녀 뱃사공의 노래비 조각상이 강바람을 고스란히 맞으며 꽁꽁 얼어붙은 강을 내려다보고 섰다.

가수 윤항기와 윤복희 남매의 부친인 윤부길 씨가 함안장에서 공연을 마치고 악극단을 이끌고 대산장으로 건너가면서 탔던 나룻배의 처녀 사공의 애달픈 사연을 노랫말로 쓰고, 한복남 선생이 작곡하여 황정자 씨가 불러서 6·25 이후 삼십여 년간을 국민의 심금을 울렸던 대중가요 처녀 뱃사공의 실존 인물이 나룻배를 저었던 장소이다. 지금은 2차선의 악양교가 놓여져 있지만 악극단이 건너갈 당시에는 남강댐이 만들어진 이전이라서 강폭도 훨씬 넓었고 나룻배가 유일한 교통수단이었단다. 정확하게는 함안천으로서 남강과 합류하는 지점의 끝자락인데 윤부길 씨로서는 낙동강으로 착각할 수 있었겠지만 처녀 뱃사공의 주인공이 이필남 씨던 박말순 박정숙 자매이던 당사자가 인근에 생존하고 있으니 확실하게 가려질 일이지만 6 · 25 전란 속에 버겁기만 했던 우리의 삶이 구구절절 애절한 노래가 되어 북받치는 설움을 남몰래 달래며 "에헤야 데헤야 노를 저어라 삿대를 저어라." 하며 온 국민이 다 함께 불렀던 희망가이기도 했다. 빗돌을 어루만져 보고 발길을 돌리면서 다시 한 번 뒤돌아보고 또 돌아봤다.

노래비 공원에서 비스듬히 길을 건너서니 널따란 주차장이 마련된 현대식 식당 건물인 악양루 가든이 때늦은 점심때의 배고픈 길손을 반갑게 맞이한다. 시장이 반찬이라고 했지만 빨갛게 끓어오른 참게탕 맛은 참으로 별미였다.

주차장에서 벼랑길로 접어들면 바윗돌 두 개가 장군석처럼 버티고 선 틈새 길이 나오고, 층층 사다리를 타고 오르면 남강과 함안천이 합류하는 깎아지른 수직의 벼랑 중턱에 제비집처럼 붙어 앉은 정자가 악양루이다. 중국의 명승지와 같이 그 풍광이 절경이라서 철종 8년에 정자를 짓고 같은 이름으로 악양루라 했다니 무슨 설명이 더 필요한가. 누각에 올라 탁 트인 광활한 백사장과 끝없는 들녘을 발아래로 굽어보면 백사장과 강이 자웅으로 용틀임을 하는데 아련히 들려오는 처녀 뱃사공의 구성진 노랫소리가 안가슴을 헤친다.

13

당항만
가는 길

바람결에 묻어오는 연한 흙냄새에 풀냄샌지 꽃냄샌지 야릇한 향내가 여린 햇살에 녹아 봄의 향기가 되어 겨우내 움츠렸던 어깨를 타고 넘어오면 알지도 못하는 그 어딘가의 산 너머 남촌으로 가보고 싶어진다. 봄의 햇살이 가득한 들녘이 있고 양지바른 마을이 옹기종기 추녀를 맞대어 봄볕을 껴안고 도란도란 정겨운 옛이야기가 그리운 우리들의 고향 같은 마을이 눈에 선해져서 고갯길이 있는 남촌을 찾아서 길을 나섰다.

진주 대전 간 고속도로 연화산 IC로 들어가지 않고 그냥 지나쳐서 영오면을 지나 개천면을 향해 우회전을 했더니 배둔으로 가는 1007번 도로였다. 무작정 개천면 소재지를 벗어나 고갯마루에 올라서니 마암면이라는 안내판이 있어 꼬불꼬불한 내리막길을 한참을 내려가니까 좁다란 들판이 남쪽으로 쭉 펼쳐져 있고 산모롱이를 돌 때마다 작은 마을들이 산기슭을 깔고 모닥모닥 터를 잡고 앉았다.

볼거리를 찾아 나선 길손에게는 짙은 황토색 안내판이 제일 반갑다. 길섶에 자그마한 안내판이 눈에 띄었다. '석마리 석마'라고 쓰인 안내판이 일러주는 대로 누가 부르기라도 하듯이 머뭇거리지도 않고

석마리의 석마

장산마을 허씨고매

'석마리'로 들어섰다. 시골 마을이 다 그렇듯이 동네 입구에 커다란 느티나무 아래 석축을 둘러쌓은 쉼터가 마련돼 있다. 돌계단의 석축 위로 돌로 만든 네발짐승이 머리를 숙인 채로 느티나무 아래에 나란히 섰다. 허리가 길쭉하고 살이 통통하게 찐 망아지만 한 크기인데, 섬세하지도 정교하지도 않고 그저 투박하고 무디어서 아이들이 찰흙으로 주물러서 만든 송아지 같기도 하고 잘못 만들어 다리가 길어버린 돼지 같기도 한데, 안내판에는 한 쌍의 석마란다. 그 옛날 호랑이의 피해가 하도 많아서 호랑이로부터 마을을 지키고자 이곳 당산에다 한 쌍의 석마를 세웠는데 그로부터 호랑이의 피해를 입지 않게 되자 마장군님이라 부르며 마을의 수호신으로 대접하며 섣달 그믐날에 콩한 말을 올려서 정월 대보름날에 '마단영축문'의 제문을 읽는 특이한 동제를 지내고 있다는 경상남도 민속자료 제1호라고 일러준다.

마을 길을 다시 나와 우회전을 했더니 고래 등 같은 기와집이 즐비한 마을이 양지바르게 자리를 잡았는데 길옆으로 화려하게 단청된 정절각과 효자각이 정교한 예술품으로 나란히 섰고, 도로 건너편 들녘 쪽에는 수백 그루의 고목들이 연못을 사이에 두고 빽빽하게 줄지어서 있어 예사로운 마을이 아님을 한눈에 알 수 있어 차를 세웠더니 지방기념물 제86호로 지정된 '장산 숲'이라고 안내판이 길손을 반긴다.

연못을 가운데 두고 기다랗게 장방형으로 둘러쳐진 '장산 숲'은 600여 년 전 조선 태조 때에 조성되어 1,000m²의 거대한 비보의 숲이었으나 지금은 100m의 길이에 너비 60m로 줄었으나 200여 년생의 느티나무, 서어나무 등 네다섯 종의 활엽수 250여 그루가 아직은 잎이 피지 않아 앙상한 가지를 드러낸 나목들이지만 노산정, 죽사정, 보인정의 정자를 품고 하늘 높이 치솟아 위풍당당하게 거목의 자태를 과시하고 섰다.

햇볕이 따뜻한 양지쪽에 이른 봄의 따사로움을 즐기시는 노인에게 깊숙이 머리를 숙여 예를 갖췄더니 잊혀져가는 전설 같은 옛이야기들을 건둥건둥 일러주며 허씨 고가에도 가보라고 귀띔하여 주시기에 마을 안으로 들어섰다.

도로에서부터 마을 전체가 온통 돌담으로 쌓은 골목길이다. 황토 흙을 한 켜 쌓고 돌 한 줄 올리고를 반복하여 켜켜이 쌓은 돌 담장이 정교하면서 중후하고, 깔끔하면서도 온화하며, 가지런하고 정갈하여 선인들의 옛 솜씨에 감탄이 절로 난다.

우리들의 고향은 어디를 가나 울이 있고 담이 있었다. 하지만 단절과 경계를 위한 것이 아니라 예를 갖추고자 하는 가름이었고 액을 막고자 하는 비보였으며 축생들의 무단출입을 막고자 하는 보호막이었다. 또한 담장은 은폐의 장벽이 아니라 이웃과의 교류와 소통의 통로였고 인정이 넘나드는 온정의 경로였다. 귀한 음식이라고 넘겨주고 별미라고 넘어오고 아이 주라고 넘겨주고 할머니 드시라고 넘어왔던 인정의 고개였지 격리나 방비의 개념은 염두에도 없었는데 요즘이야 그게 아니라서 안타까운 현실이다. 그런데 어느 지인의 고3짜리 아들이 출타한 어머니를 위해 "어머니 열쇠는 대문 위에 있습니다."라는 쪽지를 대문에 붙여놓고 외출했더라는 이야기를 듣고 아직도 희망이 있고 살아볼 만한 가치가 있는 세상임을 깨달은 적이 있다. 더딘 걸음으로 돌 담장을 쓰다듬으면서 모처럼 온고지정에 잠기어 본다.

담장을 끼고 깊숙하게 들어간 끄트머리에 솟을대문이 웅장하게 가로 막고 섰다. 담벼락에 붙어 선 안내판에는 '장산리 허씨 고가'로서 문화재 자료 제115호이며 조선 말기에서부터 일제 강점기를 거치면서 우리 한옥의 변천사를 일러주는 소중한 자료라고 했다. 솟을대문을 들어서서 돌계단을 오르니까 작은 대문이 달린 돌담을 사이에 두고 고색창연한 고택이 좌우로 앉았는데 바깥 안채와 사랑채다. 돌담을 따라 뒤로 들어가면 안채는 빈터만 남았지만 일본식 2층 지붕의 안 사랑채가 세월에 빛이 바랜 애환의 역사 앞에 입을 다물고 나란하게 자리를 잡았는데 그 뒤로 조상들의 위패를 모신 가묘엔 무거운 정적만이 감돈다. 골기와 지붕에는 와송이 돋아 있고 돌계단 옆으로 작은 화단에는 수백 년 세월에 온갖 풍상 겪느라 속은 썩어서 텅 비워진 매화나무가 시커먼 겉껍질이 세월의 골이 깊게 파여 이끼가 두툼하게 아랫도리를 감쌌는데 비스듬히 하늘을 박차고 오를 듯이 용틀임을 하고 선 품위는 사군자의 그림 한 폭 그대로다.

허씨 고가를 나와 화산 삼거리에서 4차선 14번 국도를 따라 고성쪽으로 잠시만 가면 삼락 삼거리가 나오고 휴게소가 있다. 휴게소에 차를 세우면 도로 옆으로 커다란 거목이 눈길을 끈다. 차를 몰고 무심코 지나면 예사롭게 여길 마을 어귀의 정자나무이지만 등기부 등본에는 '김목신'이라는 이름으로 400여 평의 논을 소유하고 있어 매년 재산세를 꼬박꼬박 내고 있는 엄연한 지주이고, 수령 500년의 팽나무로서 이순신 장군께서 당항포 해전에서 승리하고 배를 매었던 나무라 하여 전승목이라고 불리어 온다. 밑둥치가 등 쪽으로 썩어서 속이 비었는데 빈자리에 또 하나의 느티나무가 자라나 거목이 되어 마치 한 그루의 나무로 보이는데 당항포해전을 소상하게 지켜본 예사롭지 않은 역사의 나무이다.

내친김에 기생 월이의 흔적이라도 찾아볼 요량으로 차를 돌려 삼락 삼거리에서 표지판을 따라 거류면 방향으로 우회전을 하여 바다와 마주치는 지점에서 다시 우회전을 하여 간사지의 끝없는 갈대숲을 따라 벼랑을 끼고 한참을 가보았다.

기생 월이! 임진년의 조선 침략을 2년 앞두고 부산포에서부터 멀리 평양까지의 해안선 지도를 실측하여 침략 노선도를 1년 동안 그려서 귀국길에 다시 찾아온 왜국의 첩자를 수상하게 여긴 무기정의 기생 월이는 고주망태가 되도록 술을 권하여 품속에 지닌 지도를 꺼내어 당항만이 고성만과 연결되어 마치 거류면과 동해면이 고성과 떨어진 섬인 것처럼 지도를 몰래 고쳐버려 임진년의 왜적선이 삼천포 앞바다로 가는 지름길인 줄 알고 당항만으로 들어와 통발 속에 갇혀버려 이순신 장군의 승전을 이끌어 낸 선견지명의 총명한 호국의 기생이었다.

당항만에는 조선군에 속았다고 '속시개'가 있고 전멸을 당한 왜적의 머리가 물에 떠서 호수를 이루었다 하여 '두호'라는 '머릿개'가 있고 왜적이 도망친 곳이라고 하여 '도망개' 왜적이 전멸하여 무덤을 이루었다고 하여 '무덤개' 등 당항 해전이 남긴 승전의 자취가 지명으로는 오롯이 남아 있건만 월이의 흔적은 찾을 길이 없고 구전 속의 전설이 되어 석양에 물이 든 황금빛 갈대숲을 헤매고 있다.

순국의 얼이 서린
학동마을

4월이 되자 산과 밭에 나무를 심고 씨를 뿌리느라 사방에서 속살을 드러낸 흙냄새가 비 온 뒷날이라서인지 꽃향기와 뒤섞여서 향긋한 냄새가 더없이 상큼하다. 창문을 활짝 열고 크게 심호흡을 하면 매화꽃이, 목련꽃이, 활짝 핀 벚꽃이 잘 우러난 꽃차의 향기만큼 진해서 가슴속 깊은 곳까지 후련하고 상쾌하다. 그런데 요즘의 아침 신문을 펼치면 국내외신 모두가 뒤죽박죽으로 혼란스러워 갈피 잡기가 어지럽다. 이래저래 얄궂게도 헝클어진 상념들도 가닥 고르기를 할 겸 봄바람을 타고 길을 나서기로 했다.

35번 고속도로 연화산 요금소를 나와 영현면 소재지를 막 지나면 고성읍과 사천읍을 잇는 33번 국도와 마주치는 부포 사거리에서 신호를 받고 직진을 했다. 이왕 나선 김에 바닷바람도 쐬고 싶어서다. 고갯마루에 오르니까 멀리 검푸른 바다가 산과 산의 틈새를 가만가만 채우고 있어 차를 세우고 둥글넓적한 바윗돌을 깔고 앉았다. 달막고개의 달마 동산이라는 표지석이 섰다. 내려다보이는 급커브의 꼬불꼬불한 길을 따라 이따금씩 올라오는 차들이 오늘따라 왠지 힘겹

서비정

학동마을 돌담길

게 기어오르는 듯해서 안쓰러운 마음이 든다. 굽이굽이 삶의 고난들이 지겹도록 버거워서 몇 번이고 풀썩 주저앉고 싶어도, 온갖 것들이 뒤돌아 보여서 차마 주저앉지 못하고, 눈물 젖은 오지랖을 거듭거듭 여미며 살아가는 고달픈 인생살이의 어느 흑백 영화를 객석에 홀로 앉아 보는 듯해서, 자세를 고쳐 앉고 사방을 둘러봤다. 세상사에 휘둘린 혼란스런 생각들이 한참 만에야 멀리 점점이 떠 있는 섬이 되어 모닥모닥 자리를 잡고 또렷해지면서 솔 냄새와 꽃향기가 사방에서 진하게 묻어와서 머릿속이 맑아왔다. 이제야 코앞에 만발한 개나리가 햇살을 받아 더없이 샛노랗고 소나무 틈새마다 연분홍과 진분홍의 진달래가 무더기로 피어있다. 가로수의 벚꽃도 만개를 하였다. 긴긴 엄동설한이 얼마나 지루했으면 잎도 피기 전에 꽃부터 피웠을까. 꽃부터 먼저 피우는 봄꽃들의 사연을 어찌 알랴만 도리행화가 그렇고 목련이 그렇고 진달래 개나리도 꽃부터 피운다. 유별났던 지난겨울을 버티면서 봄을 기다리며 애태웠던 심사야 오죽했겠냐만, 그저 보기만 해도 그 인내가 가상하고 고마운데, 야단스럽지 않으면서 탐스럽고 청순하며, 화려하면서도 요염하지 아니하고 곱기만 하다.

꼬불꼬불 내리막길로 내려서서 고성과 삼천포를 잇는 77번 국도와 마주치는 중촌 삼거리에서 우회전을 했다. 야트막하게 경사진 모롱이에서 높다란 삼봉 저수지의 둑이 앞을 막아섰다. 저수지 둑 밑에 한그루의 정자나무가 지날 때마다 예사롭게 보이지 않아서 내친김에 차를 몰고 정자나무 아래로 내려갔다. 분재를 떠다 놓은 듯 반구형의 포구나무는 가지마다 끝이 바닥에 닿았는데 수백 년 고목의 줄기 하나하나는 마치 보디빌딩 선수의 울퉁불퉁한 근육을 연상케하는 용틀임을 하고 있어 용문 청화백자 속의 그림이 살아서 꿈틀거리는 듯 위풍과 위용이 힘으로 넘쳐난다. 껍질의 틈새마다 백 원짜리 동전이 빼곡하게 얹혀 있는 것으로 보아 오가는 이들이 간절한 소원들을 빌고 가는 모양이다. 덩달아서 합장을 하고 고개를 숙였으나 뜬금없던 일이라 정작 소원이 생각나지 않아서 아무것도 빌지 못하고 되돌아 나와서 가던 길로 차를 몰았다.

빨갛게 마지막 단장까지 곱게 한 동백꽃이 송이송이 떨어져 가는 가로수 사이사이로 만개한 개나리와 벚꽃이 바꿔가며 줄지어 선 산길의 모롱이를 두세 번 굽이돌자 비를 맞은 청보리가 마을 어귀마다 눈이 시리도록 새파랗게 자라났고 돌담 밑 양지쪽 채마밭에는 오동통하게 살이 오른 쪽파가 빼곡하게 푸르고 샛노란 장다리꽃이 봄볕을 받아 한창인데 1010번 지방도와 갈라지는 임포 삼거리에 닿았다.

학동마을 옛 담장을 알리는 표지판이 있어 우회전을 하자마자 학동 삼거리가 나오고 길섶 오른쪽으로 야트막한 돌담을 네모나게 둘러친 꽤나 널찍한 비석 공원이 나란히 있어 차를 세웠다. 구한말 우국 충의의 항일지사 서비 최우순 선생의 순의비이다.

국가보훈처 현충 시설 43-1-6호라고 쓰인 안내판을 간략하게 요약하면, 서비 선생은 당대의 지고한 유학자로서 을사늑약이 일제의 강압으로 체결되자 일본이 있는 동쪽이 보기조차 싫어서 '청사'라는 호를 서쪽 사립문이라는 의미로 '서비'라고 고치시고 국권 회복을 위해 사재를 털어 의병을 육성하는 등 애국충정의 우국지사신데 한일합방을 강행한 일제는 전국에 명망 높은 유림에게 일왕이 '은사금'이라는 거금을 주어 민심을 무마하려는 의도로 선생에게도 은사금을 받으라고 수차례 강요를 하였으나 대의명분에 어긋난다고 이를 완강하게 거부하자 일제는 헌병을 파견하여 총칼로서 강제 연행을 하려 하자 선생은 날이 밝으면 연행에 따르겠다고 약속하고 헌병이 잠든 새벽녘에 후손들은 동쪽은 왜국이 있으니 사립문을 서쪽으로 내고 살아달라는 유서를 남기시고 음독하여 스스로 목숨을 끊어 순절하신 순국의사이셨다. 여남은 줄의 안내문을 읽어도 코끝이 찡하고 가슴이 먹먹하다. 고개를 숙여 예를 갖추고 비석 앞 잔디밭에 단정하게 앉았다. 온갖 생각들이 머리를 들쑤신다.

지난 5일 정부는 독립유공자 19명의 친일 행적이 뒤늦게 밝혀져서 서훈 취소를 결정했다. 안타깝게도 황성신문의 주필 위암 장지연 선생도 포함됐다. '시일야방성대곡'이라는 을사늑약을 개탄하고 애국심과 항일 민족혼을 일깨운 우리에게는 불멸의 논설인데 신문은 정간되고 선생은 체포 구금되었었다. 이후에도 매천야록의 매천 황현 선생이 경술국치의 비분을 참지 못하고 절명시를 남기시고 음독 순절하자 선생은 경남일보의 주필로서 이를 게재하여 매천의 높은 뜻을 찬양하고 선양하며 항일 정신을 불붙였던 업적들이 친일의 뜻이 담긴 한시 몇 구절로 허망하게 더럽혀졌으니 안타깝고 애석하여 이 어찌 방성대곡할 일이 아닌가.

3.11 대지진의 피해 복구를 위해 수백억 원의 성금과 각계의 위문품을 바리바리 싸 보내고 구조대를 급파하여 인도적 열성을 다했건만 독도를 넘보는 음흉한 탐욕을 끝끝내 버리지 못하고 교과서에까지 실어 역사의 왜곡을 서슴지 않으니 이승만 라인인 평화선도 다시 긋고 줬던 것도 앗아 오고 싶은 솔직한 심정이다. 서비 선생의 순의비를 마주하니 바라보기조차 송구스럽고 민망하다. 준엄한 나무람이 귓속을 파고들어 깊숙이 머리를 조아려도 개운치를 않다. 뒷걸음으로 물러나 빤히 보이는 학동마을로 찾아들었다.

마을 초입부터 돌 담장의 널찍한 골목들이 줄줄이 이어졌다. 돌 한 층 올리고 반죽한 흙 한 층을 섞바꾸며 켜켜이 쌓아 올린 옛 담장이 가지런하고 깔끔하며 하나같이 정교하다. 무릎 높이는 흙을 쌓지 않고 돌만 쌓은 강담으로 흙 부분이 홍수에 유실되지 않게 하려는 선인들의 지혜가 묻어 있고 이엉을 엮어 올린 용마름이 아니라 구들장 같은 넓적한 돌을 비늘을 달아 담장 위를 덮었다. 미로 같은 골목길 전부가 온통 담장이고 텃밭의 둘레까지도 모두가 담장인데 고색창연한 솟을대문이 탐방객들을 때도 없이 불러들인다.

고종 6년에 지은 부농의 옛집으로 문화재 자료 제178호인 최영덕 씨의 고가이다. 고대광실 옛 영화의 흔적들이 오롯이 남아 있어 아련한 역사의 깊은 곳에서 옛 고향의 정취에 흠뻑 젖는다. 마을을 가로질러 개울을 건너면 서비 선생의 유훈을 기린 서비정이 빨갛게 만개한 동백꽃 나무로 울타리를 두르고 동쪽을 등지고 서쪽을 향해 고즈넉이 앉았다.

서짓골 육영재는 청운의 뜻을 품고
고대광실 돌 담장에 청황룡이 굼실대니
서비정 드높은 뜻을 길이길이 이으리

마을을 나와 바닷길 탐방로를 따라 갯가를 걸었다. 작은 섬들이 모닥모닥 떠 있는 틈새마다 아련한 수평선은 그린 듯이 고요한데 철모르는 갈매기가 하늘을 휘젓는다.

15

옥종
가는 길

　주변의 산색이 새잎이 돋아서 온통 연두색이더니만 5월이 깊어지
자 연녹색의 빛깔로 짙어져 사방천지가 푸르러 싱그러움이 넘치는데
비 온 뒤끝이라서인지 먼 산봉우리는 비안개 속에 묻히어 하늘이 나
직하게 내려앉았다. 화창한 봄날의 풍선처럼 부풀려졌던 마음도 차
분하게 가라앉는다. 이런 날이면 고산준령에 우뚝 서서 멀리 계곡 아
래를 가득 메운 운무를 내려다보면 불화에 그려진 비천상의 주인공이
되어 도포 자락 하늘거리며 천상을 떠다니는 신선의 기분을 마음껏
누릴 수 있는 날씨라서 길을 나섰다.

　나동면 삼거리에서부터 하동으로 가는 경서대로인 2번 국도가 왕
복 4차선으로 잘 닦아져 있고 완사를 지나 곤명을 지나면 선형 변경
공사로 도로는 다시 2차선으로 좁아지고 곤양천과 나란한 길을 따라
산모롱이를 두세 번 돌면 주유소를 사이에 두고 하동으로 가나 옥종
으로 가나 하는 갈림길이 나온다.

　길을 나선 맛은 갈림길에 있다. 갈림길을 마주하면 마음도 갈라진
다. 가야 할 곳을 찾아 나선 길이 아니고 가야 할 길을 알고자 나선
길이기 때문이다. 내친김에 하동 쪽으로 내달아 섬진강을 길벗 삼고

포은 정몽주선생 영정

포은선생 장검 상자

지리산을 말벗 삼아 노고단에 올라서 구름을 밟고 서서 비천상의 탱화 속으로 들어가 산천이 쩌렁쩌렁하게 일갈도 하고 싶다. "지도자가 되려는 자는 앞서 말하라 사후에 말하면 평론가에 불가하다."라고 말이다. 여의도 쪽만 바라보면 눈에 천불이 나서 가슴속이 답답해진다. 포은 정몽주 선생께 길을 묻기로 작정하고 옥종 가는 길로 차 머리를 돌렸다.

오가는 차량들이 이따금 보일 뿐, 한산한 시골 길로 접어드니 고향 가는 길 같아서 마음이 편안해지고 느긋해진다. 이래서 길을 나서고 길을 나서서 길을 묻고자 길을 찾는다. 산모롱이를 돌 때마다 작은 마을들이 5월의 싱그러운 청보리 들녘에 나직하게 앉은 채 인적조차 없이 그린 듯이 고요한데 남포마을 초입에 커다란 정자나무 옆으로 돌거북의 등을 타고 오석의 비가 우뚝하게 섰다.

3·1 운동 당시 왜경과 맞서 3년의 옥고를 치르고 지하 공작대를 조직하여 상해 임정의 요인과 연락하며 고학생 상조회를 만들어 독립을 위한 지하운동으로 일생을 마치셨다는 애국지사 이홍식 선생의 업적을 새긴 비석이다. 머리를 숙였다. 눈을 감았다. 이 시대를 살고 나면 이런 비석에 이름 세 글자가 새겨질 사람이 과연 있을지. 송구한 마음에 발길도 무거운데 얼마를 가지 않아서 차에서 내리란다. 세월의 흔적이 역력한 빗돌이 간신히 판독되는 '하마비'이다. 옥종을 지나면 단성으로 이어지는 길인데 여기서부터 말에서 내리라니 무슨 까닭인가. 사유를 새긴 새로운 비가 옆에 서서 까닭을 일러준다. 경현당 인천 서원이 머지않으니 말에서 내려 걸으라 했다는 것이란다.

얼마를 가지 않아서 황토 흙 돌 담장을 울로 둘러싼 효자비각이 진보라로 곱게 물든 신비스런 색감의 등나무 꽃을 치렁치렁 늘어뜨려

발처럼 드리우고 단아하게 홀로 섰다. 구구절절한 효행의 사연일랑 훗날 듣기로 하고 앞에 선 인천 서원이라는 표지판을 따라 무엄하게도 차를 몰았다. 길동무가 있으면 10여 분 거리라서 도란거리며 걸으면 멋이 있는 길이다. 겹겹이 둘러싼 야트막한 산들이 작은 이야기에 귀를 기우리 듯 올망졸망 서로의 어깨너머로 머리를 내민 정겨운 길이다. 서황마을 안길 끄트머리에 닿으니 솟을대문을 앞세운 우람한 기와집들이 추녀를 맞대고 근엄한 자태로 가지런하게 배열되어 앉았다. 임진왜란 당시 진주성에서 싸우시다가 남강에 몸을 던져 순국하신 문무겸전의 의사 모산 최기필 선생을 정위에, 청나라 옥하관에서 절의로 순국하신 죽당 최탁 선생을 배위로 모신 숙종 45년에 창건된 서원이란다. 죽당은 불모로 잡혀간 소현 세자와 봉림 대군을 배종하여 모시면서 청태종 앞에서 단 한 번도 '신'이라는 자칭을 쓰지 않고서도 번번이 답을 얻어 내셨다니 당당한 기개가 오늘을 사는 우리 모두에게도 이어졌으면 하는 바람이 더없이 간절하다. 예를 갖추고 왔던 길을 돌아서서 다시 옥종 가는 길로 접어들었다.

시골 길은 산모롱이를 돌 때마다 새로운 풍광이 길마중을 나선다. 굽이굽이 옛이야기들을 옹기종기 옹골차게 품은 채로 곳곳마다 황토색 안내판이 길손을 붙잡는다. 좌회전을 하면 천년 고찰 양천사가 있다고 일러주기에 서두를 일도 없어 찾아보았다. 소나무 숲이 촘촘히도 빼곡한 산길을 따라 구불구불한 산허리 길을 한없이 들어가니까 굵직한 바윗돌로 축대를 쌓은 석축 위로 단청이 화려한 대웅전이 추녀를 활짝 벌리고 길손을 반긴다. 일주문도 천왕문도 없이 새로 지은 요사채가 개량 기와를 단정하게 덮고 깔끔하게 자리 잡았는데 뒤편 옆으로는 비가림을 한답시고 비닐 천막을 뒤집어쓴 채 연방이라도 허물어질 것 같은 폐옥 같은 당우가 전부 이고 절 마당 어느 구석에도 석탑이나 석등도 하나 없다. 천년고찰이면 석등, 석불이나 석탑 정도는 크든 작든 있을 법도 한데 오래전 어느 양상군자가 말끔히도 실어간 모양이다.

대웅전에 들어서니 여느 절집이나 다름없이 향 내음이 가득한데 자그마한 삼존불 양편으로 신중탱과 산신탱 그리고 나반존자의 독성탱이 온화하면서도 준엄한 표정이고 불단 앞에는 끝자락이 낡아 헤어진 먹장삼이 개어진 위에 반질반질 손때 묻은 목탁 하나가 동그랗게 놓여있다. 심산 절집의 목탁을 볼 때마다 스님들이 안쓰러워진다. 불법 정진이 무엇이며 해탈성불이 무엇인지는 모르지만

무슨 죄가 그리 많아 천륜 끊고 인륜 접어
세상만사 등을 지고 호의호식 마다하고
심산 절집 찾아들어 백천만 번 절하면서
양 무릎은 피가 말라 굳은살이 박힌 채로
밤새도록 독경하고 첫새벽에 일어나서
범종 치며 설움 풀고 법고 치며 원한 풀
운판 치며 망각하고 목어 치며 새 맘 먹고
달이 가든 해가 가든 면벽하고 정진해도
두고 온 속세 인연 질기고도 모질어서
두들겨서 패고 팬 것이 목탁이 아니던가?

그래서 목탁을 보면 늙어서 몸집도 작아져 버린 채 돌아앉은 노스님의 뒷모습을 연상하면 안쓰러워 마음이 짠해진다. 소득 없는 백수

라 향 값이나 되랴마는 천 원짜리 한 잎 불전함에 넣고 향불 붙여 헌향하고 알고 짓고 모르고 지은 죄업 이럴 때라도 용서 빌고 속죄라도 한답시고 코를 처박고 몇 차례 절만 하고 돌아 나왔다.

옥종 가는 길은 충무공 이순신 장군께서 화개에서부터 합천 율곡까지 백의종군을 하며 걸으셨던 길이다. 2km 남짓하게 꼬부랑길을 가면 정수리마을 입구에 화개 61.8km 율곡 86km라는 백의종군로의 표지석이 또 나온다.

율곡 방향으로 우회전을 하여 작은 산모롱이를 돌면 대궐 같은 기와집들이 한눈에 들어온다. 밑둥치도 굵지만 유별나게 키가 큰 은행나무 두 그루가 널따란 주차장을 지키고 섰는데 고구마 밭이랑에 하마비가 섰다. 얌전히 차에서 내려 솟을대문을 들어섰다. 널따란 마루청이 깔린 우람한 목조기와 건물이 포은 정몽주 선생께 향사를 올리는 옥산 서원이다.

동재와 서재를 좌우에 두고 왼편으로 고색창연한 장판각이 눈을 끈다. 포은의 후손인 영일 정씨 관리인 창교 씨가 예를 갖추어 안내를 하면서 장판각의 문을 열어 주었다. 먹물 냄새가 물씬 풍기는 500여 편의 목판이 가름대 층층마다 빼곡하게 꽂혀 있다. '포은선생문집록속'이라고 쓰인 모서리의 제목이 눈에 띈다.

"이런들 어떠하리 저런들 어떠하리" 하고 이방원이 포은을 회유하려는 '하여가'에 맞서 "이 몸이 죽고 죽어 일백 번 고쳐 죽어/ 백골이 진토되어 넋이라도 있고 없고/ 님 향한 일편단심이야 가실 줄이 이시랴"라고 받아치며 유혹을 뿌리치고 선죽교에 유혈을 남기신 지조와 절개의 표상인 '단심가'가 이 안에 있으니 가슴이 벅차서 눈물이 핑그르르 돌며 감개무량하여 목이 멘다. 문을 닫고 나와 강당 건물 뒤를 돌아드니 두 개의 대문이 나란하게 섰다. 대문을 들어서면 포은 선생 영당과 위패를 모신 문충사 전각이 나란하게 섰다. 영당의 문을 여니 근엄하신 포은의 영정이 굽어보고 계신다. 옷매무새를 고치고 예를 갖추어 큰절을 올리고 일어서는데 관리인 정창교 씨가 까맣게 옻칠을 한 길쭉한 빈 상자를 열어 보인다. 선생의 소장하셨던 장도가 있었는데 언젠가도 모르게 도난을 당했다며 탄식한다. 가슴이 털썩 내려앉는다 이 일을 어쩌나! 뜰 앞으로 내려섰다. 병풍처럼 두른 뒷산을 덮은 짙푸른 대나무 숲 사이로 드문드문한 낙락장송이 만고상청 선생의 넋이던가. 송죽이 어우러진 창공 위로 백로 한 마리가 훨훨 날아간다.

유월에
떠나는 길

넝쿨장미가 다연발 폭죽이 한꺼번에 터지듯이 담벼락에도 가시철망 울타리에서도 있는 힘을 다해 마음껏 터져버린 유월이다. 유월이 되면 생각나는 잊혀져가는 이름들이 있어 진주 칠암동 쪽에서 진주성 쪽을 향해 남강 다리를 걸어서 건너본다. 남강물에 그림자 진 촉석루가 지금은 저리도 아롱진데 그때는 왜 그렇게 어두운 그림자만 드리웠을까. 강바람을 타고 매캐한 최루탄 냄새가 향수처럼 스며온다. 다리목 오른쪽 건물 3층. 신한민주당 경남 제3지구당 사무실이었다. 옥상에 내걸어야 할 확성기를 진주 시내 어느 소리사나 전파사에서도 빌려주지 않는 것을 멀리 사천까지 가서 한밤중에 구해다 걸어준 이점용 씨.

"책상을 탁─하고 치니 억─ 하고 죽었답니다."

가슴이 터지도록 소리쳤더니만 남강 다리를 막아버리는 백골단들은 어찌 그리도 날래던지. 다리 난간에 기대서서 확성기를 달았던 옥상을 한참 동안 올려다보았다. 비봉산 너머로 떠가는 구름에 24년의 세월이 흘러갔다.

남강 다리 밑으로 발길을 옮겨본다. 당시는 찻길이 없어서 다리 그

전두환 전대통령생가

청계서원

늘을 찾아서 오륙십 명씩 모여 하루해를 보내시던 노인들은 나를 얼마나 원망했을까. 당시에도 두고두고 미안해서 당사무실에 소주 몇병 생길 때마다 찾아가면 언제나 등을 다독거려 주시던 백발의 노인들은 지금은 간곳없고 의암 씻은 강물만이 한가로이 흘러간다.

밀려오는 감회에 젖어 진주 성문 앞을 걸어서 경찰서 사거리 옆 건물 앞에 서서 3층 유리창을 올려다보았다. 이름을 바꾼 통일민주당 사무실이었다. 창문을 활짝 열고 마이크가 으스러지도록 얼마나 소리를 내질렀던가. 쇠스랑으로 백골단을 위협하며 나를 피신시켜줬던 서기찰 씨, 그리고 또 잊혀져가는 여럿의 이름들이 이맘때가 되면 간절히 그리워진다.

나 때문에 당신들의 가족들까지 어찌 될 뻔했던가. 중앙 로타리의 지하 통로가 공사 중이던 양편의 세입 점주들은 또 얼마나 많은 고통과 인고의 세월을 보냈던가. 무엇으로 갚아야 할지 유월만 되면 문뜩문뜩 생각나서 가슴 깊은 곳이 찡하고 미어진다. 누구를 위한 몸부림이었던가. 누구를 향한 저항이었던가. 매일 아침 칠성판을 지고 집을 나서면 다시는 돌아오지 못할지도 몰라서 돌아보고 또 돌아보기를 몇 번이나 했던가.

내친김에 유월의 역사 속을 헤집고 이제는 연민의 정이 가슴을 짓눌러서 전두환 전 대통령 생가라도 찾아볼 요량으로 차를 몰았다.

33번 국도를 달려 합천읍 들머리에서 함벽루를 건너다보며 우회전을 하여 깎아지른 천인단애의 개버리를 끼고 황강을 굽어보며 24번 도로를 따라가다가 낙민 삼거리에서 강 쪽을 따라 직진을 했다. 강섶을 따라 모닥모닥 우거진 갯버들의 초록 빛깔 틈 사이로 황강의 은빛

모래가 유월 햇살에 속살을 내맡긴 채 반짝거리는데 철 이른 피서객들이 간간이 눈에 띈다. 모닥모닥 떠 있는 갈대숲의 섬들이 강물 따라 둥둥 떠내려가는 듯도 한데 모심기를 막 끝낸 논배미에는 하얀 왜가리가 길게 목을 늘어트리고 양파를 뽑는 마을 사람들의 바쁜 손놀림을 무심히 지켜보고 섰다. 멀찌감치 버드나무 아래서 보릿짚을 태우는지 하얀 연기가 피어오르는데 그 옛날 설익은 밀이나 보리를 베어 얼굴이 새까맣게 구워 먹던 아련한 생각에 매캐하고 구수한 냄새가 사방에서 스며온다. 평화로움인가, 한가로움인가. 눈앞의 풍광마다 한 폭 한 폭의 그림들이 줄을 잇고 밀려오는데 추억의 잔상들이 인서트 되면서 대자연의 파노라마가 운전석 앞유리에서 시네마스코프로 영롱하게 밀려온다.

황강을 따라 한참을 달렸더니 불쑥 나타나는 황토색 표지판에 '청계서원' 그리고 '전두환 대통령 생가'라는 안내판이 삼각지의 화단에서 길손을 반기며 우회전을 하라고 일러준다. 아스팔트로 포장된 마을 들머리 길이 4차선 도로만큼이나 널찍한데 오른쪽으로 볏짚을 엮어 용마름을 얹은 나직한 돌담 앞으로 하얀 안내판이 커다랗게 섰다. 그 언젠가는 전국에서 찾아오는 관광객들로 북새통을 이루더니만 주차된 차량이 한 대도 없고 갓 타작한 햇보리를 기다랗게 그물망을 깔고 말리는 것으로 보아 요즘은 찾는 이도 없는 듯했다. 담장 너머로 빤히 보이는 초가삼간의 안채에다 헛간 한 채와 초가지붕으로 된 널빤지 뒤주 하나가 전 대통령 생가의 전부이다. 대문간 역시 볏짚으로 이엉을 덮었는데 대문짝도 얇막하고 크기도 작아 촬영장의 세트 정도로 보여진다. 열려 있는 대문을 들어서니 평범한 농가의 옛 모습 그대로일 뿐 그 어디에도 특별하게 눈에 띄는 곳은 없다. 우리들의 옛날 시골 농가가 다 그러했듯이 방문 앞에 마루청 깔린 방 둘에다 정지인 부엌 한 칸이 초가삼간 아니던가. 가느다란 오죽의 작은 대밭을 울타리 삼아 바람막이 병풍처럼 둘러친 초가삼간, 껍데기만 벗겨낸 야위고 구부정한 기둥의 오막살이 초가집이 액자 속의 소박한 그림처럼 자그마한 집이다.

마루청에 방명록이 있어 서너 장 앞을 넘겨보았다. 어떤 날은 여남은 명씩 다녀간 모양이다. 마루청에 오르지 않고 허리를 쭉 뽑아서 큰방 작은방 문을 열어보았다. 방마다 맞은편 벽에는 전 대통령의 스틸 컬러 사진 네댓 장이 액자로 메워져 있다. 댓돌에 선 채로 머리를 숙여 전직 대통령에 대한 예를 올리지만 내 젊음을 송두리째 앗아간 당신께 고개를 숙이는 것이 아닌 줄은 아시겠지 하고 큰방으로 들어갔다. 들어가지 말라는 경고를 무시하고 노란 장판이 깔린 아랫목에 당신의 그림자를 밀쳐내고 아니 짓뭉개고 양반다리를 하고 정좌를 했다.

칠 남매의 둘째 아들로 이곳에서 태어나 여덟 살까지 현 위치의 방에서 자라셨다니 만감이 교차하여 눈을 감았다 떴다를 반복해보았다. 천정의 상량문에 '단기 4316년 계해 7월 27일 입주 동월 29일 정유 신시 상량'이라고 쓰여 있다. 머릿속을 정리하려고 셈을 해보았다. 28이 나온다. 1983년에 옛 모습대로 복원을 했었고 이미 이 땅에 대통령의 선대가 자리를 잡아 제12대 대통령의 탄생을 예비하며 이 집을 지었던가.

액자 속으로 눈을 돌렸다. 영부인을 옆에 세우고 한 손을 높이 쳐든 전 대통령의 취임식 사진이 대통령 휘장을 바탕으로 커다랗게 보인다. 국헌을 준수하겠다던 바로 그 손을 수의를 입고 법정에 나란하게 섰던 노태우 전 대통령이 살그머니 잡으실 줄은 모르셨겠지요? 로널드 레이건 미 대통령과의 사진, 사마란치 IOC 위원장과의 사진, 88 올림픽고속도로 개통식, 엊그제같이 선명한 컬러 사진 위로 덧씌워지는 영상들!

광주의 5월 금남로, 최루탄이 난무하던 유월의 거리, 끝도 없이 줄지어 선 닭장차, 오버랩 되는 온갖 그림들을 헤집고 '님을 위한 행진곡' 그리고 '아침 이슬'이 비명과 함성으로 뒤죽박죽이 되어 방 안 가득히 메아리쳐 오는 듯하다. 각하! 국보위, 입법위원, 언론통폐합, 삼청교육대, 체육관 선거, 참으로 많은 일들도 하셨습니다. 영어의 몸에서 풀려나 고단한 육신을 쉬려고 귀향하려 할 때는 지역민들이 현수막을 걸고 결사반대를 했었는데 백담사에서 하산을 하실 때는 꼭 같은 크기의 환영 현수막을 걸고 영접하려 하였습니다. 격세지감의 독백을 고유로 아뢰고 액자 속의 존영을 향해 의미 있는 목례를 올리고 방을 나와 마루청에 걸터앉아 먼 산을 쳐다보았다. 희뿌연 연무가 하늘과 땅을 하나로 뿌옇게 덧칠을 하여 먼 산은 가늠조차 어려운데 중천의 틈새로 한 가닥 햇살이 연무의 장막을 뚫고 길게 뻗어 내린다.

연무의 틈새를 뚫고 나온 햇살은 마을 끄트머리의 청계 서원이 있는 중턱에 꽂히었다. 작은 소류지를 지나 아스팔트 포장이 잘된 도로를 따라 쉬엄쉬엄 걸었다. 산세가 어떠하기에 만인지상의 일국의 왕을 점지하였을까 뒷걸음질도 해보면서 한참을 걸었다. 한 쌍의 우람한 느티나무 뒤편으로 청계 서원이라는 편액을 달고 낡을 대로 낡은 기와집이 작은 대문을 앞세우고 고즈넉이 앉은 채로 격변하는 세월을 멀리 전송하고 영화의 꿈을 체념한 듯 괴괴한 정적 속으로 몸을 움츠리고 앉았다.

화림동
계곡

장마전선의 오르내림에 따라 장대비가 왔다가 뙤약볕이 났다가를 반복하는 날씨라서 볕살이 뜨거운 날이라 작은 계곡 어디를 가도 계곡물이 시원스럽게 흐르고 있을 것만 같고 멀리 가지 않아도 여름 풍광을 마음껏 즐기기에 딱 좋은 날씨라서 무턱대고 길을 나섰다. 길은 나서야만 길이 보이고 길이 보여야 앞이 보인다. 더구나 이정표 없는 인생길은 길을 나서서 길을 물어야 길을 알 수 있다. 아이이면 어떻고 우마인들 어떠랴, 바른길을 일러주면 초목도 스승인데 삼라만상이야 온갖 길을 일러준다. 죽장 짚고 삿갓 쓰고 행장 갖추어 나서려면 어느 날에 집을 나서나. 빈 가슴 입은 옷에 바람 따라 구름 따라 나서고 볼 일이다.

길을 나서면 사방천지가 사람 사는 이치를 끊임없이 일러준다. 산천은 계절의 오고감으로 이르고 늙음의 시기를 일러주고, 흐르는 물은 순리의 이치를 알려주며, 길섶의 바윗돌도 몸가짐의 정도를 일러주고, 풍우와 한설은 나아가고 물러섬을 알려주며, 흩날리는 꽃잎은 유혹의 뒤끝을 일리주고, 오곡백과는 땀의 가치를 알려주며, 하늘은 간간이 천둥을 치면서 꾸짖는다.

길을 나서서 전경이 바뀌면 뜬금없는 생각들이 떼를 지어 몰려온

광풍루

화림계곡

다. 별생각을 하는 동안에 진주 대전 간 고속도로 함양 IC를 지나쳐서 지곡 IC라는 표지판을 보고 무턱대고 차를 내렸더니 함양군을 종단하는 24번 국도가 나왔다. 함양이야 어디를 가도 산천경개가 빼어나고 골골이 선비들의 체취가 배어나는 곳이다. 예부터 좌 안동 우 함양이라 하지 않았던가? 우회전를 하면 일두 정여창 선생의 생가가 있는 지곡면으로 가는 길이고 좌회전을 하면 안의로 가는 길이다. 산 좋고 물 좋은데 반석까지 좋으면 옛 선비들이 풍류를 즐겼던 정자가 있는 법, 팔담팔정을 찾을 요량으로 안의 쪽으로 차를 몰았다.

농월정 월연담에 만월을 기약하고
동호정 청담수에 차일암 띄워놓고
거연정 바라보며 군자정서 시를 짓자

이만하면 발품을 팔아도 밑질 일은 아니다.

야트막한 고개를 넘어서니 양가의 비탈밭이 띄엄띄엄 사과밭이다. 3번 국도까지 갈 것 없이 안의로 곧장 들어가니 오른쪽은 5일장이고 왼쪽은 상가 지역이며 날머리의 안의교와 만나는 네거리 왼편 모서리에 날아갈 듯 날렵하면서도 우람한 누각이 광풍루이다. 빛과 바람이 만나는 금천 계곡은 발파석을 쌓은 제방으로 옛 모습은 더듬을 길이 없으나 예사로운 풍광이었다면 북향의 누각을 이리도 웅장하면서 날아갈 듯 지었으며 이곳 현감이시던 정여창 선생께서 굳이 중건을 하였겠나. 처마 끝은 창궁을 향해 날개를 활짝 펴고 기둥과 기둥 사이가 널찍하여 열린 가슴이 시원스럽기만 하다.

벗나무와 물푸레나무가 줄지어 늘어선 금천을 따라 벼랑을 돌면 이내 26번 도로와 만난다. 덕유산 준령을 넘어 영호남을 잇는 육십령으로 가는 길이다. 예서부터 만나는 계곡이 안의 삼동 중의 으뜸인 화림동 계곡이며 팔담팔정의 들머리인 농월정과 월연이 창공명월을 희롱한다는 물 좋고 반석 좋고 솔바람 시원스런 비경의 절승지다. 계곡치고는 그 폭이 웬만한 강만큼이나 너르며 깊게 파인 협곡이 아니라 상하 종형이 평평하고 반반하여 물소리마저도 요란스럽지 않아 평화롭기 그지없다. 날이 섰거나 모난 바위는 어디에도 없고 억겁의 세월에 하염없이 달아서 하강천사의 백옥같은 속살같이 반들거리고 매끄러운데 수십 수백 명이 뒹굴어도 좋을 자락이 넓은 너럭바위가 계곡 전부의 바닥을 이루고 있다.

홈이 깊게 파인 곳이 소이고 소에서 소로 비단결 같은 옥수는 흐르는 것이 아니고 사르르 미끄러지고 있다. 팔담팔정이라 했으나 정작 크고 작은 소가 너무 많아서 저마다 이름을 찾기도 어려운 지경이다.

월연도 못이 아니라 흐르는 물이 그저 널따란 반석을 둘러싸고 있어 둥글넓적 깊이 파인 바위가 못처럼 보일 뿐이고 월연암 반석에는 지족당 박명부 선생이 지팡이를 짚고 짚신을 끌었다는 장소라는 '지족당장구지소'라고 큼직하게 음각이 돼 있다. 임란 시엔 의병을 모으셨고 조정에 나아가선 광해군에 맞서 직간을 하다 삭탈관직 되어 낙향하였다가 인조반정으로 복직하였으나 올곧은 성품에 불의에 맞서며 시류에 영합하지 못해 벼슬을 버리고 향리로 내려와서 후학들을 기르셨다. 장죽을 짚고 월연암을 거닐었다고 새긴 글귀가 400년 세월에도 지워지지 못하고 또렷하기만 하다.

반석에 좌정하고 눈을 감았다. 선생의 지팡이 자국마다 새겨진 사연은 뭐였을까.

요즘 정치권도 예나 다름이 없습니다
권세 따라 무리 짓고 편을 갈라 영합하며
유구무언 맹종상책 직간하면 토사구팽
여론에 편승하다 이리저리 휘둘리는 백성들만 가련하죠

흐르는 물빛이 너무도 맑아서 손바닥으로 반석을 짚어 보았다. 물결이 일고서야 물이 반석 위로 미끄러지며 흐르고 있다는 것을 알 수 있을 정도다. 공작이 날개를 활짝 펼친 듯 날렵하고 화려했던 농월정이 불타고 없어졌지만 수려한 산수풍광은 길손의 옷소매를 놓아 주질 않아서 모질게 마음먹고 뿌리치지 않고서는 발길을 돌릴 수가 없었다.

계곡을 따라 잠시만 오르면 단청이 화려한 동호정이 차일담 깊은 소에 그림자를 지운다. 정자라기보다는 반듯한 누각이다. 아름을 훨씬 넘는 나무 기둥은 겉껍질만 벗겨내어 울퉁불퉁한 옹이와 움푹 파인 골하며 저마다 자연스런 멋을 물씬 풍긴다. 요철이 별로 없이 평평하고 커다란 반석 하나를 동호정 열두 기둥의 주춧돌로 삼았는데 그중에 한 기둥에만 굳이 주춧돌을 고인 것은 무슨 까닭일까. 덕유산 그늘을 깔고 황석산을 걸머졌는데 기둥감이 모자라서 돌 하나를 괴었을까. 명경지수 씻은 돌이 옥돌인양 즐비한데 돌이 없어서 하나만 괴었단 말인가. 누마루에 올라서면 천장 좌우로 여의주를 문 좌청룡과 월척의 물고기를 문 우황룡이 대들보를 대신했고 화려하게 단청된 중도리에 빙 둘러서 그려 놓은 그림에 '반대불역도설대성공자칠십사세일생종'이라는 화제가 쓰인 것으로 보아 열 폭 그림이 공자의 일대기를 그린 듯하다. 내려다보이는 계곡은 모래도 자갈도 한 점 없이 오로지 하나의 반석으로 바닥을 깔았고 세월에 깎이어 골이진 반석 위로 명경지수가 소리 없이 흐르는데 자라 모양을 한 너럭바위가 하늘의 해를 가릴만하다 하여 차일암이라 했고 임진왜란으로 의주로 몽진하는 선조를 등에 업고 내달렸던 충의지사 장만리 선생이 관직에서 물러나서 유영하던 곳으로 선생의 호를 따서 동호정이라 했다는데 동호정 곁에는 선생의 정려비각이 역사의 향기를 머금은 채 오늘을 지켜보며 근엄하게 섰다. 오늘을 보는 선생의 심경은 어떠하시랴.

'군졸이 많은들 덕장 하나를 감당하겠습니까? 학은 야위어도 천수를 다하지만 살찐 돼지는 그러하지 못합니다. 격세지감의 시류라 여기시고 혀나 한번 끌끌 차십시오. 차일암 감돌아 흐르는 물은 아직도 청정옥수입니다.'

선생께 아뢰고 군자정으로 발길을 돌렸다.

화림동 계곡 60리가 곳곳이 정자이고 간 데 족족 옥수청담이라 서서 보면 절경이고 앉아보면 비경이라 그저 발길 닿는 대로 내디디기만 하면 산수화 속의 신선이 되는 곳으로 화림동 계곡물을 방화수류천이라 하여 꽃을 찾아 버들을 따라 흐른다고 했다. 이쯤 되면 있어야 할 정자가 바로 군자정이다. 이름 같아서는 장엄하고 중후하리라 생각했는데 그와는 반대로 우람하지 않고 단아하며 화려하지 않고 소박하고 간결하여 검소하고 절제된 선비의 정신이 오롯이 서려있다. 조선 시대 5현 중의 한 분이신 일두 정여창 선생을 기리기 위해 1802년에 세워진 군자정은 정자에 올라서 바깥 풍광을 내다보는 정자이고 풍경이 무릉도원의 후원 같은 거연정은 바깥에서 건너다보아야 제멋이 나는 정자이다. 군자정에 올라 거연정을 바라보니 어느새 석양은 육십령을 향하여 구물구물 저물고 있다.

등구마천
오도재

  신묘년의 여름은 신묘한 것인지 꽤나 괴팍스럽다. 여름 소나기가 황소 등을 다툰다고 하지만 길 건너서 다르고 산 너머서 다르게 이 마을엔 장작불을 퍼붓듯이 뙤약볕이 볶아대고 저 마을엔 양동이로 물을 쏟아붓듯이 폭우를 퍼부어 물난리를 치게 하며 지척을 가르면서 유난을 떨어대는 폭염 폭우가 곳곳에서 미친 듯이 활개를 치고 다니면서 연일 난장판을 이루고 해코지를 해대니 덜 가진 사람들을 더 어렵게 하는 것이 애가 탈 노릇이다.

  모처럼 아침 하늘이 맑아졌고 지리산 폭우로 탈이 난 곳은 없나 하고 대전-통영 간 고속도로의 생초 IC에서 차를 내려서 경호강 상류인 엄천강을 거슬러 오르며 마천으로 향했다. 강이 돌면 길이 돌고 길이 돌면 강도 도는 강과 길이 못 떨어지는 60번 도로는 지리산 관광 순환 도로로서 물 좋고 산 좋아 산천경개가 빼어난 절경이라 단숨에 지나가서는 안 되는 길이다. 충절의 얼이 흘러 호국의 꽃이 되고 기개와 정절의 혼이 서려 의를 낳고 예를 길렀으니 벼랑마다 온갖 사연 굽이굽이 전설 되어 세월이 버겁고 고달픈 이들을 언제나 포근히 감싸주는 길이며, 기암괴석 바위마다 시인 묵객들의 발자취가 세파

오도재 관문

오도재 산신각

에 부대끼어 시름겨워 찾는 이를 언제나 달래주며 답답한 가슴을 다독거려 주는 길이다. 그래서 엄천강을 거슬러 오를 때마다 볼거리가 많아서 어디를 먼저 들여 볼까 하고 언제나 망설여지는 곳이다.

예까지 왔으니 천년 세월을 지켜온 덕전리 마애여래불을 찾아 우선 마음부터 느긋하게 가라앉히고, 일상과는 달리 더딘 걸음으로 다음 행선지를 정하기로 했다. 연이은 폭우로 피서객의 그림자는 흔적조차 없는데 강 따라 길 따라서 모롱이를 돌 때마다 강 언저리의 굽이마다 홍수가 쓸고 간 자국이 역연한데 문정을 거쳐 용류담을 지나자 강물도 내 언제 그랬더냐면서 꽤나 맑아 있고 비에 씻긴 초목은 더없이 싱그럽고 짙푸르며 무덕무덕 떠가는 먹구름사이로 깊어 버린 하늘의 파란 색감이 한없이 맑아서 눈이 부시었다.

마천 재래시장 들머리에 닿을 무렵 2차선 도로 한가운데에 뿌리를 같이한 서로 다른 세 그루의 나무가 등을 맞대고 버티고 섰는데 이 나무 아래에서 서로 손을 잡고 기도하면 부부간엔 애정이 두터워지고 남녀 간의 사랑도 이루어진다는 상서로운 연리목이 오가는 이들을 지켜보고 섰다. 5일과 10일마다 5일장이 서는 마천 재래시장 날머리에서 가흥교를 건너 백무동으로 가는 길로 접어들면 이내 마천초등학교가 나오고 학교를 끼고 오른쪽으로의 가파르지 않은 비탈길을 잠시만 오르면 고담사라는 널빤지 이정표가 정겹게 일러주는 주차장이 나온다.

호두나무와 잣나무가 우거져 있어 우람한 천년 고찰이라도 반길 줄 알았는데 근간에 지은 여염집 같은 산속의 작은집이 매미의 울음소리도 아랑곳없이 그저 고즈넉이 앉아만 있고, 촉촉하게 비에 젖은 나무 계단이 숲속의 싱그러움을 가득 머금고 길손을 정중하게 여래불 앞으로 안내한다. 숲이 짙어 터널처럼 된 숲속을 벗어나자 커다란 바위를 걸머지고 훤칠하게 키가 큰 마애불이 마치 길손을 기다리기라도 하는 듯이 저만큼에서 왼손을 장삼 자락 밖으로 살며시 내밀며 어서 오라시며 내려다보고 반기신다. 나도 모르게 손이 모아져서 머리를 깊숙하게 숙였다. 이곳저곳에서 마애불입상을 더러 보아왔지만 예처럼 조용한 미소로 마음 깊숙이 은근하게 반기는 불상은 처음이다. 높이 6.4m의 거대한 바위에 불상 높이만 5.8m라니 웅장하여 위압감을 줄 만도 한데 그와는 전혀 달리 온화하고 인자한 자태가 너무나 자애롭다. 보물 제375호로 고려 시대에 조성되었다니 천 년을 한결같이 중생에게 베푸신 자애가 한량이 없건만 부처님의 세간 살림살이는 향로 하나에 다기 그릇 셋이 전부인데 발아래 바위 뿌리에다 됫박만 한 옹달샘을 사시사철 마르지 않게 마련해 두어 목마른 자에게 약수 한 바가지씩을 끊임없이 베푸신다.

한 쪽박 가득 떠서 천천히 맛을 보았다. 청량감도 유난하고 단맛이 나는 듯 부드럽고 매끄럽다. 이를 두고 감로수라 했던가! 온갖 시름이 씻기어 가는지 마음도 몸도 날 것만 같아서 꾸벅꾸벅 감사의 절을 올리고 왔던 길을 되돌아 나왔다. 몸도 마음도 홀가분해졌으니 오도령 고갯길인 오도재를 넘어볼 요량으로 등구마을을 행해 길머리를 잡았다.

주유소 삼거리에서 표지판이 일러주는 대로 산길을 잠깐만 오르면 무심코 지나쳐 버릴 만한 그림 안내판이 길섶에 서서 누워계신 부처님을 보고 가란다. 멀리 건너다보이는 지리산 준령의 스카이라인이 영락없는 와불의 모습이다. 무시로 쏟아지는 폭우로 인하여 오늘따라 8부 능선에 깔린 하얀 구름 위에 반듯하게 누워서 하늘로 떠가는 듯 신비함을 더한다. 이만하면 족하지 왜 다들 절집의 크기와 불상의 높이로만 경쟁들을 하는지 군담이 절로 난다. 불언지간에 작은 다리를 건너라는 표지판이 시키는 대로 등구마을을 찾았다.

계곡을 따라서 비탈진 석축 위로 띄엄띄엄 작은 집들이 호두나무 아래에 집 한 채 있고 옻나무 숲속에도 한 집이 있고 감나무 아래에 또 한 집이 있고 호박넝쿨 담장 너머에도 또 한 집이 있다. 마을 회관 앞마당에서 사방을 구경하느라 두리번거리고 섰는데 할머니 한 분이 어서 들어오라고 손짓을 하기에 사양도 않고 마을 회관으로 들어갔더니 예닐곱 분의 할머니들이 모여서 자식따라 서울로 간 할머니가 고향 찾아오셨다고 넉넉하게 옻닭을 삶았다며 같이 먹자며 고향 찾은 할머니와 겸상을 차려주셨다. 무슨 설명이 더 필요한가! 지금도 변함없는 두메산골 등구마을의 인심이다.

"등구마천 큰 애기는 곶감 깎으러 다 나가고 효성가성 큰 애기는 산수따러 다나간다…."

그 옛날 고달픔을 달래면서 불렀던 길쌈 노래하며 풋감 따먹고 목이 메었던 배고픈 과거사를 어찌 한나절 이야기로 끝이 나겠는가, 훗날을 기약하고 문밖을 나서니 숲속에 모닥모닥 자리를 잡은 작은 집들이 끼리끼리 도란거리며 다소곳이 정겨운데 지금은 30가구 남짓하지만 일백여 호가 살았던 옛 이름은 아랫마을은 아랫등구 윗마을은 웃등구라 하였단다.

등구마을 위로 촉동마을 등구사에는 엄천강 건너편에 위패가 봉안된 덕양전 위로 돌무덤의 주인이 된 가락국의 마지막 왕인 구형왕이 기거하다 생을 마쳤다는 천오백 년 역사의 고찰은 옛 흔적은 찾을 수 없지만 가락국 허 왕후의 오라버니가 인도에서 가져왔다는 지장보살

사리탑이 기단과 탑신 두 개 층만 남아서 가락국 패망의 슬픈 사연을 머금고 앉아있다.

꼬부랑 비탈길은 왕복 2차선으로 잘 포장이 되어 있어 낑낑거리지 않고도 잠시 오르면 지리산 천왕봉에서 반야봉까지의 지리대간 70리의 주능선을 이곳에서만 한눈에 볼 수 있는 지리산 조망 공원이 깔끔하게 마련돼 있고 지리산을 찾아가는 제1 관문인 오도재를 넘으면서 천왕봉을 바라보고 지은 한시들이 커다란 빗돌에 새겨져 오가는 사람들을 불러 세운다. 사림의 영수 점필재 김종직, 김일손, 정여창, 유호인, 최익현 등 역사의 인물들 하며 시인 묵객들의 주옥같은 글귀들이 엊그제의 흔적같이 빗돌마다 따사로운 온기가 흐른다.

오도재 고갯마루에 닿으면 2차선 도로를 가로막아 성루를 세워 '지리산 제1문'이라는 현판을 단 웅장한 누각이 위용이 넘치게 네 활개를 활짝 뻗쳐 들고 오가는 길손들을 정겹게 맞이한다. 변강쇠와 옹녀가 터를 잡고 살았다는 등구마천에서 변강쇠가 나무 지게를 지고 넘나들던 오도재는 삼봉산과 법화산이 어깨동무를 한 잘록한 고갯마루로서 구형왕후인 계화 부인이 등구사에서 매일 같이 올라와 멀리 천왕봉을 향해 제단을 쌓고 망국의 한을 달래며 선왕들의 명복을 빌고 빌던 성황당 고갯마루다. '오도산령신지위'라는 산신 비각 앞에 머리를 숙이니 계화 부인의 북받치는 눈물인지 '후두두둑' 하고 굵은 빗방울이 먹장구름을 뚫고 떨어진다. 얼마나 많은 사람들이 얼마나 많은 설움을 달래며 넘고 넘었던 눈물의 고개인가! 등짐장사가 넘고 가마꾼이 넘고 소박데기가 울고 넘던 한 많은 고개이기도 하지만 남해와 하동의 해산물이 오도재를 넘어 함양을 거처 내륙으로 운송되던 삶의 교역로였으며 임란 때에는 서산 대사가 승군을 이끌던 군사적 요새였고

6 · 25 때는 지리산 방어선이기도 했었다.

관문을 통과하면 널따란 주차장에 휴게소와 전망대가 잘 마련돼 있어 '한국의 아름다운 길 100선' 중의 하나인 오도재 고갯길이 한눈에 내려다보인다. 한글 초서 'ㄹ' 자를 연이어 내려쓴 것처럼 살아서 구불구불 발아래로 기어오르는 듯한데 멀리 함양읍이 가물가물하게 하얗게 보인다. 꼬불꼬불한 길에 이끌려서 한 굽이를 돌아 내려가면 널따란 길섶에 변강쇠와 옹녀의 해학적인 나상을 둘러싸고 수십 개의 목장승들이 저마다 퉁방울 같은 눈을 부라리며 불손하고 무례하게 우쭐거리며 힐끔거린다. 주먹을 불끈 쥐고 "콰—악" 하고 견주었더니 그제야 뼈드렁이를 들내고 입이 찢어져라 웃어재낀다.

변강쇠와 옹녀의 사랑 이야기를 풍자적으로 엮어서 익살스럽게 꾸며 놓은 목장승 공원을 지나 구불구불한 길을 1단 기어로 엉금엉금 기어서 내려가면 계곡물 소리가 카랑카랑한 쇳소리를 내는데 영화 속에서나 봄 직한 주막이라고 쓰인 검정 글씨에 하얀 초롱이 덩그렇게 매달려서 길손들의 발길을 멈추게 한다. 커다란 바윗돌을 세워 '변강쇠 촌 옹녀 주막'이라고 음각한 주막집 안내 표석이 옛이야기 속으로의 정취가 멋스러워서 주막집 작은 마당에 차를 세웠다. 헛기침을 먼저 하고 큰소리로 "주모—" 하고 불러야 어울릴듯한데 주인 할머니가 먼저 나와서 반긴다. 매미 소리와 흐르는 물소리가 청량감을 더하는데 동동주 한 사발로 목을 적시니 억만 시름이 가노라 하직한다.

19

고운 선생의
그늘 함양 상림

유별났던 지난여름의 폭염과 폭우를 견뎌내며 애타게 가을을 기다
리다 목이 가늘어진 코스모스가 이제는 긴 한숨을 돌리고 시름겹던
흔적을 지우고 청순한 자태로 하늘거리는 가을의 초입이다. 작은 들
풀도 이름 모를 초목도 저마다 가을을 준비하느라고 소리 없는 바지
런함에 산야의 빛깔이 하루가 다르게 달라지는데 우리들의 일상은 아
무리 바둥거려도 제자리걸음이라서 삶의 무게가 버겁기만 하다. 하지
만 풀썩 주저앉을 수는 없는 일이 아닌가. 유난 꽤나 떨던 폭염도 한
풀 꺾였으니 몸도 마음도 추스를 겸하여 천령 고을 천년의 숲 상림을
찾아서 고운 최치원 선생의 여유로움을 배워 볼까 하고 길을 나섰다.

대전 통영 간 35번 고속도로의 함양 IC를 빠져나와 상림으로 가는
길목에 함양초등학교와 나란히 자리한 함양 군청 앞의 학사루를 찾았
다. 하늘은 하얀 구름을 듬성듬성 중천에 띄워놓고 한껏 높이 파랗게
올라가 버렸는데, 학사루 지붕의 용마루는 하늘 높이 길게 한일 자
를 힘차게 그었다. 청홍흑백의 화려한 단청과 기둥마다 내걸린 흑판
백서의 주련들이 세월에 바래진 역사의 내음을 그윽하게 풍기는데 고
색창연한 2층 누각이 가지런한 처마 끝으로 그늘을 내어주며 잠시 쉬

상림과 연밭

학사루

어가라며 길손을 붙잡는다. 고운 최치원 선생이 함양 태수로 있을 때 자주 올라서 시를 짓고 했다는 기록이 있어 후세에 학사루라 이름하고 신라 시대에 처음으로 지어진 것으로 추정한다는데 왜구들의 침략으로 소실된 것을 조선 숙종 18년에 중수를 하여 함양초등학교 교실로도 쓰이다가 군립 도서관으로도 쓰인 때도 있었다니 고운의 얼이 서려 학문과의 깊은 연이 천 년을 이어온 모양이다. 가늠조차 어려운 천여 년의 세월에 갖은 풍상이 오죽이나 했겠냐만 영남 사림들에게는 피맺힌 한이 서린 슬픈 역사도 잠들어 있다.

유자광이 잠시 찾아와 시를 써서 걸었던 편액을 영남 사림의 종조인 점필재 김종직 선생이 당시의 현감으로 있으면서 이를 걷어내어 불살라버린 것이 훗날 사림들의 비극인 무오사화의 불씨가 되어 역사에 피를 적신 비운의 옛이야기를 간직한 채 말없이 오늘의 역사를 지켜보고 섰다.

누마루 기둥에 걸린 지금의 주련은 누구의 글귀인지는 알 수 없으나 학사이승황학거(學士已乘黃鶴去), 행인공견백운유(行人空見白雲留) '학사는 이미 황학을 타고 가버렸는데 행인은 부질없이 흰 구름만 바라보네.' 하고 길손의 심경을 이미 읽고 있는듯하여 나도 모르게 고개가 절로 끄덕거려졌다. 누마루로 오르는 나무 계단은 보존을 위해 잠기어 있어 선인들의 체취가 배인 아름드리나무 기둥만 어루만져보고 고운 선생의 천년 그늘 상림을 향해 차를 몰았다.

5분이면 족한 거리에 검푸른 숲이 위천 둑길을 가로막기에 우회전을 했더니 물레방앗골 축제를 알리는 아치형 광고탑 아래로 깔끔하게 마련된 주차장이 길손을 반긴다.

상림은 1,100여 년 전 신라 진성 여왕 당시 이곳 청령군 태수로 계시던 고운 최치원 선생이 위천의 범람을 막기 위해 물줄기를 돌리고 멀리 가야산에서 활엽수를 옮겨다 심은 우리나라 최초의 인공림으로서 아래쪽의 하림은 몇 그루만 남아서 그 흔적만을 남겼으나 상림은 온대 낙엽 활엽수 120여 종 2만여 그루가 계절마다 독특한 운치를 자랑하며 역사의 향기를 내품는 천연기념물 제154호로서 6만여 평의 방대한 숲이다.

길게 늘어선 활엽수의 빽빽한 숲이 한눈으로 그 끝을 알 수 없는데 안내도가 일러주는 대로 미로 같은 숲속의 오솔길을 따라 마음의 여유를 얻고자 더 느리게 더딘 걸음으로 들어본다. 소리 없이 흐르는 물빛 맑은 도랑에는 자연석의 징검다리가 옛 생각을 더듬으며 건너보라고 발길을 붙잡고 천 년의 약속 사랑 나무라는 연리목은 눈요기라도 하고 가란다. 시조 편액이 중도리에 빼곡하게 걸린 초선정과 연꽃 구경을 실컷 하라는 화수정은 잠시 다리라도 쉬어가라 하고 함양 읍성의 남문이었다는 단청이 화려한 함화루는 세월의 무게가 버거워 이제는 그도 고단하여선지 누마루로 오르는 계단 문을 잠그고 먼 산만을 쳐다보고 덩그렇게 높이 섰다. 길손도 목을 늘이고 누마루를 쳐다보니 영롱한 단청은 지금도 고운데 대들보로 마주한 청룡과 황룡은 머리가 없으니 이 또한 무슨 사연이 감춰진 것일까.

끝도 없는 숲속 길을 한참을 걸어서 다리도 쉴 겸 사운정에 올랐다. 고운 선생을 추모하기 위해 백여 년 전에 세웠다는 사운정. 무심히 떠가는 흰 구름을 바라보며 학사루에 오르셨던 선생의 옛 모습을 그려보았다. "칠월선성만일루, 등림회고차상추" 칠월의 매미소리가 누에 가득한데 누에 올라 회고하니 감회가 깊구나 하는 학사루에 걸린 주련의 글귀처럼 그때도 매미 소리는 사방에 가득했던 모양이다.

이글거리던 태양의 권세를 등에 업고 사방천지의 울울창창한 아름드리 활엽수의 높은 가지에 도도하게 앉아서 제 세상인 듯이 뱃심을 불끈불끈 주어가며 기를 쓰고 울어대던 매미들도 여름의 끝 무렵에서야 철이 든 건지 풀이 죽은 건지 낮은음으로 얌전히 소리를 내고 있어 이제는 듣기가 한결 부드러워졌다. 허다한 풀벌레가 제만 못해서 없는 듯이 살아가는 줄 알았는지 여름 한철의 볕살만 믿고 부귀영화를 천년만년이나 누릴 듯이 기고만장하더니만 그만하면 기가 죽을 것을 유난깨나 떨었으니 이제는 스스로 민망해진 모양이다. 가늘어진 매미 소리를 살근살근 밟으면서 어디로 이어지는지는 알 것도 없이 오솔길을 얼마나 걸었을까 하는데 커다란 광배를 등에 업은 큼직한 석불이 숲속에서 마주선다. 유난히도 큰 광배는 훼손되지 않았으나 주름진 옷소매 밖의 양손은 없어졌고 온갖 풍상에 시달린 흔적들이 이목구비에 군데군데 남았으나 자비로운 미소는 오롯이 남아있다. 어디서 떠내려 왔는지는 알 수 없으나 인근 이은리에서 출토되었다 하여 '이은리 석불'이란다. 향로도 촛대도 세간살이라곤 아무것도 없이 천년세월을 지켜온 석불 앞에서 두 손을 모아 고개를 숙였다.

작은 도랑을 사이에 두고 숲을 따라 길게 늘어진 연밭에는 아직도 연꽃이 간간이 피었는데 계유정난으로 이곳 함양 땅으로 유배되어 못다 한 생을 마치고 빤히 건너다보이는 산기슭에 묻혀버린 비운의 왕자 한남군의 원한이 하늘에 사무쳐 길게 내품는 한숨의 바람인지 스쳐 가는 바람결에 커다란 연잎이 일렁거리면 들판 전부가 흔들거리는 것 같다.

한나절을 걸어도 전부를 볼 수 없어 차를 몰고 연밭을 따라 한참을 올라 상림의 끝머리에서 화강암으로 잘 조각된 다리를 건넜더니 널따란 삼거리 가운데를 삼각주로 도드라지게 만든 작은 공원의 육모정 정자가 그린 듯이 고와서 차를 세웠다. 뇌계정이라는 현판이 붙은 근작이지만 정자 앞의 잔디밭에 커다란 오석을 다듬어서 빼곡하게 글을 새겼다.

있으렴 부디 갈따 아니 간든 못할소냐
무단히 싫더냐 남의 말을 들었느냐
그래도 하 애도래라 가는 뜻을 일러라

일찍이 교과서에 실려져서 청소년 시절에 애타는 가슴으로 수도 없이 읊조렸던 정겨운 시조이다. 이곳 함양이 향리인 뇌계 유호인을 떠나보내기 싫었지만 노모를 봉양하기 위해 외직을 자청하여 향리로 가려는 것을 말릴 수가 없어서 송별연을 베풀면서 군신간의 석별의 정을 가슴으로 읊은 조선조 제9대 왕인 성종의 시조이다. 보내고 애타는 마음을 대물림 받으면서 뇌계정에 올라서 다시 한 번 읊조리니 세월에 묻혀버린 아련한 옛 생각들이 가물가물 눈시울에 어른거린다.

싫다고도 마다고도 내색한 적 없다마는
바람결에 묻혀갔나 구름에 실려 갔나
덧없는 세월 속으로 멀어져간 사람들

잊지는 않았어야 할 잊혀진 사람들이며 보내지는 말았이야 할 떠나간 사람들 속절없이 멀어져간 잊혀진 얼굴들이 아련하게 스치는데 정자를 감돌아서 벼랑을 따라 흐르는 냇물은 초가을 저무는 햇살에 반

사되어 작은 별빛처럼 반짝거리는데 '뇌계 선생 낚시터'라 쓰인 둔덕
위의 석비는 옛 역사를 낚느라고 석양에 홀로 섰다.

상림의
뒤안 우루목

어느새 하늘이 파랗게 높아지더니 아침 기온이 갑자기 뚝 떨어졌다. 풍란과 고란의 난초 화분 서너 개가 놓여 있는 창밖의 베란다에서 어디서 날아왔는지 밤이 깊도록 귀뚜라미가 유난히 울어대는 바람에 한동안 잠을 들이지 못하고 뒤척거리면서 날만 새면 쫓아내야지 하고 벼렸었는데 눈을 뜬 아침에는 마음에 바뀌었다. 고산준령을 타고 가을이 짙어온다고 두메산골 어디선가에서 기별을 하려고 딴에는 마음먹고 찾아온 진객 같아서 문전박대로 내쫓을 수가 없어서 창문만 열어두고 두메산골 어딘가로 길을 나서기로 했다.

함양 상림의 뒷길을 가면 지리산 자락을 넘어 남원으로 가는 길이 있고 백운산과 대봉산의 줄기가 맞닿은 어우름의 산길은 서상을 거쳐 육십령으로 가는 길이다. 어느 쪽으로 가던 첩첩산중이라서 두메산골의 작은 마을들이 산골짜기의 틈새마다 석류 속처럼 옹골차게 감춰져 있어 길머리를 잡았다.

함양읍의 천년 병풍인 상림을 그냥 지나칠 수가 없어서 숲과 연밭의 어우름에서 한사코 돌기만 하는 물레방아 옆 쉼터에 앉아 저마다

열녀비각

하준수의 생가

의 색깔로 물들어가는 단풍의 빛깔이 녹아든 찻잔을 두 손으로 움켜쥐고 가을의 냄새를 마음껏 들이켰다. 파란 하늘을 나직하게 휘젓고 다니던 무심한 잠자리가 어디론가 횡–하니 날아가 버리기에 자리에서 일어났다. 상림 끄트머리를 벗어나 월암 삼거리에서 차를 세웠다.

상림으로 흐르는 위천의 냇물이 벼랑 아래로 감도는데 건너편의 빼곡한 소나무 숲이 가을이 물든 노란색의 들녘을 짙푸름을 더하며 널따랗게 막아섰다. 한눈에 보아도 솔숲의 규모가 엄청나게 커서 차를 돌려서 건너갔다. 농노길이지만 포장이 잘 돼 있고 송림의 들머리에 주차장도 꽤나 넓게 마련돼 있으며 송림의 면적이 4천5백여 평이라니 놀랍기도 하다. 하지만 인접한 상림의 유명세에 가려져 찾는 이도 없는 우루목의 송림! 수백 그루의 낙락장송이 수백 년 세월을 말없이 지키고 섰다. 곧아서 기품 있고 뒤틀려서 여유롭고 앵돌아져서 멋스러운 만고상청의 솔숲이다. 아름드리 소나무는 구물구물 하늘을 향해 오르는 듯 높기만 한데 고즈넉이 내려앉은 작은 정자에는 순국지사 매천 황현 선생의 한시와 문인 묵객들의 한시 편액이 즐비하게 걸려있고 솔숲의 그늘이 여름에도 차다고 하여 정자의 현판에는 하한정(夏寒亭)이라 쓰여 있다.

솔숲을 나와 월암 삼거리에서 병곡을 알리는 표지판을 따라 좌회전을 하는데 오른쪽으로 비각 셋이 나란하게 섰다. 언뜻 보기에도 예사롭지 않은 듯하여 그냥 갈 수 없어서 차에서 내렸다. 암수의 기와가 가지런히 단정한 맞배지붕에 청홍흑백의 단청은 화려하면서도 야단스럽지 않게 빛이 바래져서 옛 멋을 풍기는데 무늬를 그린 듯이 이끼 낀 기왓장은 기나긴 세월의 흔적이 확연하고 네 개의 기둥과 중도리를 화강암으로 다듬어서 하단부를 만들고 그 위에다 나무 기둥을 다시 세운 누각과도 같은 비각은 크기도 웅장한데 하나도 아닌 셋이 어깨를 맞대고 나란하게 섰다.

빗돌의 사연은 빛과 그림자의 흔들림으로 판독이 어려운데 광해 8년에 효자로 명정된 조선 중기의 학자인 우계 하맹보 선생과 그 후손들의 효자비로서 목조 비각의 정교한 건축 솜씨는 어디를 보아도 감탄사가 절로 난다. 추앙받고 찬양되어야 할 정려각의 행적들이 직계 후손이 아니면 찾은 이가 없어 교훈도 귀감도 되지 못하는 세태를 탄식하며 마을 입구의 삼거리에 닿았다. '우루목'이라는 커다란 마을 표지석이 갈림길을 가로막고 버티고 섰는데 길가에 선 하얀 안내판 두 개가 점잖게 길손을 불러 세운다. 애국지사 권도용 선생과 나란한 또 하나는 애국지사 하찬현 선생을 알리는 안내판이다.

두 분이 이곳 우루목에서 태어나 같은 시대를 살면서 권도용 선생은 독립선언서를 배포하다 옥고를 치른 뒤 위암 장지연 선생의 뒤를 이어 백 년 역사의 항일 민족지인 경남일보 2대 주필을 역임하며 언론을 통한 항일 구국 운동에 앞장섰던 분이시고 하찬현 선생은 1919년 4월 2일 함양 만세 운동을 주동하다 일경의 총탄을 맞고 순국하셨다는 간략한 내용이다. 조선독립선언서, 독립충고문, 조선독립가, 조선독립경포서, 조선독립책선문 등을 제작 배포하며 조선 독립을 위해 무지한 백성들을 일깨우려고 일생을 바치신 추범 권도용 선생의 애국지심에 고개를 숙이고 마을 안쪽으로 들어가 보았다.

마을 한가운데로 흐르는 작은 도랑을 따라 잘 다듬어진 마을 안길을 들어서는데 허물어져 가는 돌 담장에 고래 등 같은 기와집이 너무나 허름하고 잡초가 무성하여 고대광실 옛 영화가 궁금하여 무턱대고 들어섰다. 마당에는 잡초가 우거져서 덤불을 이루고 썩어서 널브

러진 가재도구의 널빤지와 허물어진 담장 밑에 나둥그러진 삭아 빠진 무쇠 가마솥 하며 쓰레기장을 방불케 하는 온갖 잡동사니들로 발을 디딜 틈도 없는 을씨년스런 폐허의 고택이 육중한 덩치를 가누지 못하고 웅크리고 앉았다. 날렵한 용마루며 정교한 골기와에 날아갈 듯한 팔작지붕의 쌍도리 5칸의 누마루 겹집으로 대궐 같은 저택이었음이 분명한데 서까래는 삭아서 추녀가 내려앉고 쌍바라지 방문은 군데군데 부서지고 찢겨져서 거미줄이 얽혔는데 대청마루는 귀신이 나올 듯이 인적기 없이 음산하여 무슨 사연이 있어 부귀영화 어디 두고 이토록 폐가로 남았을까 하고 이리저리 살피는데 이웃에 산다는 이가 낯선 객을 반기면서 내력을 일러준다. 천석꾼의 아들로 태어나 일본 중앙대 법학부까지 유학을 거친 인재였다는데 여운형의 수하에서 조선 인민당 함양군당 위원장을 거쳐 조선 인민군 제3병대 부사령관이 되어 태백산 일대의 유격대 지휘관을 지낸 남도부 하준수의 생가라고 일러준다. 형장에서 사라져 간 잘못된 삶의 주인을 잃은 옛집은 부귀와 영화의 흔적만을 남긴 채 민족의 역사 앞에 무릎을 꿇고 기와지붕 한끝이 오늘도 비운의 과거사를 안고 무너져 내리고 있다.

마을 사람 누구도 함께했던 그 시대의 옛이야기에는 입을 다물고 살아왔단다. 잘못된 과거사도 역사인데 보수라도 해서 사료라도 했으면 좋으련만 역사는 언제나 승자의 편에서만 존재할 뿐 패자의 역사는 흔적 없이 사라질 뿐이다. 서까래 말고는 기둥이며 대들보며 종도리, 중방, 문틀, 마루청까지 흠잡을 곳 없이 멀쩡하여 아깝다는 생각에 한참을 둘러보고 마을 입구의 안내판이 일러준 용천송을 찾아서 도랑길을 따라 마을 깊숙이 들어갔다.

인적이 드문 듯 허름한 골목이 있어 들어가 보았다. 키가 나직한 소나무가 가지를 널따랗게 펴고 몸통을 가린 채 바닥을 덮고 있어 작은 연못을 돌아 가까이 갔다. 한눈에 보아도 용천송이다. 평평한 풀밭에 네모나게 옴팍 내려앉은 작은 샘에서 몸통이 살이 찌고 비늘이 번들거리는 황용이 45도로 비스듬히 하늘을 향해 솟구치는 듯 힘차게 승천하는 모습이다. 밑둥치나 윗동아리의 구별도 없이 같은 둘레로 육중하고 머리에는 끝가지가 없이 옆 가지만 있어 수염과 갈기를 휘날리는 벽화 속에 그려진 비룡의 모습 그대로다. 남편과 아들이 벼슬을 얻게 해달라고 지극정성으로 기도하던 어머니의 소망을 저버리지 않은 효자 하맹보 선생의 아들이 심었다는 350여 년 된 기념물 제213호란다. 요즘도 간간이 소원을 빌러 오는 이가 있다고 지나가던 할머니가 귀띔을 해준다.

애국지사가 있어 충이 있고 찬양받아 마땅할 효가 있는데 어찌 열이 없겠나 하여 발품을 팔았다더니 백전으로 이어지는 마을 끄트머리에의 길옆에 기둥도 돌이고 지붕도 돌인데 돌로 된 담장의 용마름까지도 돌로 조각된 비각이 다소곳한 자태로 자리 잡고 섰다. 출입문 지붕도 돌 하나로 기와지붕을 조각하였고 비각의 네 기둥 위에 올려놓은 지붕도 용마루까지 정교한 영락없는 기와를 얹은 팔작지붕을 돌 하나로 조각하였으니 그 크기가 실로 엄청난데 삼면의 돌담 위를 덮은 용마름 또한 돌 하나로 되었으니 석조 예술의 진품임이 틀림없다. 이름 모를 돌짐승이 등에 진 비문에는 '열녀봉사우집처남양방씨'라 쓰여 있다. 세월에 바래지면 역사가 되고 시대에 바래지면 전설이 된다. 잘게 부서져 내리는 가을 햇살이 거무스름한 석비를 따스하게 감싸는데 애국지사와 효열의 정기는 만고상청 송림에 어리고 고산준령에서 물든 우루목의 단풍은 아낌도 숨김도 없이 저마다의 색깔을 들내며 곱게 물들어 가고 있다.

21

백운산 상련대를 찾아서

잦은 비로 인하여 가을이 멈칫멈칫하더니 어느새 무서리가 내리고 먼 산의 빛깔이 거무스름하게 무거워졌다. 가냘픈 햇살에 볼을 붉히며 풀벌레 소리에 귀를 기울이고 달빛에 젖어가며 틈틈이 물들었던 단풍은 곱던 화장도 말끔하게 지우고 추억의 잔상만을 남긴 채 가랑잎이 되어 가을이 저무는 어딘가로 행하여 저마다 말없이 떠나고 있다. 이맘때가 되면 일상의 고단함을 잠시 잊을 수 있는 바깥바람이 그리워진다. 하얗게 찬 서리가 내렸다 하면 이내 첫눈이 오는 고산준령의 턱받이에 자리한 작은 암자가 불현듯 생각나서 홀가분한 차림으로 길을 나섰다. 오늘내일하다가는 비탈길이 얼거나 눈발이라도 날리는 날에는 미끄러워져서 오도 가도 못하는 심산 절집인 백운산 상련암. 고운 최치원 선생이 가야산으로 들어가기 전에 함양에서 마지막으로 머물렀던 상련대이다.

아침 안개가 걷힐 듯이 하면서도 좀체 햇살이 퍼지지를 않아 고속도를 조심스럽게 달려서 함양 IC를 나와서 상림을 지나 병곡을 거쳐 37번 국도와 만나는 삼거리에 닿았다. 좌회전을 하면 남원으로 넘어가는 길이고 우회를 하면 백전면 소재지를 거쳐 원통재를 넘어서면

상련암

상령대 가는 길

서하와 서상을 지나 육십령으로 가는 길이다.

대평 삼거리에서 우회전을 하고부터 위천 계곡을 끼고 잘 포장된 도로를 따라 줄지어 선 벚꽃나무가 무성했던 잎을 남김없이 흩날려 버리고 홀가분하게 겨드랑이를 들내고 먼 산의 풍광과 굽이굽이 돌고 도는 계곡의 운치를 마음껏 보란다. 화사했던 봄날 이삼십 년 생의 젊은 수령의 벚꽃나무는 소문을 듣지 못해 찾는 이가 없어도 첩첩산중의 산촌 길 오십 리 계곡을 따라서 원도 없이 한도 없이 마음껏 꽃을 피운단다.

위천 계곡을 끼고 모롱이를 돌 때마다 벼랑 끝의 노송이 모진 세월을 견뎌내느라 휘어지기도 하고 더러는 뒤틀리고 꼬였어도 옛 선비들의 도포 자락이 펄럭이던 고고한 절의를 말없이 전하면서 벽송정을 품은 채 만고상청 푸르렀고 별빛이 찬란한 밤에 망월정에 오르면 풍류객이 따로 없다. 서백마을 느티나무는 밑둥치가 썩어서 네댓 명의 장정이 들어앉을 만큼 홀랑 비었다.

콩 타작을 하고 있는 할머니께 수령을 물었더니 시아버지의 할아버지 때에도 고목이었단다. 요즘의 세상을 하루만 보더라도 텔레비전을 켜면 원칙도 기준도 없는 정치놀음에 열불 나고, 연예인 집합시켜 놓고 쓰잘데기없는 시시덕거림 하며, 얼토당토않는 내용 전개하는 저질스런 연속극하며, 인간 세상이 이럴 수가 있나 하고 가슴이 철렁 내려앉는 끔찍하고 망측한 사건하며, 정말로 나라가 걱정되고 젊은 이의 앞날이 염려스러운데, 사오백 년 세월을 지키면서 마을의 대소사에 속앓이가 오죽이나 했겠나 싶어 신비스러울 뿐이다. 백운산 원통재로 행하는 37번 도로는 산모롱이를 돌 때마다 어떤 마을이 또 나올까 하고 궁금증을 불러내는 제각각의 특색을 지닌 오지 중의 오지이다.

벼랑 끝에 아스라이 서 있는 산수유는 붉을 대로 붉어서 따주기를 바라고 고종 황제께 진상을 했다 하여 고종시라고도 불린다는 곶감이 건조대에서 줄줄이 빼곡한데 꼭대기 높은 곳에 까치밥만 남긴 감나무도 있지만 아직도 손길을 기다리며 주렁주렁 빨갛게 매달려 있는 나무도 많다. 마을 어귀의 삼거리에 닿자 양 갈래에서 흘러오는 계곡지의 도랑이 합류하는 지점에 자연과 인간이 어렵사리 타협하여 합작한 공원이 눈길을 끄는 백전면 소재이다. 마을 전체가 자연 속에 파묻힌 21세기의 무릉도원이다. 면사무소 앞에 차를 세우니까 아취형 다리 건너에는 물레방앗간이 옛날이 그리워 추억에 잠든 채 멈춰 있고 돌아가지 않는 연자매는 고단한 삶의 세월에 지쳐서 긴긴 꿈속을 헤매고 있다.

천 년의 사랑을 위해 연꽃씨를 심어보라는 안내판은 층층 계단을 동산 높게 깔아 놓고 청춘남녀들을 기다리고 섰다. 마주한 작은 동산에는 낙락장송들의 기품이 범상치를 않아서 다가갔다. 동산 기슭의 작은 흉상이 안내판을 앞세우고 근엄하게 섰다. 의병장 권석도 장군의 항일투쟁사로 을사늑약에 분노하여 의병장이 되어 용맹을 떨치시다 체포되어 "나라를 도둑질한 일제가 누가 누구를 심판하느냐?"고 진주 법원 재판장에게 호통을 치셨으나 종신형의 선고를 받았고 탈옥과 항일을 반복하시다가 총상과 옥고와 고문으로 반신불수가 되신 독립투사이셨다는 안내판이 오늘을 돌아보게 한다.

장군에게 정중히 고개를 숙이고 돌계단을 따라 올라갔다. 고즈넉한 동산정은 한 폭의 산수화가 되어 삼십여 그루의 노송들이 장군의 기상을 내품으며 만고상청 푸르렀다. 마을의 풍광과 운치에 발길을 돌리기가 아쉬웠으나 풍경화 속으로 더 들어가고 싶어서 상련대를 찾아서 가던 길을 재촉했다. 멀리 남향받이에 햇살을 받은 백운산이 흰 구름을 걸머지고 이등변삼각형으로 창공에 우뚝 섰다.

함양의 옛 이름이 천령이었으니 하늘에 닿은 고갯마루에는 구름도 바람도 쉬어 넘는 곳이라 구름도 많고 눈도 많아서 지명마다 구름 '운' 자와 흰 '백' 자가 많이 쓰이고 있단다.

운산교를 지나서 한참을 오르면 백운교에 닿는다. '상련대'라는 표지석이 다리를 건너지 말고 좌측 산길로 오르라 한다. 한 굽이를 돌면 절경이요 또 한 굽이를 돌면 비경이었던 37번 도로와 작별을 하고 첩첩산중으로 들어가는 좁을 길을 따라서 오르다 보면 과연 상련대가 있기나 한 건지 아니면 다시 바깥세상으로 나오기라도 할 수 있을 건지가 의심마저 드는 좁은 골짜기이다. 낙엽은 그렇게 곱던 빛깔을 화장을 지우듯이 말끔하게 지우고 바스락거리는 가랑잎이 되어 작은 도랑을 수북하게 메우고 시멘트로 포장된 좁다란 길바닥을 두툼하게 덮어 있어 낙엽의 천국이다. 양팔을 벌리면 좌우의 험산이 닿을 듯이 좁은데 울창한 나목의 틈새마다 기암괴석들이 여기저기서 불쑥불쑥 나타나 죄 많은 중생을 꾸짖기라도 하듯이 험상궂게 위협하면서 점점 거리를 좁히면서 조여 온다. "나무관세음 보살" 하고 합장이라도 하고 싶은 심정이나 잠시만 핸들을 놓으면 지옥문이 바로 코앞이라서 핸들을 더욱 힘껏 잡았다. 도랑 건너기를 거듭하면서 가파른 길은 끝없이 이어지는데 국화 모양의 희끗희끗한 이끼가 긴긴 세월의 문양으로 새겨진 크고 작은 돌로 옥수수 알을 박은 듯이 촘촘하게 쌓은 원통형의 돌탑이 좌우에서 길손을 맞이하며 묵언을 설하고 있어 심산 절집의 산문임을 알게 한다.

산중의 작은 암자 묵계암 표지석을 지나자 경사는 더욱 급해지면서 꼬불꼬불한 산길은 막힐 듯이 이어지기를 거듭하다가 승용차 서너 대를 댈 만한 주차장이 나왔다. 조심스레 주차를 시키고 차에서 내려서야 안도의 한숨을 쉬었다. 바위에서 바위로 이어지는 돌계단의 경사가 높고도 가팔라서 철제 난간을 꼬불꼬불하게 둘렀고 돌 담장 너머로 하늘에 매달은 듯 쫑긋한 추녀 끝이 치어다보인다. 웬 바위가 우뚝하다 했더니 스님이 바위 끝에 서서 길손의 안전을 지켜보고 있었다. 합장으로 인사를 하고 철제 난간을 잡고 돌계단을 오르면 울퉁불퉁한 옹이를 내밀은 거목들이 힘겨워하는 중생에게 불끈불끈 힘을 주며 반기고 섰다.

마지막 돌계단에 오르니 수십 길 낭떠러지 끄트머리에 나직한 돌담을 쌓아서 한 발 남짓한 통로를 겸한 마당이 전부이고 상련암의 원통보전이 청홍흑백의 단청으로 화려한데 정면 삼간의 작은 건물이지만 하늘을 바치듯이 추녀의 곡선이 멋있게 뻗쳐있어 팔작지붕의 웅장한 자태를 마음껏 풍기고 있다. 법당 안으로 들어서니 여느 절집이나 다름이 없지만 본존불의 크기가 팔꿈치 길이만 하게 작은 호신불인데 천장의 삼층 닫집이 복잡다단하고 너무도 정교하여 감탄이 절로 났다. 헌향 삼배하고 원통보전을 나선 뒤에야 아담한 당우 서너 채가 눈에 들어오고 뜰도 없고 마당도 없는 협소한 바위틈임을 알 수 있었다. 석간수 한 쪽박을 단숨에 들이켜고 나서야 사방천지가 한눈에 들어온다. 겨울철 눈 속에라도 갇히면 설악산 오세암이 동지승이 아니고서는 속절없이 불목하니로 살아야 할 판인데 성철 스님의 손상자라는 일서 스님이 절집의 역사를 세월아 가거라 하고 차근차근하게 일러준다.

신라 고찰로서 고운 최치원 선생이 어머니의 기도처로 건립하였는데 기도를 하던 중 관세음보살이 나타나 상련이라는 이름을 얻게 되었고 신라 말에는 구산선문의 하나인 실상선문을 이곳에 옮겨와 선문의 마지막 보루가 되기도 했다며 고승 대덕들이 수도 정진해 오던 곳으로 천여 년의 영험어린 수도 도량이란다.

천령군의 태수였던 고운 선생은 무엇을 얻고자 이곳 심산으로 들어왔을까?

자식도 품 안에 자식이고
내외도 이부자리 안에서 내외지
야무지게 산들 뾰족할 게 없고
덤덤하게 산들 밀질 게 없다
구물구물 서산에 해 걸리면
지고 갈 건가 안고 갈 건가

라고 해 놓고 더 무엇을 구하고자 상련대마저 두고 가야산으로 가셨을까. 지리산 천왕봉을 비추는 해는 이곳 서산에 걸리어 구물굴구물 저물고 있다.

신재 선생의
무산사를 찾아서

12월 들어서부터 벽에 붙은 달력 한 장이 눈만 마주치면 뭐했냐고 눈을 흘기는 것 같아서 도대체 마음 편할 날이 없다. 사람이 살다 보면 자질구레한 일도 수없이 많아 이래저래 부대끼다 보면 세월 가는 줄 모를 수도 있는 게지 세모가 이렇게 냉큼 올 줄이야 난들 알았나. 달랑 한 장 남아서 볼품도 없는 주제지만 은근하게 죄는 구박이 만만치를 않은데 누구 보따리 싸는 꼴 보려고 이러는지 눈치도 없이 절집에서 보낸 임진년의 새 달력들이 휙-휙 날아든다. 돌부리를 차봤자 발부리만 아플 게고 다 내 탓이오 하고 부아를 삭이고 스승을 찾아 길을 묻고자 길을 나섰다.

구마 고속도로 함안의 칠서 요금소를 나서서 신재 주세붕을 선생을 알현할 요량으로 무릉마을의 무산사를 찾기로 작정하고 아침밥을 서둘렀다. 마을 이름도 무릉리라서 무릉도원을 연상케하여 늘 짠하던 곳이라 이따금 벼르던 길이었는데 선생의 안전에 차림새가 가뜩이나 신경이 쓰여서 도포까지 싸서 갈까 하다가 산길인지 들길인지도 알 수가 없는 데다 초행이니까 겉모양이라도 볼 요량으로 점퍼 차림으로 홀가분하게 나섰다.

무기연당

주세붕선생 영정

칠서 톨게이트를 나와서 잠시 생각했다. 불쑥 신재 선생을 찾는 것이 무엄하다 싶어서 덕연 서원부터 먼저 찾기로 하고 칠원면 사무소에서 대산 방향으로 우회전을 하였더니 표지판이 갈림길에서 마중을 나와 섰다. 작은 주차장까지 마련돼 있어 네댓 대의 승용차가 주차할 만한데 길손을 반기는 것은 역시 하얀 안내판이다. 경남 문화재 자료 67호인 덕연 서원은 선조 24년에 이곳 철원의 사림(士林)들이 신재 주세붕 선생을 모시기 위해 동림 서원으로 세웠으나 임진왜란으로 불타고 다시 남고 서원으로 지었고 이어서 덕연이라는 사액을 받은 사액 서원이었던 것을 대원군의 서원 훼철로 헐렸다가 1911년에 덕연 서당으로 다시 세우고 이어서 존덕사를 짓고 신재 선생의 향사를 받들면서 덕연 서원으로 복원하였단다. 존덕사 옆으로 덕연별사까지 지어서 이 지방의 선현들인 배세적, 주박, 배석지, 황협, 주맹헌 선생의 위패를 봉안하고 예와 도를 이으며 학문을 가르쳐 후진을 길러낸 곳이다.

나지막한 대문은 허세를 부리지 말고 머리를 숙이고 들고나라는 뜻인 듯한데 '여림문(如臨門))'이라는 현판이 세월의 냄새가 물씬 풍긴다. 여림문을 들어서면 널따란 마당 가운데로 보행을 위한 돌을 깔아서 반듯하게 길을 내었고 야트막한 축대에다 우람하지 않은 기둥이며 아기자기하지도 않으면서 온화하고, 간결하면서도 중후한 멋이 있고 단청도 하지 않은 팔작지붕의 5간 기와집이 크기로는 여염집 같으나 겸허하고 겸손함을 한눈에 읽을 수 있는 격이 다른 맛이 난다. 나지막한 담장은 누가 너머다 보아도 몸가짐을 항시 바르게 하겠다는 숨은 뜻을 담은 듯이 소박하고 정갈한 멋이 있고 서원의 뒤에 자리한 존덕사와 그 옆의 덕연별사는 맞배집으로 단청을 입혀 선현들의 교훈을 화사하게 펼치고 있다.

왔던 길을 거슬러서 칠원면 사무소 앞에서 우회전을 하여 불원지간에 있는 무기리의 주씨 고가와 무기연당을 찾았다. 정갈한 돌담길을 따라 빤히 보이는 주홍색을 칠한 솟을삼문이 웅장하지는 않으나 범상치는 않다. 서까래와 중도리는 청홍흑백으로 화려하게 단청을 입혔는데 기둥과 대문은 빨갛게 주홍색을 입힌 홍살 대문이고 대문 위로는 충신과 효자의 주홍 편액이 붙어있다. 국담 주재성 선생의 충절을 기리는 충신 표시문이고 나란한 하나는 선생의 장남 주도복의 효행을 기리는 효자 표시문으로 '충효쌍정려문'이라고 안내판이 일러준다.

대문을 들어서면 사랑채인 감은재와 살림집인 안채가 모서리를 맞대고 중후한 옛 멋을 풍기고 이름도 생소한 당우인 불조묘는 1728년 이인좌의 난을 의병을 일으켜 평정하는데 공을 세운 국담 주재성 선생의 충절을 만세에 기리기 위해 "영원히 위패를 옮기지 말라"는 영조의 명으로 세운 국담 선생의 사당이다. 담장 너머의 별당으로 통하는 한서문이라는 현판을 단 대문이 맞배지붕의 육중한 기와를 이고 단청으로 치장을 했는데 빗장을 열고 들어서니 별천지가 열렸다.

두 단으로 돌담을 쌓은 장방형의 연못이 그리 넓지는 않으나 깊숙하게 바닥을 깔았고 한가운데는 돌탑을 쌓은 듯이 작은 돌섬을 만들어서 기암괴석으로 절경을 꾸몄는데 백세청풍이라 음각한 바윗돌 하며 심산 너덜의 돌을 눕히기도 세우기도 해서 만든 양심대라는 석가산이 용틀임한 수백 년 노송의 그림자와 어우러져서 품격 높은 운치를 더하고 있다. 연당을 내려다보는 하환정은 누마루를 깔고 고즈넉하고 그 옆으로 풍욕루는 몸도 마음도 바람에 씻기어질 만큼 대청마루가 시원스럽다. 마주한 충효사와 영정각이 연당의 앞을 살짝 가려서 어디 하나 허한 곳이 없으면서 갑갑하거나 답답한 곳도 없이 정숙함과 고요함이 가득한 정원이다. 마냥 머무르고 싶은 마음에 돌아 나오는 발걸음이 자꾸만 주춤거려지는데 돌담 골목을 사이에 두고 주씨 종중의 수보실이라는 마당이 널따란 현고겸양의 저택이 대문을 활짝 열어두고 있어 기웃거렸더니 대청마루에 섰던 노인이 들어오라고 손짓을 하여 고개를 깊숙이 숙였다. 102세의 노부를 모시는데 정작 본인의 몸이 성치 않아 거동이 불편하고 말이 안 된다면서 볼 게 있으면 둘러보라고 하시는데 간신히 그 말을 알아들을 수 있었다.

누가 해도 할 일이면 내가 하자
언제 해도 할 일이면 지금 하자
지금 내가 할 일이면 더 잘하자

정원을 가로막고 누워있는 커다란 바윗돌에 또릿또릿하게 새겨진 글귀이다. 읽으면 읽을수록 길손을 들으라고 하는 훈시여서 된통 꾸지람을 원 없이 듣고는 옷깃을 여미며 마음을 가다듬고 물러났다.

다시 칠원면 사무소 앞을 거쳐 칠서 톨게이트 앞을 지나서면 이내 무릉리라는 마을 표지석이 나오고 무산사라는 문화재 안내판이 길을 알려준다. 마을 초입에 들어서면 널따랗게 주차장이 마련돼 있고 커다란 자연석의 빗돌에 '무릉동천 문화지향'이라고 무릉마을 전체를 설명하고 섰다. 고래 등 같은 기와지붕이 즐비하게 줄지어 섰고 겹겹이 작은 당우들이 송림이 우거진 뒷산을 병풍처럼 두르고 층을 이루고 나란하게 섰다. 바깥양반이 출타 중이시라며 잠가진 대문을 열어준 신재 선생의 후손부가 훌륭한 조상을 모신 가문의 법도가 몸에 배어서 흐트러짐 하나 없이 예를 갖추며 차분하게 설명을 하시며 정중하게 안내를 해주셨다.

대문을 들어서면 무산 서당이라는 하얀 현판이 걸린 커다란 목조기와 건물이 양팔을 쩍- 벌리고 찾는 이들을 모두 품을 듯이 반갑게 맞이한다. 안내판은 무산사의 내력을 일러주고 신재 선생의 오륜가와 도동곡의 9장을 새긴 오석의 빗돌이 선생의 교훈을 전하고 있으며 서당을 돌아가면 하얀 화강암에 성리학의 근본 사상인 공경할 경(敬) 자를 붉게 음각한 글자가 눈을 끈다. 온갖 원혼과 잡귀를 영면토록 달래신 백운동의 죽계천 암벽에 새긴 선생의 글씨를 복사해온 것이란다. 겹으로 잠가진 광풍각 안으로 제월문을 여니까 오백 년 역사 속의 신재 선생 영정이 호피를 깔고 실물 크기만 하게 좌정하고 계시는데 건장한 체구며 부리부리한 안이 마치 장군의 당당한 풍채를 연상케 했다. 우리나라의 최초의 사액 서원인 백운동 서원을 세우셨고 백성의 교화를 위해 위로는 공경함을 아래로는 가르침을 솔선하신 대유학자의 존영 앞에 무릎을 꿇고 예를 올리니 준엄하신 선생의 훈계가 어깨를 누른다.

일찍이 선생의 부친께서는 근신하는 삶을 생활의 신조로 삼으라고 '입을 삼가고, 몸을 삼가고, 마음을 삼가라' 하시며 신구신신신심(愼口愼身愼心)이라는 삼신을 훈계하셨기에 이를 따른 선생의 학덕이 만고에 빛이 되고 만대의 귀감으로 오늘에 이르렀다. 혼돈과 혼란이 뒤범벅된 작금의 세태를 두고 준엄한 나무람이 뼈저리게 아쉬워서 선생의 체향이 오늘에 그립다. 광덕재로 들어서서 선생의 유품 앞에서 만감에 젖어본다. 학구성현(學求聖賢)이라 쓰인 액자 속의 글귀를 음미하며 문을 나서니 석양은 빨갛게 더욱 찬란한 빛으로 물들고 있었다.

23

구룡산 용선대를
찾아서

임진년 용의 해를 맞아 아홉 마리의 용이 용선을 타고 승천을 한다
는 용선대를 찾아 구룡을 대면하러 화왕산의 또 다른 이름인 구룡산
의 관룡사를 찾아 길을 나섰다.

중부내륙 고속도로 영산 IC를 나오면 군립 공원 화왕산을 일러주는
안내 이정표와 문화 유적지를 알리는 황토색 안내판들이 우쭐우쭐 일
찌감치 길마중을 나와서 반기고 섰다.

계성 삼거리에서 우회전을 하여 진평마을 지나 동정호 저수지를 끼
고 계곡을 따라 오르는 길엔 줄지어 선 식당들의 간판은 하나같이 '화
왕산송이 전문'이라 써져 있어 사방에서 송진 냄새가 향긋하게 나는
듯하여 군침을 돌게 하는데 이내 공원 입구의 매표소를 지나면 좌우
의 산세는 더욱 험산을 이루고 구룡교를 건너서면 울창한 솔숲은 깊
이 들어갈수록 아름드리 몸통에 붉은빛이 더욱 선명한 노송들로 빼곡
하다.

시멘트로 포장된 길은 가파르지도 않아 완만하고, 계곡을 따라 이
어지는 산길을 잠시만 오르면 저만치 한 쌍의 석장승이 절집 산문의
입구임을 아뢰고 섰다. 차를 타고 오르면 이들을 스쳐서 지나가기에

관룡사 석장승

용선대 석좌불

애당초 본래의 길이었던 석장승 사이로 난 길을 걸어 들어갈 요량으로 차를 길섶에 세워두고 뚜벅뚜벅 걸어 들었다. 길손들을 영접하려고 정중한 자세로 길 좌우로 남좌여우 나뉘어서 길을 틔우며 마주 보고 섰는데 어른 주먹보다 더 큰 통방울 같은 눈은 연방이라도 튀어나올 것 같고 입을 반듯하게 다물었으나 비집고 나온 엄니를 감추지를 못했는데 우람한 체구에 키는 팔대장신이다. 돌장승 사이에 길손도 우뚝 섰다. "어흠!" 하고 헛기침을 크게 하고 위풍당당하게 어깨를 펴고 허세를 부려봤다. 움찔하기는커녕 미동도 않는다. 투박하지만 어수룩하지도 않고 반듯하며, 우락부락하지도 않고 평온하고 경건하며, 뻐드렁니도 아니고 입을 굳게 다물어서 근엄하기까지 하다. "나중에 봄세" 하고 가던 길을 재촉했다.

멀리 병풍바위를 드높이 두르고 고즈넉한 절집의 전경이 모롱이 진 개울을 따라 빼곡한 솔숲사이로 그림같이 다가온다. 야트막한 돌 담장을 좌우로 가로막아 쌓은 가운데로 설주도 없이 돌을 쌓아 지붕을 만들고 기와 몇 닢을 얹어 작은 문을 내어 보행자를 들고나게 했는데 무슨 까닭이라도 있는 건지 오가는 사람들이 신기하다는 눈치다. 돌문을 들어서면 자연석으로 석축을 쌓은 돌계단 위로 여염집의 대문간 같은 대문 위로 '화왕산 관룡사'라는 금빛 찬란한 현판이 붙었다.

종각 옆으로 석축 계단을 오르면 마주하는 대웅전과 크고 작은 당우의 기와지붕 너머로 낙락장송의 솔숲이 울울창창 등받이가 되어 병풍처럼 둘러쳤고 더 뒤로는 하늘 높이 하얀 바위들이 수직으로 깎아지른 듯 천 길 절벽이 양 날개를 활짝 펴고 장엄하게 버티고 있어 절경의 웅장함에 가슴이 벅차다. 이 같은 석벽을 두고 천인단애라 했던가. 희끄무레한 암벽을 따라 간간이 골진 틈새로 낙락장송이 푸른 무늬로 채색되어 마치 여러 마리의 용들이 비늘을 번득이며 하늘을 향해 치솟고 있는 듯해서 연방이라도 휙– 하고 소리를 내며 대웅전 위를 청룡황룡이 휘젓고 날 것 같다. 그 옛날 원효대사가 이곳에서 100일 기도를 마치니 아홉 마리의 용이 승천하는 것을 보았다 하여 관룡사라 하였다는데 천 년의 세월이 흐르고도 삼백여 년이 더 지났건만 대사가 베푸신 따뜻한 자비가 관룡의 영지에서 오늘도 따습다.

웬만한 절집 같으면 장엄한 산세와 풍광의 위용에 제압될 듯도 한데 대웅전의 자태도 근엄하고 엄숙하다. 단청의 색감도 요란스럽지 않고 연하고 순하며, 석가래 밑의 공포와 익공도 그 곡선이 가볍게 날리지 않고 무딘 듯 부드럽고 정교하면서도 간결하다. 앞쪽의 좌우 추녀 밑에는 청룡과 황룡이 머리를 내밀고 여의주를 물었다. 우리나라 보물 제212호이다.

대웅전을 들어서니 석가모니불을 본존불로 모시고 아미타불과 약사불의 협시로 삼존불이 모셔져 있어 헌향하고 예를 올리니 괜히 홀가분한 기분이 들어서 삼존불 뒤를 돌아가 보았다. 뒷벽 전부의 크기로 수월관음보살의 탱화가 그려져 있는데 그 크기에 먼저 놀랐다. 물러설 곳이 없어서 고개를 뒤로 한껏 젖히고 치어다 봤더니 준엄하게 내려다보고 무엇인가를 나무라는 듯하는 안광에 압도되어 또 한 번 놀랐다. 언뜻 보기에도 예사롭지 않은 장엄하고 장대한 대작이요 숨겨진 보물이다. 옷매무새를 고치고 경건하게 합장 삼배를 올리고 뒷걸음으로 물러났다.

마주한 종루가 눈길을 끈다. 범종과 나란하게 자리한 커다란 법고와 좌대가 예사롭지 않아서이다. 한눈에 보아도 퇴색할 대로 퇴색하여 윤기라고는 찾아볼 수 없는데 법고 몸통의 조각조각 이음새를 거멀쇠로 맞물린 것도 특이하지만 법고의 좌대가 되어버린 목조 해태상이 살아 있는 듯 꿈틀거릴 것 같다. 아무리 상상 속의 영험한 네발짐승이라지만 전생의 업보인가, 생시의 업죄인가, 무슨 업장이 그리도 많아서 수백 년 세월 동안 오로지 축생의 구원을 위해 저토록 육중한 법고를 등에 지고 납작하게 엎쳤을까. 채색의 흔적이 희미하게 남아 있어 먼 옛날 젊음의 영화는 짐작이 된다마는 이제는 수백 년 노구에 법고의 무게가 버겁기만 하여 배를 바닥에 납작하게 붙이고 입을 벌린 채 눈동자마저 휑하여 안쓰럽기 그지없다.

약사전으로 발길을 돌렸다. 보물 제146호인 약사전 전각은 네 기둥의 건평 너비에 비하여 지붕의 면적이 특이하게 크고 넓다. 약사전 안으로 보물 제519호인 석조약사여래좌불이 높다란 좌대 위에 가부좌를 틀고 좁다란 앞마당의 아담한 3층 석탑을 천여 년을 지켜보며 오로지 중생들의 무병강녕을 기원하고 계시는데 좌대석도 하얗고 불신도 흰 돌이다.

요사채 앞마당을 돌아서 용선대를 알리는 표지판을 따라 산길을 올랐다. 간간이 잡목이 있을 뿐 온통 앵돌아지고 뒤틀어진 늙은 소나무들은 불타의 가르침을 묵언실행이라도 하듯이 용선대를 찾는 이들에게 자신의 뿌리를 아낌없이 내어놓고 층층이 계단을 만들어 안전한 보행에 육신을 보시하며 더러는 쇠진하여 고사한 채로 나목이 되어서도 오가는 중생들의 안전을 지켜보고 섰다.

작은 모롱이를 돌자 소나무 숲 사이로 멀리 창공에 불상이 우뚝히다. 깎아지른 벼랑 끝에 아스라이 앉아 오로지 중생제도를 위한 염원으로 찬이슬 맞으며 폭풍우도 마다 않고 엄동설한 설한풍도 내색 없이 견뎌내며 번뇌의 바다를 건너려고 천년 세월을 하루같이 용선을 이끌고 계셨단 말인가! 오! 석가세존이시여! 나무아미타불! 번뇌의 바다는 얼마나 깊고 탐욕의 바다는 얼마나 넓으며 수행의 길은 얼마나 멀고 해탈의 길은 어디에 있습니까?

육모의 돌기둥을 꼿꼿하게 세운 듯이 수십 길 낭떠러지가 수직으로 중천에 치솟은 용선대를 단걸음에 오르니 육신은 구름을 탄 듯이 허공에 둥실 떴고 멀리 사바세계가 발아래 깔렸는데 연화석 좌대 위에 가느다란 미소를 머금은 석좌불이 좌정하고 계시다. 네모난 하대석과 그 위로 팔각의 중대석, 그리고 연잎 무늬를 새긴 둥그런 상대석, 세 개의 돌이 날이 갈수록 황금색으로 물들고 있어 이를 두고 불가사의라 했던가, 신비한 일이다. 오묘한 불력에 의한 개금불사인가, 심오한 뜻이야 중생이 어찌 알랴만 천년 세월의 갖은 풍상에 모가 닳은 화강암 석상은 멀리 동트는 동녘을 향해 가느다란 자비의 실눈을 뜨고 중생제도를 위한 일념으로 계시는데 관룡사 목탁 소리는 구룡산에 메아리쳐져 멀리 사바세계를 향해 청아하게 여울진다.

문화유산의
보고 창녕을 가다

임진년의 정월 대보름달은 구름 속에 가려져 가늠할 수가 없는데 짐작으로 지핀 불에 달집은 불타올랐고, 액을 사르는 달집이 훨훨 타는 불길을 바라보다가 불현듯 4년 전 이맘때의 우리나라 국보 제1호인 숭례문이 불길 속으로 타들어 가던 참담했던 생각에 넋이 빠졌던지 대나무 마디가 불에 타면서 "탕" 하고 터지는 폭음에 놀라서 엉겁결에 손을 모으고 나온 말이 "국보 되게 해주십시오"라고 했다. 소원을 빌어 볼 생각은 애당초에 없었는데 별스런 소원이 빌어졌다. 불타던 남대문과 "달집에 불이야!" 하고 멋모르고 소리쳤던 옛 생각을 떨쳐내질 못하고 밤잠을 설쳤으나 가까이 있는 국보를 찾아서 길을 나섰다.

구마 고속도로 창녕 IC를 빠져나와 창녕 장터에 차를 세우고 간편한 파카 차림으로 차에서 내리니 찬바람이 매섭다. 입춘 추위를 넘기고 나면 바람결의 맛이 뭔지 모르게 부드럽게 느껴지는 건데 시절이하 수상해서인지 추위가 풀이 죽기는커녕 연일 유난께나 떨면서 꽁꽁조여 붙인다. 국운이 걸린 양대 선거를 앞두고 포퓰리즘에 휘둘리는

국보 제33호 진흥왕 척경비

국보 제34호 술정리 동탑

국민들을 일깨우려는 준엄한 훈계인지 제정신 잃어버린 정치인들을 후려치는 따끔한 매질인지 아니면 생면부지에 선량 되겠다며 겁 없이 우쭐대는 무례한 낮도깨비들을 쫓으려는 물바가지 세례인지 맹추위의 맛이 눈물이 핑그르르 돌만치 알싸하고 맵싸하다. 신발 끈을 조이고 술정리 동3층 석탑을 찾아 길을 물으려고 두리번거렸더니 눈치 빠른 안내판이 벌써부터 길마중을 나와 섰다. 좁다란 골목을 벗어나자 탁 트인 공터 한가운데에 웅장한 석탑이 당당하고 반듯한 몸집으로 장엄한 자태로 홀로 섰는데 그 품위가 장중하고 근엄하다. 웅장하면서도 위압적이 않고 당당하면서도 거만스럽지 않으며 반듯하면서도 매정스럽지 않고 온화하게 끌어들이는 그 품위에 경탄할 뿐이다. 2중 기단의 하단석의 가로세로 길이가 3.6m로 사방 12자이고 상단 석실 너비가 일곱 자를 넘는데 위로 3층의 탑신이 절묘한 균형미를 갖추었으니 크기도 놀랍거니와 붓으로 그린 듯이 옥개석의 처마선이 가냘프고 매끈하여 날아갈 듯 날렵하고, 정교하고 섬세함이 보는 이를 더욱 놀랍게 하는 우리나라 국보 제34호이다. 상단부가 없어서 아쉽기야 하지만 천년 세월을 두고 온갖 풍상 다 겪으면서 이만함도 고맙고 감사할 뿐이라서 고개를 숙였다.

물욕의 저편에서 언제나 홀로 서서
섶이 낡은 가사 장삼 백팔염주 드리우고
여명 속에 탑을 돌고 저물도록 절하면서
억조창생 염원 빌고 국태민안 축원하던
대덕의 염송 담은 청아한 목탁 소리
화왕산 깊은 골에 산울림 되어져서

낙동강 칠백 리로 흘러간 역사여라

사바세계로 울려 퍼질 범종 소리가 다시 들릴 날을 기다리며 훗날을 기약하고 발길을 돌렸다.

석탑 뒤편으로 빤히 초가지붕이 눈에 띄어 찾아들었다. 화왕산 억새로 이엉을 엮어 덮은 초가 대문을 들어서니 역시 억새 지붕에 단정하고 깔끔한 4칸 안채가 부엌문 앞으로 정갈한 장독대를 마련해 두고 반들거리는 대청마루로 길손을 불러 앉힌다. 천장에는 서까래 사이로 억새 줄기가 세월의 때가 묻어 거무스레하게 반들거리는데 세종 7년에 지은 집이라니 600년 가까운 긴 역사를 이어가고 있다. 빗겨 앉은 아래채엔 곳간 옆으로 디딜방아가 보릿고개 적의 긴긴 고달픔의 옛이야기를 품은 하병수의 17대조 백연이 건립하였다는 고택으로 중요 민속자료 10호가 되어 오지 못할 옛 주인을 하염없이 기다리고 있다.

동탑의 풍채와 아름다움에 홀리어 서탑이 궁금하여 발품을 팔았더니 들판에 홀로 선 서3층 석탑은 상단부까지 온전하게 보존돼 있어 균형미가 멋스럽다. 동탑과는 별개의 사찰 석탑으로 시대는 약간 후대로 추정한다지만 기단의 가로세로가 3.2m이니 동탑의 크기보다는 조금 작으나 예사로운 크기가 아니고 옥개석이 동탑보다는 투박하지만 균형의 조화가 참으로 잘 어울려서 탑신의 풍채가 더없이 반듯하고 화강석이라는 차가움보다는 온화함이 물씬 풍겨나서 손을 대면 따뜻한 온기가 전해올 것 같아 옛 여인들의 간절한 축원의 숨결이 들릴 듯이 정겨움이 스며나는 보물 제520호이다.

다시 시장터로 들어서서 금강산도 식후경이라 식당을 찾아 사방을 두리번거렸더니 여기저기 내걸린 간판마다 방송국 또는 연예인이 다

녀갔다는 '수구레 국밥 전문'이라 쓰여 있다. 어디를 가나 혼자 들어 가기가 늘 민망하여 괜찮겠냐고 물어봤더니 행주치마에 손을 닦으며 아주머니가 친절하게 반기신다. 쫄깃한 고깃살에 선지를 넣었는데 기름지거나 느끼하지 않고 담백하고 깔끔하여 늦은 점심때라 시장기 를 보태니 뚝배기 한 그릇이 단숨에 비워졌다.

대체 수구레가 뭐냐고 물었더니 소의 가죽 안살이라고 하기에 고개 만 끄덕이면서 속으로는 아서라 모르면 차라리 그 대답이 낫기는 하 다마는 설명을 해줘 봤자 믿을까도 의심되어 입을 다물었지만 그 옛 날 가난한 선비 집에 귀한 손님이 왔으나 접대할 찬이 없어 도리깨를 매는 끈으로도 사용하고 신발에 덧대기도 하려고 시골 농가마다 조금 씩 마련해 뒀던 쇠가죽을 푹 고아서 국을 끓여드렸더니 그 맛에 탄복 을 했다는 유래로 소의 겉가죽과 지방층 사이의 얇은 부위인데 삼오 식당 바깥주인은 그 내력을 알지 못하지마는 국밥 맛은 일품이다.

장터와 접해 있다는 조선 시대의 얼음 창고인 창녕 석빙고를 찾았 다. 노랗게 잔디 지붕으로 덮여 있어 언뜻 보기로는 커다란 고분과도 비슷하나 앞뒤가 길쭉한 장방형의 지붕에는 두 개의 환기구가 나직하 게 돌로 만들어졌고 출입구는 비스듬하게 반지하로 들어가게 하여 설 주와 문틀이 돌로 돼 있고 보존을 위해 철문은 잠겨 있었다. 지금쯤 얼음이 가득 채워져서 여름을 기다려야 할 보물 제310호는 출입이 금 지돼 있어 안내문으로 만족하고 만옥정 공원으로 발길을 돌렸다.

걸어서 10분 안으로 족한 거리라서 쉬엄쉬엄 걸어서 신라 24대 진 흥왕의 순수비로 알려진 첩경비가 있는 만옥정 공원을 찾았다. 야트 막한 언덕배기에 깨끗하게 다듬어진 공원으로 들어서니 팔척장신의 돌장승이 딴에는 관속이랍시고 입을 굳게 다물고 거만스럽게 양쪽으로 버티고 서서 본체만체 하기에 "어험!" 하고 헛기침을 크게 했더니 얼른 부동자세를 취한다. "진작에 그럴 것이지 벅수같은 녀석들" 하고 군담을 했더니 멀리 둔덕 위로 단청이 화려한 비각이 내려다보고 섰다. 기와를 덮은 나지막한 담장을 둘러쳐 문은 없어도 성역임을 암시하는데 우뚝 솟은 비각 안으로 키 한 길을 훌쩍 넘을 평평하고 널따란 자연석의 너럭바위에 가장자리를 선으로 음각하여 긋고 빼곡하게 한자를 음각하였으나 천 년 하고도 오백 년 가까운 기나긴 세월에 닳아서 판독하기는 어려운 국보 제33호가 유형문화재인 퇴천리 삼층석탑과 창녕 객사와 창녕 척화비 그리고 진흥왕 23년부터 한말 사이의 창녕 지방관들의 선정비를 굽어보고 있다.

만옥정 공원을 나서서 화왕산 군립 공원 쪽으로 잠시만 걸으면 창녕천 건너편은 매표소이고 왼편의 창화사 정문 앞을 지나면 웅장한 고분들이 불룩불룩 솟아있는 언덕 아래에 곱게 단청을 한 단칸짜리 맞배집이 적적함을 달래며 홀로 섰다. 쌍바라지 세살문을 여니까 참선하는 부처의 좌상이 고요함의 극치 속으로 중생을 인도한다. 밋밋하게 땅에서 솟아오른 평범한 바윗덩이지만 앞면을 깎아 돋을새김으로 조각된 좌불은 바위 속에서 가부좌를 튼 채로 조용히 조금씩 도드라져 나오는 듯 신비스러움을 주는 보물 제75호인 송현리 석좌불이다. 간절한 기원, 처절한 구원, 애절한 바람과 절박한 소망을 우리의 할머니의 할머니들이 빌고 빌어 이어져 온 천여 년의 세월이 또 영겁으로 이어져 가기를 지켜보고 계시는데 불신에 반사된 석양의 빛살이 사바세계를 향해 영롱하게 빛났다.

의령 백산로를
따라서

'정이월 다 가고 삼월이라네 강남 갔던 제비가 돌아오면은 이 땅에
도 또다시 봄이 온다네.'

즐겨 불렀던 잊혀진 동요인데 유난 떨던 늦추위가 봄을 기다리게
하여 새삼스러이 생각나는 노랫말이다. 실낱같은 매화 향기가 간간
이 찾아오건만 바람이 또 심통을 부려댄다. 남촌서 남풍 불 때를 기
다릴 게 아니라 길을 나섰다.

남해 고속도로 군북 IC에서 의령으로 내려섰다. 강이 있고 들이 있
고 산이 있어 언제나 바람 쐴 정도의 나들잇길이 정겨움으로 넘쳐나
는 길이다. 들녘은 봄풀이 파랗게 덮여져 완연한 봄이다.

들판을 가로질러 4차선 도로가 휑하니 뚫어져서 멀리서부터 나란
한 정암교가 훤하게 눈에 들어온다. 정암정과 솥바위를 잠시 보려고
갈림길에서 우측길인 옛 정암교 앞에 차를 세웠다. 차량 통행을 금하
고 소공원까지 마련하여 솥바위와 정암정의 풍광을 즐기라고 보행 전
용으로 단장을 했다.

남강의 물빛이 유난히도 파랗다. 홍의장군이 말을 달리며 지휘봉

망우당 곽재우 장군의 생가

홍의장군이 북을 매달았던 현고수

을 높이 들고 나를 따르라시며 강을 건너뛸 듯이 하늘 높이 우뚝 섰고 편마암 층층 바위 동산에 정암정이 강물에 그림자를 지우는데 난을 올린 수석 한 점을 수반에 담은 듯이 정암 솥바위가 남강물을 수반 삼아 그린 듯이 떠 있다.

정암교를 건너서 삼거리에서 우회전을 하면 신반과 적교 쪽으로 가는 20번 도로가 나온다. 예서 말고 다음 길인 교암 사거리에서 우회전을 해도 같은 길로 이어지는데 이 길이 좋은 까닭은 우회를 하여 의령읍길 날머리의 삼거리에 칠정려 비각이 있기 때문이다. 충절과 효열의 이야기가 씨알도 안 먹히는 세상이지만 비각의 건축미라도 잠시 훑어보면 이내 마음에 닿는 게 있어 새삼스럽게 좋아진다. 진양 강씨의 2충4효1열의 삼강문이 옛이야기를 세월 깊은 역사 속에 묻은 채 길을 따라 나직하게 나란히 서서 오늘날을 탄식한다. 괜스레 머뭇거리다가 비각 속의 흰칠한 석비가 홍살문을 열고 불호령을 내릴까 봐 정중하게 고개를 숙여 예를 올리고 오른쪽 길로 돌아섰다.

적교와 신반으로 가는 20번 도로 초입의 길섶에 커다란 화강암 표지석이 '백산로'라고 일러준다. 백산 안희제 선생의 애국애족의 유지를 기리고자 함이란다. 백산 선생의 생가를 찾기로 작정하고 주변의 풍광을 즐기며 쉬엄쉬엄 차를 몰아 진등재로 접어들었다. 내려다보이는 휘돌아진 강줄기가 강촌마을을 오지랖에 품고 살풀이 수건을 휘두른 듯한 백사장이 명사십리가 따로 없이 여유롭고 평화로워 과연 장관이다. 네모나게 테두리를 그려 벽에라도 걸고 싶다.

들길 건너 산길 돌며 강촌을 굽어보면 고향길의 정취가 옛 추억을 휘감는데 '탑바위 불양암' 이라는 표지석이 발목을 잡는다. 넓지 않은 들길을 가로질러 산발치의 주차장에 차를 세웠더니 의령 9경 중의 6경인 탑바위를 보려거든 고개를 걸어서 넘어오란다. 말이 고개이지 작은 언덕 같은 고개를 넘어서니 남강의 굽이진 물줄기가 용틀임을 하는데 작은 절집 불양암이 남강물을 굽어보며 없는 듯이 앉았다. 바위 턱이 옹색하여 가까스로 자리를 잡았는데 비구니 스님의 기도처라서 낯선 사람들의 출입을 금하고 있어 철 사립문을 굳게 잠그고 있다. 천인단애의 벼랑 위에 작은 암자 불양암은 고요에 파묻혀서 적적하고 적막한데 벼랑의 틈새 뒤로 켜켜이 쌓여진 편마암 바윗돌이 위태롭게 우뚝 섰다.

소원을 빌고 빌다 애가 타서 돌이 됐나
염불하는 여승의 두고 온 님 넋이더냐
불양암 종소리가 애간장을 후비 파서
억겁의 연을 쌓아 돌탑 되어 홀로 섰네

원인들 어쩌고 한인들 어쩌랴, 만고불변 절의로 돌이 되어 섰는데 두고 떠나야지 낸들 어쩌랴. 발길을 돌려서 가던 길을 재촉했다. 정곡 삼거리에 닿으니 호암 생가, 봉황대, 벽계 관광지, 일붕사 등 황토색 표지판이 촘촘하게 붙어서 오가는 사람들의 옷소매를 잡아끈다. 동행이 있어야 멋스러울 길이기에 후일로 기약하고 세간교 삼거리에 닿았다. 현고수와 세간리 은행나무가 있다는 황토색 표지판이 망우당의 생가를 알리는데 지나쳐서야 도리가 아니지 않는가. 여기가 의병의 고장 의병의 발산지 의령의 세간마을이다.

다리를 건너자마자 마을 회관 앞으로 주차장이 마련돼 있고 한눈에 들어오는 커다란 고목나무가 새끼줄로 금줄을 두르고 근엄하게 섰다. 의병장 곽재우 장군께서 북을 매달아 경고와 소집용으로 임란 때에 치셨다 하여 현고수란다. 그네라도 매었음 직한 옆으로 길게 뻗은 가지가 북을 달았음을 짐작할 수 있는데 그 수령이 520년을 넘었다니 인간의 세수로는 가늠조차 어렵다. 옆으로는 요새 지은 신식 팔각정에 커다란 북을 받침대 위에 올려놓고 마을 행사 때에 사용하면서 잊어서는 안 될 망우당의 호국정신을 상기시키고 있다. 마을 날머리 쪽으로 가면 망우당의 생가가 있다는 표지판을 따라 사오백 미터쯤 가니까 수령 오백여 년의 천연기념물 302호인 은행나무가 망우당의 생가 앞에 버티고 섰는데 세월의 무게가 버거운지 펑퍼짐하게 아랫도리를 뭉개고 앉은 듯이 몸통의 키는 한 길 남짓한데 둘레가 10m를 넘는 거목이다.

은행나무 뒤로 망우당의 생가 건물이 대궐같이 웅장하게 자리 잡고 솟을대문이 활짝 열려 있다. 대문을 들어서면 사랑채가 담장을 사이에 두고 뒤쪽의 별당채를 가리고 섰고 옆으로 난 안대문을 들어서면 한옥의 근엄한 자태를 뽐내는 안채가 자리하고 있는데 모두 복원한 근작 건물이고 정자형 우물은 깊이는 깊으나 망우당이 마셨던 물은 마른 지가 오래이다.

마을의 전경도 건너다볼 겸하여 다시 다리를 건너서 유곡천을 따라 1km쯤 내려가면 세간교 삼거리에 다리가 나온다. 다리를 건너면 홍살문이 우뚝 섰고 충효열과 애국지사의 공적비가 선 탐진 안씨의 추모 공원이 단장을 말끔히 히고 찾는 이를 반기는데 팔효각의 고색창연한 비각은 눈물겨운 옛이야기를 긴긴 세월 속에 오롯이 묻어두고 산자락에 가득하다.

유곡천 둑길을 따라 입산마을을 찾았다. 마을 초입에 들어서면 역사의 향기를 물씬 느낄 만치 대궐 같은 고가들의 굵직굵직한 용마루가 당차게 뻗쳐서 하늘을 가르고 솟을대문의 당당한 풍채는 기품이 서렸는데 가지런한 흙돌 담장이 반듯반듯하게 골목길을 열어 준다.

골목 입구마다 새까만 오석의 표지석이 줄을 지어 섰는데 독립유공자 안효제의 고택 수파정과 역시 독립유공자 안창제의 고택 송은정, 탐진 안씨의 종택과 안범준과 안준상의 고택과 한뫼 안호상 박사의 생가며 골목골목 고택들이 자리하고 있고 항일 독립정신의 배양소였던 창남 학교인 상로재, 지역 인재 육성의 산실인 고산재 등 마을 전체가 온통 항일 독립 애국지사의 생가가 즐비한 명문 고촌인 문화와 역사의 마을이다. 3월만 되면 마음 한쪽을 언제나 짠하게 저려오는 항일 독립 운동사 속에 백산 안희제 선생의 선각과 구국의 혼이 새삼스러운데 선생의 생가를 찾아드니 감회가 진하게 젖어 온다.

마당 가의 우물을 들여다보았다. 동그란 거울 속에 빤히 비치는 길손의 모습이 그저 민망스럽고 부끄럽기 그지없다. 발길을 돌려 헌뫼 안호상 박사의 생가를 찾았다. 길손이 중학교 3학년일 때에 진주시 소재 당시 국보 극장 앞 공터에서 사과 상자에 올라서서 시국 강연을 하시는 것을 난생처음 듣고 크게 감동되어 '나도 저런 사람이 되리라'고 작심했던 것이 지금껏 정치권의 회오리바람 속에서 일생을 방황해 왔지만 늘 선생이 짠하고 그리웠던 터라 대청마루에 걸터앉아 온갖 상념에 잠겨본다. 뒷산의 뻐꾸기는 울다가 지쳤는지 사방이 고요한데 저 건너 유곡천 위로 백로 한 무리가 떼를 지어 날아가고 아무도 없는 빈집은 속절없는 폐가인데 주인 잃은 나무새밭 양지쪽엔 이름 모를 방초가 새싹으로 돋아나서 옛 주인의 체취를 대신하고 있다.

단속사지 야매를 찾아서

음력으로 윤삼월이 끼어서인지 봄이 참으로 더디 온다 싶더니만, 세찬 바람이 세상천지를 뒤엎을 듯이 사나흘 동안이나 방방곡곡을 휘저으며 난리판을 치고 나서야 산들산들한 봄바람이 불어온다. 봄꽃들의 짙어진 향기에 묻어 봄갈이한 논밭의 흙냄새와 새 움 돋은 풀냄새가 야릇하게 상큼한 완연한 봄이다. 묵은 밭 양지에서 봄나물을 캐는 아낙이며 송아지가 까불거리는 이랑을 따라 쟁기질하는 잊혀진 풍경이 세월의 저편에서 파노라마처럼 줄지어 그려지는 봄의 들녘이 못내 그리워서 향수에 젖는 때다. 따사로운 봄 햇살을 포근하게 껴안고 고향 집 마루청에 걸터앉으면 사방이 수채화요 천지가 풍경화다. "매화 옛 등걸에 봄철이 돌아오니" 하고 옛시조 한 구절이 불현듯 생각나서 옛 피던 가지에 피었는지 보고 싶어 길을 나섰다.

길손들의 내왕도 없는 후미진 골짜기의 좁다란 논배미 어귀에 초연히 홀로 서서 풍우한설 마다 않고 온갖 풍상 견뎌내며 의연한 자태로 수백 년의 세월을 꽃피우고 섰을 단속사지 옆 운리의 야매가 보고 싶어서 대전 통영 간 고속도로 단성 IC에서 차를 내렸다.

단성 요금소를 나와 신호등 사거리에서 우회전을 하면 말끔하게 마

단속사지 나한전 터의 야매

단속사지 당간지주

련된 문익점 선생의 목화시배지와 전시관을 지나서 덕산 방향으로 가다 보면 남사예담촌이 요란스럽거나 야단스럽지 않은 예스러움으로 근엄하고 정중하게 예를 갖춘 듯이 차를 세운다. 대궐 같은 고택과 수백 년의 고매화 회나무 두 그루를 일주문처럼 앞세우고 조선조에서 시간이 멈춰버린 옛 마을을 지나쳐서야 어찌 매화 탐방을 하는 탐매객이라 하겠는가

골목마다 흙돌담이 키 한 길을 훨씬 넘는다. 이는 단절과 폐쇄를 위함이 아니라 말을 타고 골목길을 오가다 보면 어쩔 수 없이 넘어다 보이는 무례함을 막고자 서로를 배려한 선인들의 뜻이리라. 돌과 흙을 켜켜이 쌓은 옛사람들의 솜씨가 투박한 듯 정교하고 예사롭지 않은 간결함이 멋스러움을 풍기는데 막힌 듯이 굽어 도는 골목길을 따라 들면 나뭇결이 골이 깊어 세월의 흔적을 일러주는 솟을대문이 집집마다 높다랗게 솟아있다. 이참에 거드름이라도 한번 피워볼 요량으로 뒷짐을 쥐고 아랫배를 힘껏 내밀며 헛기침을 크게 하고 "이리 오너라!" 하면 냉큼 마당쇠가 튀어나올 것 같은데 육중한 대문은 열려있어 문지방을 넘어 들면 순간 타임머신을 탄 듯이 과거 속으로 한순간에 세월이 바뀐다.

기와지붕의 용마루는 당당하게 하늘을 받치고 도포 자락 펄럭이던 누마루 앞의 뜨락에는 기나긴 세월의 온갖 풍상이 굳은살로 눌어붙어 불에 탄 듯 검어져 버린 매화나무는 집집마다 화사한 꽃잎을 그린 듯이 피웠다. 이중에도 하즙 선생이 심었다 하여 선생의 시호를 딴 원정매가 700년을 넘었다니 어찌 인간 세수로야 가늠이 가당한가. 집주인 할머니는 자식따라 외지에 살고 있어 잠겨진 대문 앞에서 담장 너머로 황새목을 뽑다가 발길을 돌린 적이 한두 번이 아니었고 멀리

일본에서까지 원정매를 보러왔다가 안타까워했던 이도 허다했다는데 얼마 전에 뒤 담장을 한발 남짓 허물고 작은 출입구를 만들었단다. 탐매객을 위해 빈집을 열어버린 배려에 감사하며 출입구에 들어서니 괴목 한 그루가 정면으로 마주 섰다.

가슴팍 높이의 아름드리의 몸통은 옹이가 사방으로 불거지고 속은 삭고 썩어서 통째로 비었다. 길손의 인생사 육십여 년의 삶에도 온갖 속이 썩었는데 630여 년이라니 별별 속앓이가 오죽이나 했으련만 지난해에도 가지마다 감이 열려 옹골차게 붉혔다니 고마울 따름이다. 텃밭을 가로질러 앞마당으로 돌아들면 원줄기가 삭아서 불에라도 그을린 듯이 새까만 고매 한그루가 원정매이다. 700여 년의 세월에 부대끼어 매조도의 그림 같은 굽은 가지의 끝자락은 떨어져 나가고 용틀임하는 원줄기도 고사하여 받아둔 씨를 발치 끝에 심었더니 아들나무가 돋아나자 원줄기의 밑둥치에서 기적처럼 새 움이 돋아나 올해도 연분홍의 꽃을 피웠으니 고맙고도 반갑다. 앞마당의 원정매는 개화의 성쇠로 흉년과 풍년을 예고했고 뒷마당의 감나무는 국난을 울음으로 귀띔하였다니 선인의 심은 뜻이 오늘에도 따사롭다. 감나무 옆 돌 담장 사잇문 앞에서 다시 한 번 돌아서서 길을 터준 주인도 고맙고 감사하여 두루두루 안녕하시리라고 깊숙하게 고개를 숙였다.

칠백 년 갖은 풍상 뉘라서 알리요만
국태민안 빌어준 뜻 결초보은 하오리다
청매실 푸르러서 감꽃이 피거들랑
잰걸음에 달려와 잔 잡아 올리리다

운리 야매를 찾아 다시 덕산 쪽으로 차를 몰았다. 호암교 삼거리에 닿으면 입석마을 단속사지를 일러주는 황토 빛깔의 이정표가 길마중을 나와 섰다.

'호암동천'이라 새긴 빗돌이 길섶에 나와서 정중하게 길손을 반기는 호암마을 지나면 진양 강씨의 절의 정려각 옆으로의 남새밭에는 오동통하게 살이 찐 쪽파가 샛노란 장다리꽃 앞줄에 촘촘히 줄을 서서 군침을 돌게 한다. 살찐 쪽파 뽑아다가 끓는 물에 살짝 데쳐 백옥 같은 아랫도리 파란 줄기로 싸서 감아 초고추장에 찍어서 막걸리 한 잔 안주하면 억만 시름이 가노라 하직한다. 성미가 급하거든 장다리 동을 꺾어 된장에 찍어도 막걸리 안주로는 더 없는 일품이다. 훗날 누군가가 불러주기를 기대하며 길을 재촉하여 입석마을 지나 운리의 단속사지 동서 쌍탑 앞에 차를 세웠다.

절을 한 바퀴 돌고 나오면 걸어두었던 미투리가 세월이 흘러서 다 썩어 있었다고 했으니 그 웅장했던 대가람은 간 곳이 없는데 보물 제72호와 73호인 동서 쌍탑과 어른 키 두 길도 넘는 당간지주만이 제자리에 남아서 흥망성쇠의 애환의 역사를 일러주며 섰는데 곳곳에 남은 주춧돌과 축댓돌은 대숲에 묻혀서 범종 소리도 법고 소리도 까마득히 잊은 채 잠들어 있다.

석탑을 뒤돌아서 마을 쪽으로 들어서면 빤하게 보이는 골목 모퉁이에 고매 한 그루가 단정하게 자리를 잡고 섰다. 삭을 대로 삭은 옛 등걸의 작은 가지에도 점점이 하얗게 꽃을 피웠다. 고려 말의 문신 통정공 강회백 선생께서 단속사에서 공부할 때 심으셨다 하여 후일 선생의 벼슬 이름을 딴 정당매이다. 640여 년을 꽃피우고 있다니 신비스럽고 성스러울 뿐이다. 남명 선생은 이곳 단속사지에서 "정당매 푸른 열매 맺었을 때” 하고 '유정산인에게'라는 시를 지어주며 사명당과의 후일을 기약한 지도 사백수십 년이 지났으니 세월의 깊이가 가늠조차 안 되는데 고작 칠십 생애를 두고 오늘을 사는 우리들의 바동거림이 겸연쩍어 민망하다.

정당매를 지나 골목길 끄트머리에 서면 낭떠러지 아래 도랑 건너편의 논배미 어귀에 초연히 홀로 선 고매 한그루가 한눈에 들어온다. 마을 사람들이 '나한터'라고 불러온 것으로 보아 단속사의 나한전이 있었던 자린가 싶다. 나한전 옛터에 백매화 한 그루를 심어두고 폐허에 서린 회포를 달래려 함이던가. 삼백수십여 년의 기나긴 세월을 천왕봉 빗긴 설한풍을 고스란히 맞으며 나한전의 향불이 다시 피기만을 기다리며 엄동설한에서 봄을 불러오는 설중매이다. 세월의 깊이만큼 껍질의 골도 깊어 고사한 가지도 그림 같이 정겨운데 밑둥에서 갈래진 가지들이 긴긴 세월을 두고 서로를 껴안아 떨어지지 못하고 붙어버려 연리지가 되어버린 단속사지의 운리 야매는 풍요의 저편인 외진곳에 섰건만 유혹의 향을 팔지 않으려고 꽃잎 하나 흩날리지 않고 절의를 지키며 초야에 홀로 섰다.

한우산을
넘으면서

지난봄은 유난히도 더디게 오더니만 꽃바람만 언뜻 불고 꿈길같이 떠나자 여름은 미리부터 창밖에서 턱을 괴고 있었던지 어느새 녹음방초가 싱그럽게 푸르렀다. 연두색의 어린 새순들이 초록으로 물들면서 풀냄새의 싱그러움이 숨이 갑실 듯이 짙어지며 수줍음도 겸손함도 찾아볼 수 없고 감추거나 가린 것도 없이 속내까지 활짝 열고 자기 발산의 극치를 품어내고 있어 오월을 계절의 여왕이라 했던가. 산야의 빛깔이 하루가 다르게 또렷또렷하게 짙어지고 있어 초록과 동색으로 신록에 물들고 싶어서 길을 나섰다.

어제 같은 오늘이 끊임없이 반복되는 지루함 속에서 삶의 고단함이 오늘따라 유난히 버겁다는 생각이 들 때면 힘겨운 일상의 멍에를 잠시 벗어 놓고 길을 나서면 어제의 나와 오늘의 내가 또 다른 장소에서 새로운 만남으로 동반자가 되어 멀어져간 작은 꿈들을 불러 모아 화해와 화합을 이루어 다시 다정한 하나가 되어 멋있는 나그네로 거듭난다. 멋진 나그네가 되고 싶거든 아무것도 챙길 것 없이 홀가분하게 나서도 좋은 길이 있다 "나비야 청산 가자 범나비 너도 가자." 하고 누구와도 함께해도 언제나 좋기만 한 한우산 열두 굽이의 고갯길

한우산 오르는 길

한우산 찰비계곡

을 넘어볼 요량으로 길머리를 잡았다.

 한우산을 오르는 길은 의령군의 궁류면 쪽에서 1041번 도로를 따라 벽계 유원지를 지나 찰비 계곡으로 오르는 길과 칠곡면이나 가례면 쪽에서 1013도로를 따라 오르는 길이 있지만 칠곡면 쪽의 신전 삼거리에서 오르는 길이 제일 멋진 길이다. 신전 삼거리에서 신전 저수지를 왼쪽에 끼고 새로 확포장된 2차선 도로인 한우산 초입에 들어서면 적단풍 가로수가 좌우로 줄지어 늘어서서 길손을 반기는데 초록빛의 수목을 바탕색으로 깔고 자색 빛깔이 유난히도 짙어서 마치 사열이라도 받는 듯이 의기양양해지는 기분 좋은 길이다. 오른쪽의 자굴산 기슭과 왼쪽의 한우산 기슭이 나직하게 손을 맞잡은 계곡길이라서 굽이굽이 층층이 돌아가며 오르다 보면 이대로 가면 하늘까지라도 갈 것 같은 기분이 든다. 좌로 돌면 이내 우로 돌아야 하지만 운전대만 붙잡고 아무 생각 없이 오르기만 해야 하는 위험스런 길이 아니고 모롱이의 경사가 완만하고 도로의 폭이 넓어서 좌로 돌면 좌측의 풍광을 감상하고 우로 돌면 우측의 정취에 젖어 중간쯤에서 차를 세우고 굽이굽이 거슬러 오른 구불구불한 길을 내려다보노라면 어찌도 살아온 인생길 같아서 가슴속이 찡− 해지고 들머리에서 의기양양하며 우쭐했던 기분이 차분하게 갈아 앉으며 겸허해진다. 비로소 건너편 중턱의 커다란 암벽들이 벌써부터 길손을 지켜보고 있었다는 것을 깨닫고서야 무안해져서 오지랖을 여몄다.

 신선들이 네다섯 혹은 예닐곱씩 모여서 길손을 지켜보는 깃일까 아니면 폭이 너른 하얀 치마를 깔고 앉은 산신 할미가 위태위태한 삶의 고행길을 지켜봐 주는 걸까. 희끄무레하게 내려다보고 있는 암벽들은 울창한 소나무 숲속에서도 기웃거리지 아니하고 초록빛이 짙어버린 잡목 사이에서도 틈새를 비집고 넘보지도 아니하고 고고하게 자태를 흩트리지 않고 근엄한 모습으로 지켜보고 있어 감춘 것도 없지마는 속내까지 들켜버린 것 같아서 까마득하게 잊었던 지난날들이 새삼스럽게 뒤돌아 보이며 더러는 미안하기도 하고 부끄럽기도 하다. 유난히도 미워했던 사람도 없었지만 더 가까이 다가갔어도 좋았으련만 하는 아쉬움이 남았음을 일깨우게 해준다. 이산 저산의 암벽들은 억겁의 연륜으로 인생사 고작 칠십을 허물없이 살라고 일러주고 섰는데 미련한 길손은 초록빛 골짜기에 깊숙하게 묻혀서 또 한 굽이를 돌면 또 다른 생각들로 푸른 숲속을 휘젓고 헤맨다.

몇 굽이를 돌았는지도 잊어버리고 그저 먼 과거 속을 헤집고 긴 세월을 달려온 듯한 무렵에야 고갯마루의 작은 주차장에 닿았다. 크고 작은 산들을 아래로 굽어보며 차를 세우고 내딛은 발끝의 감각은 온몸이 깃털처럼 가벼워져서 두둥실 뭉게구름을 탄 듯하다.

산마루에 우뚝 서서 굽이돌아 거슬러 올라온 꼬부랑길을 내려다보니 은빛 비늘을 번득이며 승천을 하려는 용틀임인지 신선이 휘갈겨 써버린 갈지자(之)의 멋스러움인지 모롱이마다에는 힘이 넘치고 완만한 경사면에는 느긋함이 깔려 있고 멀리 보이는 들머리 길에는 아련한 그리움이 잔잔하게 일렁이고 있어 젊은이가 오르면 힘이 넘치는 길이고 중년이 오르면 겸손함을 익히는 길이며 노인이 오르면 마음을 비우게 하는 길이다.

고갯마루에는 길을 내느라 절개한 자락을 이어 다리를 놓아서 산행길과 야생동물 통행로를 만들어 차량들은 굴다리 밑으로 지나서 가례면으로 넘어가는 1037번 도로이고 왼쪽으론 한우산 정상으로 가는 임도와 갈라지는 삼거리이다. 삼거리 마루턱엔 떠나지 못하는 시내버스 한 대가 굽이진 오르막길을 내려다보며 승객이 북적대던 옛 영화를 못 잊어 하염없는 추억 속을 헤매고 있다. 탑승구로 오르니까 원두커피를 볶는 냄새가 그윽한데 꾸밈없는 웃음에 나직한 목소리의 중년 아줌마가 이웃처럼 반긴다. 간판 없는 레스토랑이다. 받아 쥔 종이컵의 커피 맛이 청정 고산의 청량한 공기에 녹아 야릇한 향기가 전신으로 흐른다.

한우산 정상을 향해 임도를 따라 차를 몰았다. 임도라지만 포장도 잘돼 있고 경사도 완만하며 오가는 차량과의 교행도 어렵지가 않다. 느긋하게 풍광을 즐기며 올라도 10분 안짝이다. 한우산 정상의 코밑에 주차장이 마련돼 있고 2층 누마루의 정자가 전망대를 대신하며 아담하게 섰다. 정상을 서쪽에 등지고 삼면을 훤히 내려다볼 수 있는데 비 온 뒤 끝이라서 연무가 시야를 가려서 점점이 작은 산봉우리와 겹겹첩첩 가까운 산들이 알알이 박혀 있다. 여기서부터 정상까지는 쉬엄쉬엄 걸어도 10분이면 충분한 거리이고 나무 계단이 경사가 완만하여 누구나 어떤 차림이든 상관없이 오를 수 있다. 철 늦은 철쭉꽃이 시절이 아쉬운 듯 시들어 가는데 해발 836m라고 일러주는 한 길 높이의 한우산 정상의 푯돌이 사방으로 겹겹이 둘러싼 산봉우리를 굽어보며 우뚝 섰다.

멀리 지리산과 가야산을 건너다볼 수 있고 정상 코밑까지 차가 오르므로 패러글라이딩을 즐기는 인간새들이 즐겨 찾는 곳으로 이들이 활공하는 날에는 알록달록한 오색 꽃이 하늘을 수놓는다니 철쭉꽃 말고도 또 하나의 장관을 볼 수 있다 하여 후일을 기약하고 발길을 돌리는데 서늘한 청량감이 전신을 휘감는다. 오죽했으면 한여름에도 차가운 비가 내린다 하여 한우산이라 했겠는가가 짐작하고도 남음이 있다.

초록으로 물들어 버린 찰비 계곡으로 하산할 요량으로 활공장 쪽으로 차를 몰았다. 정상 바로 아래의 9부 능선쯤으로 길게 평지 같은 길은 활공장 아래의 주차장에서 모롱이가 되어 멋지게 갈지(之) 자를 그리며 비스듬히 내려가면 벽계 삼거리에서 안내 표지판이 차를 멈추게 한다. 영화 '아름다운 시절'에서 덜컹거리는 소달구지에 걸터앉아 떠나가며 긴 여운을 남긴 마지막 장면의 촬영장이다. 삐걱거리는 수레바퀴소리가 어디선가 들리는 듯한데 멀리 산길을 굽이굽이 돌아서 지금쯤은 어디만큼이나 가고 있을까.

벽계 삼거리에서 좌회전을 하여 찰비 계곡길로 내려섰다. 이 같은 길을 두고 구절양장이라 했던가. 굽이굽이 돌고 돌면 또 한 굽이가 기다리고 있다. 호젓하면서도 청량감이 넘쳐나는 아름다운 길이라서 혼자 넘기에는 아까운 길이며 비경을 즐기기도 혼자서는 미안한 길이다. 개울물 소리가 나뭇잎을 스치는 바람 소리에 화음을 맞추느라 또랑또랑한 소리로 바지런을 떤다. 한 굽이를 돌 때마다 개울은 점차 계곡으로 몸집을 불리면서 커다란 바윗돌이 저마다 기선제압을 하려는 듯이 여기저기서 불쑥불쑥 솟아오르고 작은 폭포수들은 무슨 사연이 그리도 많은지 제 할 말이 많아서 끝도 없이 쉬지 않고 바쁘기만 하다. 이들을 지켜보는 산 중턱의 기암괴석들은 모서리마다 날을 세우고 엄청난 높이로 하늘을 향해 삐쭉삐쭉하게 치솟았다. 모롱이를 돌 때마다 동양화의 병풍을 한 겹 한 겹 펼치듯이 저마다 다른 풍경들을 겹겹이 펼쳐내고 있어 무릉도원이 여긴가 싶다.

멀리 벽계 저수지가 석양에 물들어 발그레한 물빛으로 고요한데 나뭇잎을 스치던 바람 소리도 찰비 계곡의 어둠살을 깔고 정적만을 남긴 채 잠이 드나 보다.

낙동강아
잘 있느냐?

창문 바깥 어디선가에서 보리 타작을 끝내고 보리 가시랭이의 겉겨를 태우는지 구수한 냄새가 가느다랗게 솔솔 날려 들어온다. 고향의 옛날 냄새가 묻어오는 창 너머엔 넝쿨장미도 흠집 하나 없이 고운 빛깔로 피었다. 코끝을 대지 않아도 벌꿀 냄새가 나는 듯하다. 봄꽃들의 향기는 눈으로 맡고 아카시아꽃 향기는 코로 맡지만 유월이 오면 가슴으로 맡아야 할 향기가 있어 길을 나섰다.

"낙동강아 잘 있거라 우리는 전진한다."를 부르며 전우의 시체를 넘고 간 그들은 지금은 어디만큼 가고 있을까. 목 놓아 부르던 에미의 절규도 '여보'라고도 불러보지 못하고 가슴만 쥐어뜯던 아내의 통곡도 아빠를 부르며 자지러지는 자식의 울음도 뒤로하고 '낙동강아 잘 있거라'는 당부만 남기고 그들이 건너간 낙동강이 보고 싶어 박진 전적지를 찾아서 차를 몰았다.

남해 고속도로 군북 IC에서 차를 내려서 의령 방향으로 정암교를 지나면 의령 초입 삼거리에서 신반과 적교를 일리는 표시판을 따라 우회전을 하면 백산 안희재 선생의 호를 딴 백산로인 20번 국도로 들어선다. 여기서부터는 고향 가는 맛이 물씬 풍기는 길이다. 산모롱이

낙동강 박진교

박진지구전적비

를 돌면 작은 들녘이 나오고 들을 지나 산기슭을 오르면 꼬불꼬불 넘어야 하는 고갯길이 겹겹이 다가오는 한적한 길이다.

"그때도 모심기를 하는 둥 마는 둥 해놓고 이 재를 넘었지 아 둘 데리고 살끼라고"

진등재를 넘으면서 멀리 내려다보이는 강촌마을이 그림같이 아름다워 차를 세웠더니 산딸기를 따러 왔다는 팔순의 할머니는 말끝을 흐리더니 긴 한숨을 또 내쉰다. "어깨띠 두르고 양양하게 갔으믄 꼭 와야제. 그것 살고 말낀 줄 누가 알았노" 하시더니만 더는 말을 잇지 않으셨다. 목구멍에서 화약 냄새가 울컥 나더니 가슴이 찡해졌다. 가슴으로 맡아야 할 유월의 냄새이다. 주유소에서 받은 생수 한 병으로 서로의 목을 적시고 돌아서는 발길은 천근같이 무겁기만 했다.

정곡면 소재를 지나 작은 고개를 넘어서면 야산 삼거리가 나오고 좌회전을 하면 유곡면으로 이어지며, 일붕사와 벽계 유원지인 찰비계곡으로 가는 길이고, 직진을 하다 보면 유곡천 건넛마을이 망우당의 생가 마을이며, 임진왜란 시에 북을 매달았던 현고수와 망우당의 생가가 있다. 세간교 삼거리에서 좌회전을 하면 부림면으로 이어지는 20번 도로이고 직진을 하여 낙동강을 건너가면 창녕군으로 이어지는 1008번 도로이다. 직진을 하여 경산마을에서 유곡천을 건너다 보니 백산 안희재 선생의 생가 마을인 입산마을이 빤히 보인다. 멀리 작은 들녘에서 하얀 연기가 피어오른다. 양파를 뽑아내고 뒷정리를 하는 건지 보리를 베어낸 그루터기를 태우는 건지 보릿겨를 태우는 구수한 내음이 날 것도 같은데 포화 속의 화약 냄새가 연상되며 영화의 한 장면으로 오버랩 되면서 화약 내음만이 호국의 향기가 되어 가슴 속으로 배어든다.

굽어 도는 산길을 따라 야트막한 고갯마루에 차를 세웠다. 불원지 간에 낙동강이 양팔을 벌리고 가로막아 눈앞을 가득하게 채우는데 빤 하게 긴 다리가 강 건너까지 이어져 있다.

예닐곱 집의 작은 마을은 인기척도 없는데 수십 길 낭떠러지의 깎 아지른 벼랑이 좌우로 버티고 선 틈새를 벌리고 낙동강 강둑이 좌우 를 이었고, 왕복 4차선의 박진교가 날렵하고 시원스럽게 뚫려 있다. 이 야트막한 고개를 은폐물로 삼아 낙동강을 사이에 두고 얼마나 많 은 포탄을 쏘아댔으며 이 강을 건너려고 피아는 또 얼마나 많은 주검 을 쌓아야 했던가. 박진교를 단숨에 건너기가 미안도 하고 죄스럽기 도 한데다 낙동강 강물에 손이라도 적셔보고 싶어 강둑으로 이어지는 샛길을 따라 박진교 다리 밑으로 천천히 차를 몰아 강둑 초입에 차를 세웠다.

강둑의 길이는 이삼백 미터에 불과하지만 둑길의 너비는 이차선 도 로보다도 더 넓다. 강으로 내려가는 비스듬한 길도 잘 다듬어져 있는 데 중간쯤에다 테라스를 만들어 낙동강 조망대를 꽤나 널따랗게 마련 해두었다. 찾는 이는 없어도 낙동강 강물은 소리 없이 흐르며 올려다 보이는 박진교의 다리는 가물가물하게 끝없이 하늘을 가로 질렀다. 강기슭으로 내려가 강물에 손을 적셔본다. 두고 떠난 이들이 얼마나 그리워했던 강물인가. 낙동강이 아니었더라면 부산마저 앗기고는 어 디로 가야만 했을까. 낙동강을 안고 몸부림쳤던 그들은 "낙동강아 잘 있거라 우리는 전진 한다"를 목이 터져라 부르며 북진을 하면서도 돌 아보고 또 돌아보기를 얼마나 하였을까. 다시보마 약속했던 그 맹세 는 어디 두고 강물 따라 세월 따라 어디로 흘러갔나. 알지도 못하는 그들이었고 보지도 않았던 그들이건만 눈시울 젖게 하는 까닭은 무엇

이며 목메이는 심사를 낙동강은 알려나. 구국의 선혈이 가슴을 적시
며 혈류성천이 되어 흐르는 낙동강은 아직도 못다 푼 한을 안고 벼랑
에 부딪치며 굼실굼실 흘러가고 있다.

흐르는 강물을 한동안 보았더니 강물이 흐르는 건지 내가 떠가는
건지 배를 탄 기분인데 벼랑 아래의 태공은 낚싯줄을 드리우고 꿈쩍
도 않는데 바위틈의 산딸기는 영롱하게 익었다.

낙동강 벼랑 끝에 무르익은 산딸기
따볼까 말아볼까 망설이는 까닭은
포화 속에 산화한 전우의 넋이던가
알알이 피맺힌 원한 선혈 되어 맺혔네

한참 만에야 자리를 털고 일어나 박진교를 건넜다. 그 시절 그날의
다리는 아니지만 이렇게 쉽게 건널 수 있는 강을 어쩌다가 그때엔 그
토록 많은 생때같은 주검을 쌓아서 건너야만 했던가. 포화 속에 산화
하는 처절한 젊음이며 피난민이 울부짖던 통곡의 소리를 지금은 그
누가 기억이나 하는지 전우의 시체를 넘고 넘어 앞으로 앞으로 가기
만 했던 그들을 생각하면 종북세력이 활거하는 우리들의 일상이 죄스
럽고 민망하여 목이 멘다.

다리를 건너서자 직진은 나중에 하고 박진 지구 전쟁기념관이 마련
돼 있다며 일곱 시 방향으로 차를 돌리라고 황토색 표지판이 길 안내
를 한다. 불원지간에 주차장이 말끔하게 마련돼 있고 조형탑이 하늘
높이 반짝거리는 기념관 앞마당에는 장갑차와 M-47 탱크 그리고 8
인치 견인 곡사포가 전시돼 있고 기념관 안으로 들어서면 영상실과

6 · 25 전쟁사를 시기별로 자세하게 사진을 첨부하여 설명하는 게시물이 벽면을 따라 가지런하게 붙어있다. 피맺힌 절규가 있는가 하면 가슴 찡한 영웅담이 발길을 붙잡는데 유리 진열대 안에는 피아의 군장과 소지품들이 피와 땀에 젖고 포화에 얼룩진 채 처절했던 전쟁사를 일러주고 있다. 총탄이 뚫고 간 녹이 쓴 철모는 옛 주인을 잃고 삭을 대로 삭았는데 탄띠와 수통피는 헤지고 낡아서 형체만 남았다. 개인 화기와 공용 화기가 전시된 진열장 안으로 북괴군의 총기류가 낱낱이 진열돼 있다. 누구를 향해 방아쇠를 당겼으며 무엇을 위해 불을 뿜었던가. 매캐한 화약 냄새가 나는 뜻 하여 옷소매 속에서 소름이 돋는다. 관리자인 황성철 씨가 안내한 영상실에는 박진 지구의 전쟁을 고스란히 겪어온 주민들의 증언들을 영상으로 엮어서 옛이야기가 아닌 처절했던 전장으로 빨려들게 했다.

주차장에서 차를 몰아 잠시 산길을 오르면 박진 지구 전적비가 낙동강을 굽어보며 우뚝하게 솟아 있다. 잘 정비된 주차장을 겸한 광장 위로 조화롭게 배열된 계단을 따라올라 전적비 앞에서 고개를 숙였다. 자꾸만 미안하다는 생각뿐인데 어느 유치원 원생들이 종이꽃을 접어서 소복하게 놓고 갔다. 하나같이 '국군 아저씨 고맙습니다'라고 쓰였다.

세월은 아물지 않은 상처를 덮는 주건만 원한 맺힌 아픔은 삭아들지 못하고 오늘도 이어진다.

낙동강아 말하라. '그들은 자유민주주의를 위해 피 흘려 싸우다가 화랑 담배 연기 속에 사라져 갔다.'고.

고건사를
찾아서

후텁지근한 날씨가 사람들의 인내심을 저울질하고 있다. 선풍기를 코앞에 끌어다 놓고도 손바닥으로 연신 부채질을 하는가 하면 에어컨 앞에다 얼굴을 디밀고 오지랖을 털어대며 찬바람이 더 세게 안 나온다고 투덜댄다. 안 좋은 소리를 들었거나 안 좋은 일이 있었는지도 모르고 눈치 없이 한소리 했다가는 화약고 폭발이다. 시장 갔다 온 안사람들이 그러하고 퇴근해 온 바깥양반이 그러하고 이력서 들고 나갔다 돌아온 딸이 그렇고 아들도 그렇고 주식 동향 살피던 아저씨들도 그렇고 TV 뉴스를 보던 아버지들도 그렇다. 그런데도 긍정적으로 생각하라며 잘난 척했다간 귀싸대기는 타작마당 될 판이다. 원칙도 기준도 없으며 질서도 깨어졌고 체통도 박살 났다. 온통 세상천지가 안하무인에 기고만장이고 무법천지에다 요지경 천국이다. 도로가 제 아무리 종횡으로 뚫리면 뭐하나 사람 사는 길이 뚫려야지. 여의도의 잘 나가는 이들은 판도라의 상자이고 쾌도난마를 행하는 이가 없으니 갑갑하고 답답해서 길을 묻고자 최치원 선생의 은행나무 그늘에서 원효대사와 의상대사를 한 자리에서 알현할 요량으로 고견사를 찾아 길을 나섰다.

고견사 마애불

의상봉 천연샘

88고속도로 가조 IC에서 차를 내려서 요금소를 빠져나오면 사방으로 험준한 산봉우리들이 여기저기서 불쑥불쑥 솟아올랐는데 유별나게도 커다란 바위 봉우리가 하늘을 힘껏 떠받고 솟구쳐서 어딘가에 고견사가 있겠다고 짐작을 하는데 안내판은 일찌감치 길목에 나와서 길손을 정중히 안내하여 길을 물을 일은 없어졌다.

　산길 초입에 들어서면 비탈도 아닌 완만한 길은 잘 포장이 되어있고 고견1교를 지나서부터는 계곡은 태초의 모습으로 크고 작은 기암괴석들이 촘촘한데 사이사이로 도란거리며 흐르는 청아한 물소리가 정겹기 그지없다.

　포장이 잘된 널따란 주차장에 차를 세우니까 시원하게 물 한 쪽박을 들이켜라고 약수대가 먼저 반긴다. 고견사까지는 쉬엄쉬엄 걸어서 한 시간 남짓 걸리는데 가파르지 않아서 등산차림이 아니라도 충분하다고 매점 아주머니께서 친절하게 일러주시기에 홀가분한 차림으로 산길을 접어들자 계곡을 발아래에 두고 비스듬하게 산허리 길로 접어들면서부터 계곡 아래와 건너편은 온통 낙락장송이 울울창창하고 머리 위로는 서어나무, 굴참나무, 떡갈나무가 아름드리 소나무와 함께 기암괴석의 바윗돌들을 얼싸안고 마음껏 푸르렀다.

　건너편엔 암벽이 허옇게 속살을 들내고 수십 길 낭떠러지를 이루는가 싶더니 이내 한줄기의 폭포수가 눈을 놀라게 한다. 폭포의 높이는 30여m라지만 가늠할 수가 없고 물줄기는 하얀 암벽을 타고 미끄러지듯이 거침없이 쏟아져 내리는데 한참을 보고 있노라면 날씬한 몸매에 긴 꼬리 끝을 힘차게 휘저으며 암벽을 타고 기어오르는 듯하다. 백룡의 승천인가, 비룡의 비상인가, 비단을 드리운 듯 하얀 물줄기는 어찌 보면 내리꽂히는 것 같고 어찌 보면 솟구쳐 오르는 것 같아 꿩음이 날 듯도 한데 폭포소리는 울창한 수목이 걸러내는 것인지 소리조차 부드럽다.

　폭포를 지나면 크고 작은 바윗돌이 여기저기서 온갖 형상으로 불쑥불쑥 불거져 나와서 길손을 지켜본다. 그만하면 무던하다는 두루뭉술한 녀석이 있는가 하면, 까불지 말라면서 연방이라도 옆구리를 쿡 찌를 듯이 날을 세운 녀석 하며, 바동대며 사는 것이 안쓰럽다는 듯이 측은한 표정을 짓는 듯한 바위 하며, 저마다 한마디씩 하는 것 같은데 딱히 변명할 말이 없어 그저 바람 소리 물소리 산새 소리만 들으면서 걷기만 했다.

　그 옛날 원효는 무엇을 구하고자 심산유곡의 이 너덜겅을 걸었으며 의상은 또 무엇을 더 깨달으려고 이 바윗돌을 수없이 밟았으며 고운은 더 무엇을 익히려고 이 징검다리를 건넜을까. 혜안의 길인가. 구도의 길이던가. 탁발승은 무엇을 바랑에 담고 이 바윗길을 오르내렸으며 수많은 중생들은 무엇을 빌고 또 무엇을 얻고자 이 개울을 천년을 넘게 건넜단 말인가.

　사람의 손길이 닿은 듯도 한데 바닥에 깔린 돌이 천년 세월에 닳아서인지 계곡을 따라 길인 듯 아닌 듯 길은 이어지고 계곡의 맑은 물은 자잘한 웅덩이를 층층이 이루며 청아한 소리를 부지런히 내면서 바윗돌을 감싸며 거침없이 흐른다.

　솔숲 사이로 우쭐우쭐한 기암괴석은 누구의 작품이며
　아찔한 암벽 위의 독야청청 푸른 솔은 누구의 기개이며
　바위틈을 감돌아 흐르는 물소리는 누구의 노래이며

솔바람 소리 사이로 들리는 산새 소리는 누구의 시입니까

짙푸른 나뭇가지 사이로 기와지붕이 얼핏 보이더니 어느새 우두산 고견사라는 현판이 붙은 절집 문을 들어서고 있다. 고운 최치원 선생이 지팡이를 꽂았다는 몸통 6m가 넘는 천여 년의 수령인 커다란 은행나무 뒤로 서기 667년 원효와 의상이 창건하여 원효가 전생에 보아왔던 곳 같다고 하여 이름 붙인 고견사는 우두산의 의상봉 바위 봉우리 끝자락에 고즈넉하게 내려앉아 천년 세월의 긴긴 역사를 오늘에 잇고 있다.

심산의 절집이 생김새야 엇비슷하다만 대웅전 마당 한가운데 깎아서 다듬은 장방형의 커다란 반석이 별스러워 한참을 보고 섰으니까 무상 스님이 대웅전을 가리키며 절을 하는 돌이라며 배례석(拜禮石)이라고 일러준다.

천년 세월을 두고 수많은 중생들이 빌고 빌어서 배례석은 바닥이 닳아서 반들반들하다. 아무도 없는 이참에 나도 한번 실컷 빌어보자고 배례석에 올라서니 덩그렇게 높이 솟아 활짝 열린 대웅전 문 안으로 삼존불이 금빛을 번쩍이며 굽어보고 계셨다. 얼른 합장하고 오지랖을 고쳤다. 불전함도 없으니 눈치 볼 것 없이 열심히 절만 하며 큰맘 먹고 욕심대로 무릎이 아프도록 실컷 빌었다.

"이 땅의 아이들이 마음껏 뛰놀게 내버려 두시고 젊은이들이 욕심껏 배우고 열심히 일할 수 있게 하여 한없이 사랑하며 살게 하여주시고 교도소는 이용객이 없이 텅텅 비워져서 관리인이 그저 청소나 하게 내버려 두시고 찾는 사람 없어서 병원은 문을 닫게 하여주시고 저승길 재촉 말고 순서대로 가게 하여 주시옵소서! 나무아미타불 관세

음보살"

이만하면 폼나게 빌었다 싶어 돌샘의 석간수를 한 바가지 들이키고 나니 등줄기의 땀이 일순간에 차가워졌다.

보물 제1700호인 동종과 석불을 둘러보고 대웅전 뒤를 돌아가니 깎아지른 절벽 위에 양각된 좌불상이 천년 하고도 수백 년 세월의 사바세계를 지켜보고 계셨다.

무상 스님이 일러주는 대로 석좌불을 돌아서 산길을 따라 한참 오르니까 높이를 가늠할 수 없는 가물가물하게 깎아지른 바위 하나로 된 의상봉 바위 밑에 중생에게 베푸신 옥수의 천연샘이 파여 있고 수위가 한 뼘 남짓한 깊이로 석간수가 흐르고 있었다. 마련된 쪽박으로 한 바가지를 들이켰다. "올라가서 물을 마시고 천 년을 살면 어떻게 하지요?" 했더니 그 대답은 없이 무상 스님은 자연이 만든 천연샘이라며 지난 정초에 찾는 이들을 위하여 샘을 청소하려고 쪽박으로 부지런히 물을 퍼내는데 줄지를 않아서 있는 힘을 다해서 잽싸게 퍼내어도 줄지 않아 예닐곱 됫박 될까 말까 한 샘물이 왜 이러나 싶어서 다시 한 번 마음을 가다듬고 퍼내도 마찬가지였단다. 천천히 퍼내면 천천히 차오르고 바삐 퍼내면 바삐 차오르는 의상봉 천연샘. 의상이 베푸신 두터운 지혜는 무엇이었을까. '배려'이다. 급하면 급한 대로 더디면 더딘 대로 서로에게 걸맞는 배려만이 '길'인 것이다. 천연샘의 물을 다시 한 바가지 떠서 쭈-욱 들이켰다. 수목에 가려진 틈새로 의상봉 바위 꼭대기 위의 하늘은 더욱 파랗고 청명하였다.

상운암을
찾아서

등줄기를 볶아대는 불볕더위의 기승이 연일 만만치를 않은데 계속되는 열대야까지 덩달아서 위세를 부리는 바람에 밤잠까지 설치니 일상의 버거움과 마음까지 고단해져 생기를 잃고 늘어지기 십상이라 처진 몸도 추스르고 마음도 다잡을 겸 해서 시원한 폭포가 있고 호젓한 산사가 있는 운문산을 찾아서 길을 나섰다.

밀양 IC에서 차를 내려서 울산 언양 방면으로 24번 국도를 따라서 얼음골 방향으로 가다 보면 4차선 도로 확장공사가 한창이라서 새 도로 굴다리 밑으로 좌회전을 하라는 석골사 안내 표지판이 얼른 눈에 띄지 않고 어수룩하게 섰다.

좁다란 길을 사이에 두고 온통 사과밭이 지천인데 아직은 새파랗기만 한 주먹만 한 사과가 가지마다 옹골차게 열려 뙤약볕을 한가득 끌어안고 얼음골 사과로 영글어가고 있다. 풋내나는 과수원 길을 지나 마을 길을 잠시 오르면 작은 주차장이 마련돼 있어 차를 세우는 순간, 눈과 귀를 놀라게 하는 우람한 폭포가 물보라를 일으키며 아무 소리도 듣지 못하게 굉음을 내면서 줄기차게 쏟아져 내리며 세속에서 묻은 때부터 씻으라고 폭포 아래로 끌어당긴다. 주차장 축대를 내

운문산 상운암 법당

운문산 석골 폭포

려서면 폭포물이 떨어져 소를 이루고 물빛이 맑아서 바닥까지 훤하게 보이지만 안쪽으로는 수심이 꽤 깊은지 시퍼렇게 짙은데도 맑기만 하니 이를 두고 명경지수라 했던가. 바윗돌에 서서 한참을 보노라면 머리 위로 쏟아져 내리는 폭포수는 세속에 찌든 때를 씻어 내리고 육신의 그림자는 소에 잠기어 마음이 씻긴다.

폭포의 상단은 한 면을 부딪쳤다가 떨어져 내리는데 수만 개의 물방울은 하얀 은구슬을 쏟아붓는 듯하고 사정없이 쏟아지는 물줄기는 승천을 하려는 백룡이 암벽을 타고 한사코 기어오르는 것만 같아서 발길을 돌리기가 여간 힘든 게 아니다.

폭포를 옆에 끼고 층층 돌계단이 작은 계곡의 다리 건너편에 빤하게 보이는데 녹음 짙은 수목 사이의 석골사는 들창 바위가 내려다보는 올망졸망한 바윗돌 사이사이로 흐르는 물줄기의 조잘거리는 소리를 깔고, 파란 이끼가 낀 크고 작은 바위들이 솟아오른 틈새마다 아름드리나무를 사이에 두고, 자연석 돌계단과 어우러져 속세를 벗어난 천년 도량의 역사 속으로 길손을 부른다.

일주문도 없고 천왕문도 없다. 법이 없어 문이 없는 것인지 문이 없어 법이 없는 것인지 수만금을 드린 위압적인 문보다야 훨씬 마음이 편하니 이를 두고 무상심심미묘법이라 하였던가. 돌계단을 오르면 극락전 뜨락이다. 덩그렇게 높이 솟은 극락전 옆으로 요사채가 정갈하게 마련돼 있어 산사의 여느 절집이나 별다른 게 없고 석탑도 석등도 오랜 것이 없어 천년고찰의 흔적은 찾을 길이 없으나 울타리 아래에 괴어둔 석편은 커다란 석탑의 옥개석인 듯하고 구름 무늬가 선명한 석편은 그 용처를 가늠할 수가 없다. 본존불 앞에 예를 갖추고 돌계단을 내려서니까 폭포수는 뇌성 같은 소리를 내며 자잘한 소리들일랑 듣지를 말라 하며 오욕의 유혹을 멀리하란다.

주지 도심 스님의 말을 따라 절 뒤편의 산길을 가면 석골사의 암자 상운암이 있다 하여 발치 끝 아래로 흐르는 계곡물 소리를 자분자분 밟으면서 숲길을 쉬엄쉬엄 걸었다. 물소리 산새 소리 매미 소리가 간간이 불어오는 바람 소리에 뒤섞여서 편안하게 마음을 가라앉히며 온갖 잡생각들을 말끔하게 씻어준다. 수목 사이로 건너다보이는 깎아지른 듯한 희끗희끗한 바위들이 산봉우리마다 웅장하고 장엄하게 솟아있다. 얼핏 보면 엇비슷하지만 눈여겨보면 그 형상이 가지각색으로 기기묘묘한데 바위 틈새에 선 나무는 하나같이 소나무다. 어쩌다 저리 험한 곳에 뿌리를 내려 수백 년 세월이 흐른 것 같건만 하늘 높이 솟아보지도 못하고 뒤틀리고 앵돌아져서 몸통만 굵어졌단 말인가. 그래도 고고하게 살아야 했기에 가지를 활짝 펴고 한껏 푸르렀다. 영락없는 병풍 속의 독야청청 노송도다.

한참을 가다 보니 원줄기의 계곡은 아닌듯한 또 하나의 계곡이 널따랗게 자리를 마련하고 길손을 반긴다. 세월에 닳고 물에 씻기어서 반들반들한 바윗돌들이 저마다 자리를 내어주며 서로 앉으라고 바짓가랑이를 잡아끈다. 바윗돌을 깔고 앉아 흐르는 물에 손을 담갔다. 깜짝 놀랄 만큼 찬 얼음물이다. 그래서 석골의 또 다른 이름이 제2 얼음골이라 했던가!

계곡을 건너서자 갑자기 급경사였다. 바위틈 사이로 오를 때는 매듭을 지은 밧줄을 잡아당기며 올라야 했고 바위의 옆면을 돌아가는 길에는 안전 난간에서 손을 뗄 수가 없다. 길을 잘못 들었나 하고 뒤를 돌아봐도 그 어디에도 갈림길은 없었다. 그렇다면 이 어딘가의 끄트머리에 작은 암자가 있겠지 하고 걷기도 하고 기어오르기를 원 없이 했다 싶었는데 이정표를 만났다. 올라온 길은 1.4km이고 상운암 2.3km, 운문산 3.1㎞라며 가야 할 길을 알리고 섰다. 뒤돌아서기에는 너무도 아까운 먼 길을 왔고 앞으로 나아가자니 까마득한 길이다. 그나저나 암자에는 스님 한 분이 계신다고 했는데 도대체 생필품은 어떻게 조달을 하며 산단 말인가. 미련한 곰탱이 중이 굶지는 않는지 걱정도 되면서 설마 이내 평지가 나오겠지 했건만 갈수록 태산이다. 바위 틈새를 기어오르는 것이 아니라 바위가 코앞에 닿아 있어서 사다리를 타는듯하고 더러는 다래 덩굴에 매달려서 속절없이 밀림 속의 타잔이 되기도 했다.

수십 길 낭떠러지가 아름드리나무에 가려져 아찔아찔한 기분은 아니지만 기암괴석의 계곡은 영락없는 협곡이고 경사가 급하다 보니 층층이 폭포이다. 비룡 폭포, 천상 폭포, 선녀 폭포 등 크고 작은 폭포가 층층이 이어져 있고 그 모양새도 가지각색이어서 보는 이의 넋을 뺀다.

숨겨놓은 비경은 누구의 소작이며
끊어질 듯 이어지는 길은 누구와의 연이던가
끊어볼까 이어볼까 마음 둘 곳 없어서
이토록 외진 길을 실낱같이 이었나

기암괴석의 틈새를 따라 이어지는 길은 온갖 형상을 한 크고 작은 바위들이 낭떠러지 이래에서는 치어다보고 머리 위에서 내려다보는데 이를 어쩌나! 얼룩얼룩한 무늬의 영락없는 호랑이다. 호랑이에게 물려가도 정신만 차리면 산다더라고 모질게 마음을 먹고 "빽!" 하고 소리라도 해야지 하고 "우리 같은 서민들은 수입산 불량 식품에다 가짜에다 날 지난 식품까지 이리 속고 저리 속으며 이날까지 먹었다." 했더니 말이 끝나기가 무섭게 이끼 낀 바위로 변해 버린다. 불량 식품만 먹은 불량 식품인데 호랑인들 먹겠나. 간신이 놀란 가슴을 쓸어 내렸다.

고산준령에는 산새도 날개를 접었는지 새소리 하나 없고 쫄랑거리며 앞장서서 가던 다람쥐가 없어지더니 또 다른 녀석이 꼬리를 짊어지고 쪼르르 앞선다. 가도 가도 구만 리라 했던가, 너덜겅을 만나자 돌탑 군락지가 내려다보고 섰다. 아하, 이제야 상운암이 가까운 모양이다. 속세의 연을 돌무더기에 묻으려고 미운 정 넣고 돌 하나 올리고 고운 정 넣고 돌 하나 눌러서 망각 한 줄 쌓고 세월 한 줄 쌓기를 얼마나 했으면 이리도 많은 돌탑을 쌓고 쌓았을까!

적막강산이 따로 없는 첩첩산중 고산준령을 기어이 올라선 운문산 상운암. 말 그대로 구름의 문을 열고 구름 위의 암자다. 석축을 쌓아서 터는 꽤나 널따란데 천년 세월의 옛 흔적은 간곳없고 슬레이트 지붕의 오두막 한 채와 움막 같은 뱃집이 대웅전이요 요사채다. 석불처럼 서 있던 스님이 인기척을 알고 무척이도 반기는데 비구승의 법명도 '무척'이란다. 상추밭 한가운데로 길게 누운 바윗돌이 예사롭지 않아 기웃거렸더니 한반도 모형 그대로였다. 백두대간까지 또렷하다고 설명하던 무척 스님은 허기졌을 게라며 밥을 지을 테니 한사코 먹고 가라는데 쌀 한 줌 콩 한 톨 갖고 오르기도 버거운 길인데 물 한 모금 먹기도 미안한 것을 이를 어쩌나. 호신불 크기의 작은 본존불 앞에 헌향의 예를 올리니 실오라기 같은 향불의 연기가 아귀가 맞지 않아 벌어진 문틈 밖으로 아물아물 흘러서 사바세계로 흩어져 간다.

31

묵와 고택의
여유를 찾아서

여름날의 대표적인 자연의 소리가 매미의 울음소리다. 짙푸른 숲속이 아니라도 좋고 외진 곳에 홀로 선 버드나무라고 좋고 마을 어귀의 당산나무라도 개의치 않으며 가시나무도, 소태나무도 상관없이 소음과 매연에 찌든 가로수라도 매미는 혼신의 소리를 낸다. 꾸밈도 바꿈도 변함도 없이 바람 소리와도 섞고 산새 소리와도 섞으며 차 소리, 비행기 소리와도 섞어가며 여름 한 철을 열심히 울어줘 즐겨 듣게 한다. 그런데 우리는 사오 년 만에 한 번 듣는 소린데도 역겨워서 달갑잖게 들리는 소리가 있다. 4년마다 한 철씩 실없음을 알면서 들어야하는 소리들이 그렇고 5년마다는 간데족족 허망함을 알면서도 들어야 하는 소리가 그렇다. 염원의 끝을 쫓아 간절함을 일구려는 한결같은 진솔한 소리는 애당초에 없고 명리 추구에 도취되어 자신도 모르는 남의 소리를 짜깁기해낸 소리만을 내기 때문이다. 임종의 순간에 유언 같은 영육을 우려낸 소리는 언제쯤이나 들을 수 있을지 요원한 바림을 차마 떨칠 수 없어 시공을 떠난 화양리 묵와 고택을 찾아가서 마음의 여유라도 얻어볼까 하고 길을 나섰다.

목와 고택

목와 고택의 모과나무

88고속도로 해인사 IC를 나와서 합천, 고령 방면으로 좌회전을 하여 분기 삼거리를 지나 묘산면 소재지 방면으로 26번 도로를 따라서 2km 남짓한 5분 안쪽 거리를 가다 보면 청정 계곡의 묘산천의 경치와 꼬부랑 산길로 이어지는 좌우로의 고산준봉이 좁은 골짜기의 운치를 더욱 맛나게 하는 길인데 풍광에 매료되면 지나치기 십상인 작은 갈림길이 있다. 합천읍에서 가려면 마령재를 넘어 묘산면 소재지에서 해인사 방면으로 4km 거리로서 묘산천을 앞세우고 겹겹으로 이어진 산이라서 마을이 있을 것 같은 예감조차 없는 곳인데 양편의 산자락이 굳게 입을 다물어버린 작은 틈새 길의 초입 삼거리에 화양 1km, 나곡 3.5km라는 표지석을 앞세우고 황토색 문화유적의 안내판이 무심코 지나치려는 차를 급하게 세우게 한다.

지나치는 이들이 더러 있다는 것을 눈치챈 안내판은 키를 늘어뜨리고 화양리 소나무, 묘산 묵와 고가, 영사재, 야천 신도비를 또박또박하게 알리며 당차게 막아선다. 산중에 숨겨지고 세월 속에 감춰진 선조의 얼을 찾아 화양리 길로 접어들어 1km 남짓 들어가면 작은 주차장이 마련돼 있고 묵와 고가를 알리는 표지판이 정중하게 나와 섰다. 화양동으로 잘 알려진 마을 안길은 정비가 잘 돼 있어 차는 묵와 고가까지 수월하게 들어간다.

마을 초입에 들어서자 회관 앞으로 오석에 새겨진 난국회 36현 비(蘭菊會 36賢 碑)와 애국지사 윤중수의 비가 폭염 속의 차림새라도 옷매무새를 고치게 한다. 3·1 독립만세 직후 파리 강화회담에 2,000만 민족의 4,000년 역사를 짓뭉개려는 일제의 부당성을 직설하고 자주독립을 주장하는 호소와 결의를 한문체로 쓴 장문에 유림의 대표 137명이 목숨을 걸고 서명하여 보낸 구국의 결의서로서 청사에 빛나야 할 자랑스러운 조상의 얼이 우리의 기억 속에서 지워지는 줄도 모르고 사는 오늘이 부끄럽다.

죄스런 마음으로 예를 가름하고 작은 모롱이를 돌자 대궐 같은 기와집들이 저마다 용마루를 길게 늘어뜨리고 추녀마루는 창공을 걷어차듯 하늘 높이 치솟았다. 열려진 솟을대문 앞으로 네댓 단의 축으로 된 계단이 정갈한데 무궁화 꽃은 시드는 족족 피어나고 있고 그 아래로 꽤나 큰 육면체의 반듯한 바윗돌이 기이해서 한참을 보고 있었더니 인기척을 알고 나온 고택의 주인이 말을 타고 내리는 디딤돌이라고 일러준다. 솟을대문을 들어서자 정면으로 마주하는 '묵와고가'라는 편액이 걸린 사랑채는 왼 기역자 'ㄱ'형으로 고대광실 우뚝 섰다. 마주 보는 누마루는 시원스럽게 높이 솟았는데 그 규모가 사방 두 칸에다 사랑방마루 반 칸과 붙어 있어 웅장하고, 팔작지붕의 육중한 추녀마루를 당당하게 떠받친 우람한 기둥의 배열과 난간의 조화가 고풍스런 근엄함을 물씬 풍기고 있어 장엄하기까지 하다. 사방을 둘러보느라 발을 옮기지 못하는데 잊혀진 세월의 깊은 역사 속으로 빨려들게 한다. 대문간에 딸린 방 말고도 두 칸의 마구간은 비어있어 말안장에 높이 앉은 선비는 갓끈 휘날리고 도포 자락 펄럭이며 역사 속의 고갯마루를 넘고 넘으며 어디로 어디만큼 가고 있을까. 누마루에 좌정하고 국사를 염려하며 절의를 강론하던 옛사람은 간곳없고 250여 년의 회화나무만 앞마당에 홀로 섰다. 누마루에 앉아 보면 서편은 사랑방이고 동과 북의 판문을 열면 바깥 풍경이 문지방과 문설주를 테두리 삼은 각각의 풍경화를 액자에 건듯하다.

안채로 들어가는 협문은 빗장이 달린 대문이 따로 있고 누마루를 내려서면 작은 중문이 있어 손님의 들고 남을 내정으로 알리는 통문이 허리를 굽혀야 들어갈 수 있게 좁고 작은데 식구들만의 출입문으로 사용하는 판문을 열고 들어갔더니 고색창연한 내당이 세월의 흔적은 감추지를 못했으나 할머니의 할머니로부터 대물림하여 이어져 온 안방마님의 쓸고 닦은 정갈함이 경건함을 불러온다.

사당 앞에 우뚝 선 모과나무는 계유정난의 피바람을 피해서 벼슬도 팽개치고 한양 천 리를 뒤로하고 이토록 외진 곳에 숨어든 설움이 마디마디 옹이 맺고 원통하고 절통한 가슴앓이로 속은 썩어 비었는데 등줄기마다 골이 파여 성한 곳이 없어도 올곧은 충절은 하늘의 뜻이 되어 옛 영화를 못 잊어서 600여 년의 긴 세월에도 절의 지킨 교훈이 되어 푸른 잎을 무성하게 펼치며 옛 역사를 오늘에 잇고 섰다.

뜨락이 넓어 청소하는 데만 한나절이 걸린다는 파평 윤씨 33세손 치환 씨는 묵와 고택의 내력을 일러주며 세월의 골이 깊게 파인 기둥을 쓰다듬으며, 되찾은 영화와 이어진 애국지사를 선조로 둔 후인임을 겸손으로 대신한다. 고가를 나서 영사재, 돈목재 육우당을 뒤로하고 나곡마을 소나무를 찾아 발길을 돌렸다.

불원지간의 둔덕에 신진 사림과 왕도 정치를 구현하려다 정유 삼흉의 탄핵으로 벼슬을 버리고 낙향했다가 후일 영의정에 추증된 야천 박소 선생의 신도비가 한석봉의 글씨로 씌어져 얼룩진 역사 속에 한 줄기의 빛이 되어 근엄하게 우뚝 섰고 영정을 모신 재실을 아래에 두고 조선 8명당의 한 곳이라는 화양동 솔숲에서 오늘의 정치사를 준엄하게 지켜보시는 앞에서 답답한 심경을 시 한 수로 아뢰어 본다.

청초는 가뭄에 겨워 골골이 시드는데
집적대는 여우비만 갈증을 돋구니

강산을 흠뻑 적실 비는 어느 산에 걸리었나

비탈진 꼬부랑 산길을 오르면 네댓 집의 마을이 숲속에 띄엄띄엄 감춘 듯이 한적한데 그래도 한참을 더 오르면 끊어질 듯 이어지는 모롱이를 돌고 돈 끄트머리에 또 하나의 작은 마을이 고산준령을 병풍 삼아 둘러치고 여기저기 흩어져서 예닐곱 가구가 그린 듯이 조용한데 마을 아래 개울 옆으로 커다란 소나무가 눈길을 잡아끈다. 비탈진 개울가의 작은 논배미 옆으로 골을 가득 메운 가지는 용틀임 하듯이 하늘을 향해 부챗살처럼 사방으로 뻗쳐있어 구룡송이라고도 하는데 가운데의 높은 줄기는 고사를 했어도 무성한 가지들은 사방을 그늘 지우며 아래로 처졌다. 작은 안내판은 역사 속의 내력과 함께 천연기념물 289호라고 일러주건만 밑 둘레가 6.5m이고 가슴둘레가 5.5m라니 소나무의 굵기와 크기에 경탄이 앞선다. 수령 400년으로 추정된다지만 인목대비의 친정아버지인 김제남이 영창대군을 왕으로 옹립하려는 모함으로 역모로 몰려 삼족이 화를 입게 되자 그 6촌은 화를 피하여 이곳 화양동으로 숨어들어 이 소나무 아래에 초가를 짓고 살았다니 세수 500은 족히 될 만한 전국 최대의 소나무다. 가슴 가득 안아보려 했더니 되레 구룡송에 안기어져 역사의 품속에서 간절히 빌었다. 핏빛으로 물들어 온 애달픈 역사는 이제는 과거사 속으로 영원히 잠들게 하시고 길이길이 국태민안을 영유케 하옵시고 만고상청하소서.

합강정과 반구정

매스컴 속의 세상사가 너무나 매스껍고 어지러워 현기증이 날 지경이다. TV 뉴스를 볼라치면 인면수심의 성범죄 추악성이 극을 넘어서 매스꺼움에 구역질이 밀려오고, 신문을 찬찬히 읽으면 음흉한 돈거래가 대소 고하를 불문하고 시도 때도 없이 불거지니 탄식이 절로 난다. 큰일 해보겠다고 마음에 없이 각처를 들쑤시고 다니는 것도 그렇고 끄나풀을 놓칠세라 벌떼처럼 달라붙어 앙당그러지는 처절한 모습들이 그렇고 그런데, 세상은 가는 귀가 어두워진 지가 오래라서 간절한 기도 소리는 허공으로 흩날리고, 스승은 마음 둘 곳 없어서 신선의 그림자를 따라 이미 등을 돌렸는데 염치없는 이들은 곳곳을 쏘다니며 양심을 위장하고 숨겨버린 진실이 그래도 밤마다 일말의 양심 앞에 홀로 겸연쩍어 잠 못 드는 몸부림이 눈에 선하여, 진위가 뒤죽박죽되어 일렁거리고 출렁거리는 흔들림을 보고 섰으려니 마치 선창에 홀로 선 속절없는 객이라서 갈매기 날갯짓하는 반구정을 찾아 길을 나섰다.

세상의 시끄러운 소리는 들리지 아니하고 이슬비 내리는 꿈속에 한가히 갈매기만 날더라는 반구정의 주련 글귀가 생각나서, 남해 고속

낙동강 남지철교

합강정

도로 함안 요금소를 나와 대산면 장암리를 찾아, 함안들 끝자락의 처녀 뱃사공의 시비를 지나 작은 고개를 넘었다. 올망졸망한 작은 마을들이 가을 들녘으로 옴쏙 내려앉은 듯이 평화롭고, 질펀하게 깔린 볏논에는 고개 숙인 벼들이 가을 햇살을 한가득 받으며 여물어 가고, 태풍 볼라벤과 덴빈이 남긴 겉살의 상처는 흔적 없이 아물어 고요함만이 바람결에 넘실댄다. 한 번 갔던 길이건만 서촌 삼거리에서 좌회전을 하여 곧장 가다가 구룡정 사거리에서 직진을 하고부터 처음처럼 헤맨다.

시골 길은 길 찾기가 예사롭지 않은데 오가는 사람조차 뜸하여 느긋함을 터득하지 않으면 풍광과도 멀어지고 풍류와도 작별이다. 잘못 든 길에서는 돌아설 때를 익히고, 에두른 길에서는 어리석음을 깨닫고, 지름길에서는 오만함을 돌아보며, 갈림길에서는 신중함을 배워야 한다. 구룡정 사거리에서 직진하여 사오백 미터에서 표지판은 없어도 좌회전을 하여 장암리 보건 진료소를 찾으면 왼편 길로 곧장 가서 장포마을을 지나면 강둑이 막아선다. 남강이 낙동강과 합류하는 곳의 강둑이다. 여기서부터 강둑길이 아닌 좁다란 임도를 따라 쉬엄쉬엄 오르면 낙동강이 벼랑 아래에서 멈춘 듯 소리 없이 흐르고 강 건너 멀리 창녕 땅 낙동강 둔치와 들녘이 그림같이 펼쳐진다.

경사가 급하지는 않으나 이정표도 안내판도 없이 우거진 잡목의 수림 속으로 들어만 가는 길은 이대로 가다간 정자는커녕 닿는 곳이 있기나 할지가 걱정스러운 길이다. 모롱이를 돌 때마다 강은 점점 벼랑 아래로 자꾸만 깊어지고 길을 산 중턱을 돌아 고도만 높이는데 합강정과 반구정은 있기나 하는 건지가 궁금해질 무렵에야 합강정을 알리는 표지판이 섰다. 차를 세워두고 안내판의 지시대로 갈지자(之)로 강

쪽으로 내려가는 길 모롱이에 닿자, 작은 산골짜기 끝자락에서 낙동강 기슭의 벼랑을 왼 무릎 아래로 나직하게 깔고, 솟을대문을 앞세운 기와지붕의 합강정이 그림 속같이 고즈넉이 앉았다.

임도에서 이어진 출입구는 합강정 당우 상봉정 옆으로 들어가 마당으로 이어지고 솟을대문인 낙원문은 낙동강으로 내려서는 출입문인 것으로 보아 창건 당시부터 배산인 용화산의 임도가 개설되기 전이니까 창녕군 남지에서 나룻배를 타고 들고났음을 짐작하게 한다.

350여 수령의 은행나무는 1633년 간송 조임도 선생이 49세에 합강정을 세우시고 심었다니 연치가 어긋남이 없는 듯하며 "학문을 배움에 있어 겸손하게 가르침을 받들고 용감하게 나아가 행하여 도에 이르게 하고 느긋하게 덕을 쌓아라." 하셨으니 강우강좌로 낙동강을 경계로 학맥의 어우름에서 남명과 퇴계의 가르침을 이어받고, 생육신 어계 조려 선생을 5대조로 두신 선생의 지조 또한 남달라 벼슬을 줘도 받지를 아니하신 함안 조문의 최고의 학자이시고 만인의 스승이신 징사이시다. 정자의 대청마루에는 합강정사, 망모암, 와운헌, 사월루의 편액이 세월의 때가 묻어 고색창연한데 선생의 유지가 지엄하게 와 닿는다.

칠월칠석 무렵 달이 뜨면 달빛의 꼬리가 낙동강에 길게 드리워져 월주의 장관을 볼 수 있다니 후일을 기약하고 반구정을 찾아 발길을 돌렸다. 저 멀리 남지 철교가 그림같이 아련한 산길을 걸어 이내 닿은 옴쏙한 산기슭 아래로, 우람한 느티나무 한 그루가 기와지붕을 가지자락으로 그늘을 지워주며 당당한 자태로 낙동강을 굽어보고 섰다.

용화산의 발치를 감돌아 흐르는 낙동강을 풀어내며 펑퍼짐한 기슭에 자리 잡은 정면 4칸의 크지 않은 기와집이 근작의 관리동을 옆에 끼고 나직하게 앉았다.

반구정은 두암 조방 선생이 형 조탄과 함께 1592년 임진년 곽재우 장군과 함께 창의하여 의병을 이르켜 정암 나루와 기강 나루에서 크게 전공을 세웠고 멀리 금오산성까지 나아가 승전하고 화왕산성을 끝내 지켜내신 의병장이신데, 반구정은 선생께서 정유재란을 끝맺고 칼을 씻고 활을 풀어 세상사의 자질구레한 소리를 멀리하며 여생을 보내려고 낙동강 웃개나루에 세웠던 것을 강 섶이 침식하고 당우가 퇴락하여 1866년 근접한 옛 청송사 자리로 옮겨왔고 문장가 성재 허전이 기문을 지었으며, 임진, 정유 양란을 끝내고 사회가 안정을 찾을 무렵 함안군지인 함주지를 쓰신 한강 정구 선생이 반구정을 찾아 배를 띄우고 후일담을 나누면서 후임 군수 박충후, 의병장 곽재우, 장현광 등 의병에 함께한 이들이 모인 자리에서 함안 14인, 영산 10인 창녕 1인 등 35인의 기명으로 사연들을 적은 '용화산하동범록'과 '부연시'를 첨부한 '용화산하동범지도' 8폭을 남겼다니 후세를 위한 선인들의 혜안에 머리가 숙여지는 곳이다.

반구정 편액이 정각에 비해 커서 무겁게 달린 듯하고 네 기둥의 주련은 옛사람의 심사를 말없이 일러준다. "낙수지양명승구 군은허아차간유"라 하였으니 임금의 은혜로 노닐 수 있는 명승지의 공간이라 하였으니 벼슬을 하사해도 받지 않으시며 장부가 나라에 충성하고 부모에 효도하는 것은 당연한 도리인데 도리를 한 것이 표상의 공적이 되어서는 안 된다면서 끝내 벼슬을 사양하자 땅이라도 받으라며 하사하신 곳임을 밝히었고 전구와 결구에는 시끄러운 세상의 자질구레한 소리는 이 늙은이 귀에는 들리지 아니하고 이슬비 내리는 삼경의 꿈에 갈매기만 한가롭게 나는구나 하셨으니 이는 선생의 준엄한 교훈이 되어 오늘에 고맙다. 수령 650년의 느티나무 아래에 근작의 육모정 정자는 두암 선생의 후손이신 반구정을 경영하시며 미수를 앞둔 성도 옹께서 짓고, 호연지기를 줄여 '호기정'이라 편액을 손수 써서 붙였다는데, 정자에 앉아 절경의 운치에 젖어 못 잊을 사람과 감춰진 이야기를 풀어 놓으신다.

2녀 4남의 막내 친구인 ×동범 군이 형제처럼 함께 공부하다 갑자기 선친을 잃고 가세가 기울어 대학 등록을 포기하자 몰래 불러서 '이 일은 하늘과 땅과 너와 나 넷만 알고 무덤으로 갖고 가기로 약속하여 다짐을 받고 학비를 주셨다'라는 이야기를, 지금은 모 은행 지점장인 ×동범씨가, 4년 전에 작고한 안사람의 제삿날에 찾아와서 막내인 친구를 마주하고 '어머니와의 약속을 어겨서라도 이 이야기를 않고서는 병이 나서 죽겠다'라며 털어놓더라는 막내의 말을 듣고 또 한 번 우셨다는 할아버지는 할머니가 마지막 가신 자리라며 텃밭으로 안내했다. 남의 자식이건만 장부의 자존심을 끝끝내 지켜주시려고 입 다물고 살자 하신 우리의 어머니시다. 김을 매다 갑자기 가신 당신을 보낸 자리에 성도 옹은 신성으로 변하여 떠난 자리라 하여 '선화지허'라 이름을 붙인 자작 시비 하나를 세우셨다.

세상사는 동안 베풀기 좋아하고
검소하여 한없이 착했던 그 사람
마지막 최선을 다하고 돌아가던 그 순간
나는 산천이 찢어지도록 부르짖었소
-홀로 동반자-

미수를 앞두고 주름져 깊어진 노안이 촉촉하게 젖어들고 목이 메어
더는 이어질 이야기를 못 하실 것 같아서 짐작되는 노옹의 심사를 이
어서 적어 본다.

앞섰다고 잊을 거요 처졌다고 버릴 거요
한두 해에 맺었다고 끊자 한들 끊어지나
칠흑 같은 밤이라도 잰 달음에 가고픈데
나가자니 강이 막고 돌아서니 산이 막네

연수사를
찾아서

길섶에서 한들거리는 코스모스가 정겨워지는 계절이다. 반가움의 설렘인지 그리움의 수줍음인지 아니면 미련 없이 떨치고 가라는 작별의 손짓인지 알 수는 없는 정감에 가슴을 시리게 한다. 목이 가늘어 안쓰럽고 빛깔이 연해서 청순하고 수수하며 홀로 깔끔하여 소박하고 고결한데 홑지고 가냘파서 애련함에 정이 겹다. 코스모스가 피어나는 이맘때쯤이면 호젓한 산길의 외진 길섶에는 그리움이 녹아들어 연보라로 피었는지, 아직은 먼 기다림의 저편에서 소복 차림으로 흰 꽃되어 피었는지, 외롭지 않으려고 저만치에 홀로 선 청초한 들국화가 인적 드문 산길에 피어났을 생각으로 외진 길을 찾아서 감악산 연수사를 찾아 길머리를 잡았다.

가을 길이야 어디를 가나 멋과 맛이 어우러져 느긋한 여유로움이 천지 사방에 그윽하다. 산야의 빛깔이 짙은 듯하면서도 야단스럽지 않아 그 색이 멋으로 좋고, 들판에서 우러나는 향긋한 내음과 산이 품어내는 상큼함의 그 향이 맛으로 더욱 좋다. 그래서 들길 질러 산길 돌며 물길 따라 이어지는 외진 길을 택하려고 35번 고속도로 산청요금소를 빠져나와 산청읍을 가로질러 59번 도로를 따라 차항면 소

연수사 약수샘

연수사

재지 쪽으로 북진하며 차를 몰았다.

산청읍을 벗어나면 고갯길의 모롱이가 겹겹으로 이어지며 돌고 돌면 또 다른 모롱이가 머리를 내밀고 먼저 나와 기다린다. 차항면 소재지에서 신원면 표지판을 따라 좌회전을 하면 좌우로 도열한 높다란 산자락을 틈틈이 깔고 앉은 올망졸망한 작은 마을들이 더없이 고요하고 평화롭게 보이건만, 모롱이를 돌 때마다 태풍 볼라벤과 덴빈, 그리고 산바가 연이어 할퀴고 간 흔적들이 한두 곳이 아니고, 산모롱이의 길섶마다 아람이 벌어진 밤송이가 주인을 기다리고 도로 위에 나뒹굴고, 바람에 부대낀 감나무에는 그래도 주먹만 한 감들이 볼을 붉히며 매달렸다. 산사태가 도로를 덮친 흔적 또한 여기저기 깔렸는데, 물길이 씻어 낸 개울의 바닥에는 골이 지고 파여서 드러난 반석들은, 주민들의 아픔을 아는지 모르는지 재잘거리는 물속에 발꿈치를 담근 채 속살까지 들내어 가을 햇볕을 한가득 안고서 반들거리고 누웠다.

소룡산 옆에 끼고 바랑산 넘어서면 구름도 애통하여 가던 길을 멈추고, 바람도 절통하여 숨죽이고 쉬어가는 월여산 기슭에는, 거창 양민 학살 사건 피해자 추모 공원이 빤히 건너다보인다. 6.25의 비극 속에 참극으로 얼룩진 애달픈 역사여라. 백옥 같은 순백색의 위령탑은 솟았건만 719위의 원혼을 무엇으로 달래며, 유족들의 맺힌 한을 무엇으로 풀어주나. 오가는 길마다 향 사르고 영면 빌며 이제는 잊겠노라고 다짐하고 돌아서면, 젖먹이 울음소리가 귓전을 울린다.

높아 버린 하늘에 무덕무덕 떠 있는 구름을 치어다보며 갑갑한 마음을 다시 추스르고 발길을 돌렸더니 이내 신원면 사무소 앞을 지나 1034번 도로가 동서로 이어지는 과정 삼거리에 닿는다. 우회전을 하여 동진하면 합천호로 가는 길이라서 좌회전을 했다. 거창 방면으로 3km 남짓 가다가 남상면으로 가는 삼거리 길에서 '감악산로'라는 도로를 따라 남상 방면으로 우회전을 했다. 2차선 포장도로는 완만하게 비탈진 산기슭을 따라 첩첩산중으로 들어가는데 또 하나의 안내판이 발목을 잡는다. 오른쪽 둔덕에는 '청연마을 학살 터'이고 왼쪽으로의 양지바른 산기슭에는 기와지붕의 추모재 뒤로 근래에 조성된 묘역이 말쑥하게 자리했다. 새까만 묘비는 울긋불긋한 조화 한 묶음씩을 앞에 두고 층을 지워 횡으로 줄지어 섰는데 '정두성의 묘'라는 묘비의 측면에는 '생 1948. 3. 15, 졸 1951. 2. 9'라고 하얗게 음각돼 있으니 네 살배기가 아닌가. 참참한 마음으로 길 건너편의 학살 터에 홀로 선 보존비 앞에다 종이컵에 술 한 잔 따라 놓고 고개를 숙이니 그냥 지나칠까 했던 미안함이 얼마나 무거웠던가를 알 만큼 가벼움이 느껴졌다.

코앞의 고갯마루 삼거리에 청연마을 표지석이 낮은 키로 섰고 감악산 4km라는 KBS 감악산 중계소와 연수사 1km를 알리는 이정표가 나란하게 높이 섰다.

이정표의 안내를 따라 비탈진 산길을 잠시 오르면 감악산 중계소와 연수사 길이 갈라지는 삼거리가 나오고, 목마른 이들을 위한 약수터가 작은 쉼터로 잘 정비되어 오가는 등산객들을 반갑게 맞이한다. 연수사 가는 길로 접어들자 너덜겅 돌 틈새로 연보라와 순백의 들국화가 듬성듬성 피어 있어 청초한 자태는 그리움에 젖어있다. 송이송이 어우러진 오상고절의 노란 국화가 아니라도 좋다. 구절초나 개망초라도 좋고 쑥부쟁이라고 해도 상관할 일이 아니다. 언제 보아도 청순하고 순박하여 애련한 정감이 녹아나는 들국화다.

풀벌레 울어서 길어지는 밤을 새며
달빛에 젖어서 연보라로 물든 채로
보내고 옛정 그리워 숨은 듯이 피었네

　청량한 바람에 한들거리는 들국화의 손짓을 따라 산 중턱에 닿으니, 주종인 도토리나무가 온갖 수목들과 한데 어우러진 숲길 사이로 화려한 단청의 일주문이 빤히 보인다. 일주문 앞의 주차장은 꽤나 널따랗고 원추형의 돌탑은 커다란 은행나무 밑에서 참선에 몰입되어 오고가도 모른다. '감악산 연수사'라는 현판의 일주문을 들어서서 돌계단을 오르니 대웅전 전각이 또 다른 돌계단과 축대 위에 웅장하게 우뚝 섰다. 고색창연한 천년 고찰의 흔적은 어디에도 없으나, 신라 애장왕 3년 서기 802년에 감악조사가 절을 지으려고 다듬어 놓은 커다란 서까래들이 밤새 몰래 옮겨진 자리에 절을 지었다는 설과 헌강왕이 약수를 마시고 병이 나아 감사의 뜻으로 절을 세웠다는 설이 구전으로 전해질 뿐, 기록상으로는 조선 숙종 때 벽암 선사가 연수사를 중수하였다는 연혁의 안내판이 대웅전 뜰 앞에서 일러주고 섰다.
　좌우의 당우와 집채만 한 바윗돌을 사이에 두고 칠성각과 산신각이 한 지붕 밑에 앉았는데 옆으로 세석산방이 없는 듯이 자리 잡아 여느 산중의 절집과도 엇비슷하건만 산방 앞의 약수는 신라 헌강왕의 중풍을 낫게 한 이름난 약수란다. 암반에 베개 크기만 하게 네모나게 파인 돌샘으로 납작한 구멍에서 콸콸 쏟아져 내리는 약수 한 쪽박을 단숨에 들이켰다. 매끄러워서 부드럽고 뒷맛이 단 듯하다.
　함양, 산청, 합천군 내의 주민들은 담배 농사를 짓다 보면 피부 질환을 심하게 앓았는데 담배 수확을 끝내고 나면 연례행사처럼 날을 잡아서, 도로가 뚫리기 전이라서 솥단지를 이고 지고 피난 행렬처럼 몰려와서 수제비를 끓여 먹으며 약수를 마시고 몸을 씻어 나왔단다. 주지 석전 스님은 이들을 위해 노천에다 남탕과 여탕을 갈라서 물맞이 장소를 꾸몄다고 설명하는 보문 스님은, 일주문 옆의 수령 600여 년의 노거수인 은행나무의 유래까지 자상하게 일러준다.

고려 말의 왕족과 혼인하여 망국의 한을 안고 유복자를 앞세우고 연수사를 찾아와 왕조의 명복을 빌고자 머리를 깎고 비구니 승이 되면서 아들과 작별하며 아들은 전나무를 심고 어미는 은행나무를 심어 훗날에 나를 보듯 하라 했던 은행나무는 수고 38m에 둘레가 7m로 아직도 무성하게 잎을 피고 지우며 비운의 넋을 하염없이 달래며 애환으로 굽이진 기나긴 역사를 오늘에 잇고 섰다.

대웅전 주련의 '삼일수심천재보 백년탐물일조진' 삼일 동안 닦은 마음은 천 년의 보배가 되고, 백 년 동안 탐한 재물은 하루아침에 티끌이 된다 하여 높아져서 파래진 하늘을 쳐다보니 흰 구름도 갈 곳 몰라 무심하게 떠 있다.

일두 선생의
고택을 찾아서

　가을이 깊어가는 안개의 계절이다. 어둠을 덧씌우고 한밤중을 적시고 간 밤안개의 정적이 머물렀던 자리에 여명을 걷어내고 피어오르는 물안개가 강물 따라 자욱하게 깔리면 새로운 비경의 고요한 운치가 가슴을 저리게 한다. 고산준봉에 오르지 않아도 운무를 깐 듯하고, 다도해를 앞에 두지 않아도 해무를 덮은 듯이, 건너다보이던 원근의 산들이 새 면화를 갓 탄 햇솜을 살포시 끌어다가 아랫도리를 가리고 앉았는지 봉긋봉긋하게 상반신만 드러내고 있어, 묵향이 그윽한 수묵화로 그려진다. 아침 햇살을 빌어다가 하얀 끝자락을 살며시 벗겨내면, 숨겨진 또 하나의 비경이 한 폭의 그림으로 그려지는 추강낙안(秋江落雁)이다. 가을 강가에 기러기가 앉으니 사랑이 있고, 평화가 있고, 풍요가 충만한 화폭을 연상하며 길을 나섰다.

　35번 고속도로를 타고 생초 IC에서 요금소를 나오면 남강의 원류인 경호강을 만난다. 맞은편 언덕배기의 조각 공원을 건너다보며 생초다리를 건너기 전에 좌회전을 하면, 산청 한방 약초 공원에서 넘어오는 길과 화계 장터에서 만나 함양의 휴천과 마천을 거쳐 지리산으로 들어가는 길이라서, 생초 다리를 건너서 좌회전을 하여 함양과 거

남계서원

정여창고택

창으로 가는 국도 3호선의 구도로를 찾아가며 길머리를 잡았다.

추수가 끝나가는 들녘에는 시간과 공간의 화합이 절묘하다. 군데군데 황금빛 볏논이 남아있는 사이마다 유별났던 폭염과 폭풍우를 견뎌내고, 이제는 전부를 내어주고 텅 빈 바닥은 속살을 들어냈고, 키가 큰 수수는 아직도 띄엄띄엄 홀로 서서 고개를 숙이고 묵묵히 콩밭을 지키고 섰는데, 밭두렁의 비탈진 들머리에는 모닥모닥 노란 소국이 끼리끼리 정겹다.

수동 교차로를 지나자 길섶 저만치에서 홍살문이 높다랗게 솟았다. 홍살문 아래로 나직하게 선 하마비가 차에서 내리라는데 홍살문 뒤로 주차장이 마련돼 있어 차를 세웠다. 언뜻 보아도 십여 채의 크고 작은 기와지붕들이 낙락장송 푸른 솔숲을 등지고 종횡으로 정연하게 배열돼 있어 대궐같이 웅장하고 절집같이 엄숙하여 오지랖을 여몄더니 2층으로 된 삼문누각인 풍영루가 하늘 높이 우뚝 섰다. 동방 5현의 한 분이신 일두 정여창 선생의 학문과 덕행을 추모하기 위한 명종 7년에 지방 유생들이 건립하고 21년에 사액서원이 된 남계 서원의 정문이다.

중문불입의 예법을 따라 옆문으로 들어서니 좌우로 두 개의 네모난 연못이 길을 빗겨 앉았고, 왼쪽으로 일두 선생의 업적과 유훈을 새긴 정묘 비각이 단청이 화려한데, 오석에 음각된 주홍 글씨의 웅장한 비석도 대단한 크기이고 비의 지붕 갓은 놀랄 만큼 거대하다. 좌우로 기립한 영매헌과 애련헌은 누마루를 갖춘 서재와 동재이고, 좌우 돌계단을 나란히 한 석축 위로 '남계서원'이라는 편액이 붙은 대강당은 명성당이라는 또 다른 편액이 걸려 있고 거경재와 집의재를 좌우의 온돌방으로 갖추고 있다.

"밝게 되면 정성스러워진다"는 중용에서 따온 당호인 명성당 뒤편을 돌아가면 언덕 위의 돌계단 위로 높다랗게 편액 없는 사당이 우뚝 섰다. 일두 선생의 복권에 앞장섰던 개암 강익 선생과 광해군이 영창대군을 사사하자 이에 맞섰던 동계 정온 선생을 좌우로 배향하고 일두 정여창 선생의 위패를 모신 곳이다. 서원 뒤편의 담장 너머에는 수십 그루의 노송들은 선생의 학덕과 고결한 절의를 유훈으로 전하며 만고상청 높이 섰다. 선생의 묘소가 담장 너머에 있다는데 안내판만 그러하고 실제는 고개를 넘고 골짜기를 따라 또한 고개를 넘어 승안 사지 옆의 산등성이에 있다.

남계 서원을 나오면 인접하여 또 하나의 홍살문이 예를 갖추란다. 점필재 김종직 선생의 문하생으로 선생의 조의제문을 사초에 실은 것이 훗날 무오사화로 비화되어, 사림의 동문과 함께 희생된 탁영 김일손 선생의 위패를 모시고 춘추로 향사를 올리는 청계 서원이 남계 서원과 함께 자리를 나란히 했다. 충효지절의 유훈을 되새기며 오늘의 정세와 세태를 뒤돌아보고 정도와 준도의 길을 머리 조아리고 여쭈고 싶은 유서 깊은 서원이다. 고색창연한 고건물의 구조와 배열의 조화는 옛사람들의 솜씨가 경이롭기만 하고 낙락장송이 어우러진 풍치에 파묻혀서 깊어가는 가을의 강과 들을 굽어보고 섰는데 추강낙안은 때가 이른지 남계천 위로 백로 한 마리가 어디론가 날아간다.

홍살문을 뒤보하고 1km 남짓 가다 보면 지곡창 촌길로 접어드는 삼거리가 나오고 직진을 하면 안의로 가는 길이라서 좌화전을 하여 창평교를 건넜더니 일두 선생의 고택이 있는 개평마을이 나왔다.

마을 초입에 들어서자 마을의 표지석이 우람하게 버티고 섰고, 문화유산을 알리는 안내판이 하나둘이 아니라서 예사로운 마을이 아님을 짐작하게 한다. 커다란 마을 안내도에는 번호를 매긴 고택들이 촘촘히 박혀 있다. 한참을 훑어보아도 어떤 순서로 가야 할지 갈피조차 잡을 수가 없어서, 무작정 일두 선생의 고택을 먼저 찾기로 하고, 이어서 하동 정씨 고가, 오담 고택, 노 참판 댁 고가, 풍천 노씨 종가를 순서대로 찾을 요량으로 널따랗게 정비된 골목길을 들어서자 '일두 고택 홍보관'이 골목 초입에서 길손 맞을 준비를 하고 자리를 잡았다.

자연석을 여유롭게 깐 돌 담장 골목길로 들어서서 빤히 보이는 '무형문화재 송주 문화관'을 살짝 굽어 돌면, 높이가 예사롭지 않은 솟을대문이 웅장하게 치솟았다. 충신 정려 1패와 효자 정려 4패의 하얀 글씨로 주칠목판에 새겨진 정려패 다섯이 붙은 홍살문이 대문의 문설주와 나란하게 붙어서 보는 이의 마음을 경건하게 한다.

대문을 들어서면 근엄함이 넘쳐나는 'ㄱ' 자형의 거택인 사랑채가 높은 축대 위에 덩그렇게 솟아서 웅장하고 장엄하다. 정자관에 도포 입고 누마루에 좌정하신 일두 선생께서 12월의 대선을 앞두고 한 말씀이라도 해주시면 좋으련만 하여 시공을 넘어선 준엄한 훈시가 간절하게 그리워지는데, 누마루 앞의 석가산 노송은 만고풍상 겪었어도 독야청청 말이 없다.

사랑채 옆으로 난 일각 대문을 들어서면 안채의 영역으로 들어갈 수 있는 또 하나의 중문을 지나야 한다. 안팎의 구분이 이리도 엄격하였으니 들고남의 예법 또한 얼마나 준엄했을까를 짐작하게 한다. 객사에서부터 안채와 아래채에 이르기까지 십여 채의 건물 구조는 하나같이 단아하고 간결하여 호사를 멀리한 검소함이 배어난다. 안채 뒤로는 또 다른 돌담을 쌓아 단청을 입힌 사당을 모셨고 별당까지 갖춘 남도지방의 대표적 양반가의 고택으로서 대하드라마 '토지'의 촬영 장소로 널리 알려진 명소이다. 국가 지정 중요 민속자료인 일두 선생 고택과 도지정 문화재인 하동 정씨 고택과 조선 말기 우리나라 바둑계의 일인자였던 사초 노근영 선생의 생가인 노 참판 댁 고가 등 고대광실 부귀영화의 옛 흔적들이 오롯이 넘쳐나는 개평마을 전체가 정원을 갖춘 기와지붕의 고택과 전통한옥들이라서 온종일 발품을 팔아도 모자라서 일두 선생의 산책로를 따라 선암정에 올랐다.

거북 등 같은 육모 비늘은 황금색으로 빛이 나는데, 승천을 준비하는 용틀임인지 구불구불하면서도 하늘을 치솟은 낙락장송이 줄지어 선 솔가지 사이로, 첩첩산중의 개암마을이 멀리 가장자리를 들녘으로 둘러치고, 고래 등 같은 기와지붕들이 추녀의 끝을 서로서로 맞대어 궁궐처럼 하나 되어 고색창연한 예스러움을 오롯이 간직하고 무오사화로 얼룩진 과거사를 나직하게 깔고 앉아 옛이야기를 오늘에 잇고 있다.

화림동 벽계수는 남계천을 굽이돌고
고대광실 누마루엔 유훈이 준엄하여
충효절의 홍살문이 만대불후 드높구나

35

월광사지와
천불산 청량사

정겹게 따사롭던 날씨가 입동을 지나자 아침 기온이 제법 쌀쌀맞아졌다. 나름대로 어우러져서 저마다의 빛깔로 화단을 물들였던 꽃들이 하나둘씩 사라지고, 어느새 초라해져 버린 작은 화단에는 노란 소국이 간밤에 내린 하얀 된서리를 고스란히 맞은 채, 서로의 뺨을 다닥다닥 붙이고 아침 햇살을 기다리고 있어 한낮은 날씨가 쾌청할 것 같아 만추의 산길이나 걸어볼 요량으로 홀가분한 차림으로 길을 나섰다.

고속도로 해인사 나들목 빠져나오자 왕복 4차로의 해인사 길이 시원스럽게 뻗어있고, 멀리 오른쪽에는 가야산이 그리고 왼쪽으로는 매화산이 희끗희끗한 바위들로 뾰족뾰족하게 날을 세우고 마주 서서, 사이사이로 단풍의 빛깔이 아직도 영롱한 작은 봉우리들을 거느리고 있어, 마치 천군만마를 거느린 쌍방의 장수가 일촉즉발의 일전을 앞두고 숨을 고르는 것인지 아니면 청홍의 군기를 빼곡하게 든 군졸을 이끌고 의기양양하게 개선하는 두 장수의 위용인지 장엄한 광경이 발길을 멈추게 한다.

일광사지 동서탑

청량사 석좌불

풍광의 운치를 즐기면서 쉬엄쉬엄 차를 몰아 2Km 남짓 갔을까 하는데 빤히 건너다보이는 왼편 산기슭 모퉁이의 끄트머리에, 도랑을 끼고 선 예닐곱 그루의 낙락장송이 병풍 속의 그림 같이 예사롭지 않은 풍경이어서 차를 세웠더니, 월광사지라는 표지판이 진작부터 나와서 기다리고 있었다.

좌회전하여 월광교 앞의 널따란 주차장에 차를 세웠다. 동서로 마주한 희끄무레한 두 기의 석탑이 아름드리 노송 아래서 삿갓을 쓰고 바랑 멘 노승 같은 모습으로, 가야 매화 양산을 끼고 흘러온 홍류동 계곡물인 가야천 건너에서 수심에 잠긴 듯이 홀로 찾은 탐방객을 하염없이 지켜보며 미동도 하지 않고 마주 섰다.

버린 듯이 외진 곳에 감춘 듯이 숨어 있는 월광사지의 삼층 석탑은 세월의 풍상이 버거워선지, 찾는 이가 없어서의 외로움인지, 얼핏 보아도 적적함이 배어난다. 왠지 연방이라도 "휘-후" 하고 긴 한숨이라도 내쉴 것 같은 석탑이다.

두 탑의 풍채는 수려하고 준수하며, 날렵한 옥개석은 굽과 선이 정교하여 빚은 듯이 간결하고, 층층으로 이어지는 균형의 조화는 눈 가는 곳 없이 섬세하여 아름답고 훤칠하여 웅장하고 장엄하다. 동탑과 서탑이 마주한 거리를 보아 천년 고찰의 대가람이 있을 법하나 그 옛날의 월광사는 흔적조차 없어지고 근작의 아담한 절집이 옛이야기를 간신이 이어오고 있는데 안내문 몇 줄에는 대가야의 마지막 왕인 도설지왕인 월광 태자가 사직이 패망하자 이곳에다 절을 지어 월광사라 했다는 전설이 전해온다며 높이 5.5m의 전형적인 신라 탑의 모습으로 보물 제129호라고만 달랑 적혀있다. "그렇구나" 하고 지나치기엔 가슴 아픈 사연이 아니었던가. 대가야의 찬란했던 철기 문화와 동서 교역으로 일구었던 부귀와 영화 속의 500여 년 종묘사직을 신라에 빼앗기고 등극하실 귀한 몸에 먹장삼을 걸치고 물을 적셔 삭발하던 태자의 심경은 어떠하였으며, 밤새도록 무릎 꿇고 염송하고 절하면서 또 얼마나 많은 눈물을 흘렸을까?

원이 맺혀 돌이 됐나 한이 맺혀 탑이 됐나
등극하실 귀한 몸에 먹장삼이 웬 말이며
500여 년 종묘사직 일장춘몽 꿈이었나
만조백관 어디 두고 외진 곳에 홀로 섰나

동탑이 태자라면 서탑은 태자비일까, 저만치에서 마주 보고 섰건만 서로를 안쓰러워하며 기나긴 침묵은 천오백 년의 끝없는 세월로 이어오고 있다. 두 손 모아 합장하고 몇 번이고 절을 해도 개운치 않아서 먼 산을 한동안 쳐다보았다. 태자의 고영을 달래려는 것인지 고산준봉들이 야트막한 작은 봉우리들을 올망졸망 앞세우고 둥그렇게 둘러서서 동서 쌍탑을 향해 머리를 조아린다. 두고 떠나기 아쉬운 사연 많은 비경을 뒤로하고 산길을 걸으려고 청량사를 찾아서 발길을 돌렸다.

월광사에서 십 리 길 정도나 될까 하는 가야면 소재지에 닿으니까 때마침 5일과 10일에 선다는 가야 오일장이다. 가을걷이를 끝내서인지 꽤 많은 사람이 북적이는 시끌시끌한 골목마다 오곡과 과일 말고는 이름도 모르는 열매와 초근목피의 약초들이 지천으로 널려있다. 안 살 듯이 흥정하고 안 팔 듯이 넘을 주며 사고파는 모습들은 우리의 할머니셨고 우리의 어머니시던 그리운 이들의 애환 서린 일상이었기에 아련한 향수에 젖게 한다. 그저 아프지나 마시라는 당부만 남기고 장터를 벗어나면 이내 매화산 등산로를 알리는 표지판이 왼쪽 길로 내려서서 홍류동 계곡물인 가야천을 건너라고 일러준다.

코앞에 있는 다리를 건너서 매화산로를 따라 잠시만 가면 청량사로 들어가는 길이 마을 골목길을 겸하고 있어 조심스레 골목길을 벗어나니 작은 저수지가 매화산 끝자락에 나직하게 내려앉아 사방은 괴괴하고 새벽같이 고요했다. 일렁임 한 점 없이 새파란 물속에다 대칭으로 반사된 오색단풍의 영롱함이 한없이 황홀한데 숨이 막힐 듯이 고요한 정적만이 흐르고 있어, 나뭇잎 하나만 떨어져도 '쨍그랑' 하고 유리창이 깨어지는 소리가 날 것 같다. 멀리 매화산 정상의 기암괴석들은 늦가을 햇볕을 받아 그림같이 선명하고 양편 아래의 능선들이 겹겹이 맞모아진 골짜기에는 오색찬란한 꽃송이들을 한가득 쓸어다 부었는지 영롱한 빛깔이 골을 메웠다.

여기서부터 걷기로 하고 굽이진 길로 접어들자 이미 떨어진 낙엽들이 길을 덮었다. "낙엽 밟는 소리가 좋으냐?"고 '레미 드 구르몽'은 '시몬'에게 물었지만 홀로 걷는 길손은 그저 아무라도 불러와서 아무 말도 묻지 말고 실컷 걸어보라고만 하고 싶다.

청색과 홍색이 어우러지고 적색과 황색이 비비대는 숲길을 따라, 간절한 소원을 알알이 쌓아 올린 돌탑을 사이에 두고 한참을 오르면, 천년 고찰인 '천불산 청량사'가 매화산의 준봉들을 병풍처럼 둘러치고 중생을 반긴다.

설영루 계단을 오르면 좌우로 당우를 사이에 두고 마당이 꽤 넓은데 맞은편으로 축대를 끼고돌아 대웅전 마당으로 들어서면, 하얗게 빛이 바랜 화강암의 석등과 석탑이 나란하게 마주 섰다. 크기도 굉장하지만 풍기는 멋의 아름다움에 감탄을 멈추질 못했다. 사면 기단석 위로 팔면 하대석에 연화 좌대를 경쾌하게 받친 석등의 조각은 아기자기하면서도 위엄까지 갖추었고, 석탑의 간결한 멋과 균형의 조화는 신의 손이 아니고서야 분가루로 빚어낸 듯 이토록 미끈하게 다듬었나 싶다. 보물 제253호인 석등과 보물 제266호인 석탑을 앞세우고 높이 솟은 대웅전 뒤로 희끗희끗한 기암괴석들이 저마다 온갖 형상의 부처의 모습을 하고 빼곡하게 준봉을 이루고 있어 천불산이라 했음을 쉽게 알게 한다. 물욕의 저편에서 오로지 중생제도로 자비하신 부처님도 심산 절경만은 탐하지 않을 수 없으셨던가?

고운 최치원 선생이 즐겨 찾으셨다는 천불산 청량사. 비경 속의 그림 같은 대웅전에 들어서자 석조 여래 좌불상을 마주하고 또 한 번 놀랐다. 웅장하고 장엄함은 말할 것도 없고 해인사보다 먼저 창건되었다니 천 년 하고도 수백 년의 세월이 흘렀건만 화강암의 불신과 광배와 좌대가 이렇게 완벽하고 완전한 모습으로 보존되어 왔다는 것이 너무도 경이롭고 한없이 감사하다. 애당초 노천의 암반 위에 조성된 본래의 상태에서 대웅전을 덧씌워 지었는지 기단석과 하대석은 마루청 아래에 있고 사면에 팔부신장상이 조각된 중대석은 목조 불단 아래로 봐야 했다. 크고도 날렵한 연꽃잎 한 장에다 정교하게 문양을 양각한 광배 하며 석굴암의 석불과도 너무도 흡사한 불신은 균형의 조화와 생동감이 어우러져 금방이라도 결가부좌를 풀고 일어설 것 같은데 오목하고 도드리짐이 너무나 심세하여 가느다란 숨소리가 들릴 것만 같았다. 나무아미타불!

불국 정토의
가섭암지를 찾아서

요즘 세상에 어느 누가 구박받고 살랴마는 이맘때가 되면 한 장 남은 달력이 '뭘 했느냐?'고 은근하게 죄어오는 구박에는 당해낼 재간이 없다. 자성하며 미안해하기도 하지만은 간간이 부아도 난다. 아니라고 해봤자 들은 척도 안 하고, 아등바등 달려가면 가로질러 먼저 가고 땀 흘려서 일궈 놓으면 한 방에 낚아채는 온갖 꾼들을 무슨 수로 감당하며, 장대 가진 자들이 까치밥까지 다 따 가는데 쥐뿔도 부지깽이도 없는데 냅다 흔들기라고 열심히 했으면 됐지 안 그런가? 하고 군담을 했더니 얼마 전까지만 해도 가는 대로 눈길이 따라오며 웃어주던 달력 속의 예쁜 모델이 이제는 쳐다만 봐도 눈을 흘겨댄다. 휴일 핑계 대고 뭉개고 앉자 빈둥거려 봤자 속절없는 천덕꾸러기 신세가 뻔하고 "다녀오리다." 하고 횡하니 집을 나서고 볼 일이라서 주섬주섬 챙겨 입고 길을 나섰다.

일상에서 벗어나 바깥세상과 마주할 때는 언제나 새롭고 생소한 것이 보고 싶은 터라 이참에 우리나라에서 제일 큰 바위를 찾아 맞서볼 요량으로 금원산 문바위를 찾아서 35번 고속도로를 타고 진주에서

가섭암 매애3존불

가섭암의 문바위

북진했다. 멀리 지리산 천왕봉엔 간밤에 하얗게 내린 눈이 아침 햇살을 받아서 성큼 한 걸음 다가온 것 같이 가까워져서 또렷하게 보이고, 휙휙 지나가는 도롯가의 산자락은 갈색으로 물들어버린 가랑잎의 풍광이 커피를 볶는 내음같이 은근한 맛이 감돌아 또 다른 정취에 흠뻑 젖다 보니, 여론조사 버튼 안 눌러줘도 되고 "사랑합니다. 고객님!" 하는 맹랑한 아가씨 전화 안 받아도 되니 길 나서기를 열 번 잘했다 싶다.

35번 고속도로 지곡 IC를 나와 24번 도로를 따라 칠팔 분 거리의 안의 교차로에서 다시 3번 국도를 타고 10km 남짓한 거리의 마리면 삼거리에 닿았다. 마리 삼거리에서 직진하면 거창 방향이라서 좌회전을 하여 37번 도로로 접어들었다. 장풍 삼거리의 갈림길에서 곧장 직진하면 무주 구천동으로 가는 길이라서 수승대로 가는 길인 왼쪽 길로 들어서니 이내 위천면 소재지이다. 위천 우체국을 지나자 보물 제530호인 '가섭암지 삼존석불'과 '강남사 터 석조여래입상'을 알리는 황토색 안내판이 고맙게도 길 마중을 나와 있어서 안내에 따라 좌회전을 했다.

마을을 벗어나서야 위천 들녘이 꽤 넓다는 것을 알았다. 가을걷이가 한참 전에 끝난 황량한 들녘은 사방으로 3~4㎞는 족히 됨직한데, 멀리 산기슭마다 옹기옹기 촌락을 이뤄 정겨움이 가득하고, 들녘 가운데로 모닥모닥 눌러앉은 마을들도 고만고만하게 옹골찬 풍요를 끌어안고 조용하기만 하다.

띄엄띄엄 서넛 마을을 지나자 '석조여래입상'을 알리는 안내판이 강남마을 표지석 앞에 다소곳하게 나와 섰다. 마을보다 훨씬 낮은 들판 가운데에 강남사라는 절이 있었던 모양이다. 작은 주차장이 말끔하게 마련돼 있고 골기와 맞배지붕에 단청이 선명하고 빨간 기둥 사이로 홍살을 둘러쳐서 멀리서 보아서는 커다란 비각같이 보였는데 석조여래입상을 모신 불당이었다. 발끝에서 천정까지의 엄청난 크기의 광배를 등에 붙이고 도드라지게 양각된 불상은 천년 세월의 풍상에 닳고 닳았건만 자비로운 표정만은 윤곽만으로도 확연하고, 어깨를 감싸고 발끝까지 드리워진 옷자락의 주름은 물결이 여울지듯이 하늘거리며 흘러내리는 것만 같다. 더구나 불상과 광배가 하나의 돌인데도 광배의 가장자리 두께는 한 뼘이 채 되지도 않게 연꽃잎같이 날렵하고 높이가 365cm에 너비 130cm로 웅장하면서도 섬세하고 정교하여 우아하고 장엄하다. 손의 모양은 많이 훼손되었으나 오른손은 중생의 두려움을 덜어주는 시무외인을, 왼손은 중생의 소원을 들어주는 여원인을 표현한 것이라 하여 합장을 하고 고개를 숙였으나 얼른 소원이 생각나지 않아서 꾸벅꾸벅 절만 하고 발길을 돌렸다.

잣나무가 가로수로 줄지어 선 포장도로를 따라 잠시 오르자 1300여m인 금원산과 기백산의 골짜기가 맞모아진 계곡 입구의 매표소를 지나서부터 계곡물 소리가 유난히도 카랑카랑했다. 산이 높고 골이 깊어서인지 바윗돌을 휘감고 흐르는 물은 한여름을 방불케 하고, 풍광에 도취하여 천상으로 돌아갈 시각을 넘겨 하늘로 오르지 못하고 바위가 되어버렸다는 세 선녀의 전설이 담긴 선녀 담의 물빛은 유난히도 파랗고 맑은데, 한 점의 일렁임도 없이 고요하여 괜스레 집적거려보고 싶을 지경이다. 이를 두고 심산유곡의 명경지수라 했던가?

서너 군데의 작은 주차장이 층층이 잘 마련되어 있지만, 차로 오르기에는 아까운 풍광이라서 차를 세워두고 계곡을 따라 산길을 걸어 올랐다. 사방이 아름드리의 소나무 숲이라서 송진 냄새를 한가득 마시며 커다란 바윗돌이 저마다 덩치 자랑을 하는 계곡을 따라 1㎞ 정도나 갔을까 하는데 느닷없이 산덩이만 한 시커먼 바위가 내려다보고 있다.

계곡을 따라 길을 사이에 두고 약간 길쭉하고 밋밋한 럭비공 모양의 거대한 바위가 누웠는데 바닥과의 틈새에는 지붕의 처마 밑처럼 장정 이삼십 명이 둘러앉을 만한 공간이 뜬 엄청난 크기이다. 우리나라에서 단일 바위로는 제일 크다는 문바위란다. 그러나 아무리 살펴봐도 수십 길 높이의 암벽 산을 쳐다보는 것 같을 뿐 문바위라는 게 이해가 되지 않고 '달암 이 선생 순절 동'이라는 새김 글씨만 있어 기웃거리기만 하다가, 마주하고 있는 작은 바위와의 틈새로 들어서자 가섭암으로 들어가는 옛길이라는 것을 알 수 있었다. 계곡과 문바위와의 사이에 차가 다닐 수 있는 길을 내기 전에는 마주한 작은 바위와의 틈새가 유일한 통로라는 흔적이 완연하다. 문바위의 끝을 지붕으로 삼고 옛길의 흔적을 따라 문바위를 돌아들어 갔다. 거암 거석의 영락없는 일주문이다. 묘한 기분을 느끼며 들어서자 그 옛날 가섭암의 터였을까 하는 나직한 축대 위로 절집인지는 알 수 없으나 인적 없는 작은 기와집 한 채가 있고 집 뒤편의 산 중턱에 커다란 바위 예닐곱이 육중한 몸을 서로서로 기대어 한 무더기가 되어 내려다보고 있다.

보물 제530호 '가섭암지 마애삼존불상'이라는 안내판이 일러주는 커다란 바위 무더기를 향해, 층층이 위로 올라가며 조금씩 좁아지는 돌계단을 한 계단 한 계단 밟을 때마다 고려 말 충신이셨던 달암 이원달선생께서 불사이군의 충절이 되어 망국의 한을 안고 이 돌계단을 밟고 올라 저 바위 무더기 속의 어딘가에 숨어 버렸을까, 아니면 불국 정토를 이루고자 대덕 고승들이 구도의 길을 찾아 오르고 또 올랐을까 하는 생각에 천년 세월을 거스르는 긴긴 역사 속으로 빨려들어간다.

미움도 고움도 다 벗어두고 번뇌를 떨치고 밟아야 하는 계단! 얼마나 많은 세월을 두고 얼마나 많은 중생이 오르내렸으며 그들은 또 무엇을 얻고자 함이었을까? 머릿속은 망망대해를 덮은 끝없는 해무를 바라보듯 온갖 상념은 끝이 없어 갈피를 못 잡는데 못다 버린 것이 있으면 마저 버리고 숨을 돌리라는 뜻인지 손바닥만 한 평지가 나왔다. 위로 쳐다보니 커다란 바위 두 개가 시야의 전부를 가리며 좌우로 갈라서 작은 틈새를 열었는데 틈새를 따라 겨우 한 사람이 드나들수 있는 가파른 돌계단이 또 나온다. 모서리도 바닥도 반들반들 닳아서 긴긴 세월과의 인연의 끈을 이어주고 있다.

촘촘하고 반듯한 돌계단을 오르자 계단의 끝이 석굴의 입구이고, 크기를 가늠할 수 없는 커다란 바위 두 개가 'ㅅ'자 형으로 맞닿아서, 기대는 왼쪽 바위를 오른쪽 바위가 받쳐주며 벽면을 이루고, 기대는 바위는 밑면이 평평하여 비스듬한 지붕이 된 바위 틈새의 거대한 석굴이었다. 족히 여남은 평은 됨직한 바닥은 반듯하게 다듬어졌고 벽면을 깎아서 다시 도드라지게 양각된 삼존석불은 찾아드는 중생들이 정면으로 다가서기를 가만히 기다리고 계셨다. 바닥에서 네댓 뼘 떨어진 위로 좌대와 입상이 사람 키보다는 훨씬 더 큰 높이로 아미타 본존불과 좌우 협시불인 지장과 관음보살의 삼존불 입상은 한 점의 훼손도 없이 온전한 모습으로 중생을 반기신다. 아제아제 바라아제 천년 역사의 위대함이시여! 작은 불단에 헌향하고 예를 갖추니 삼존불의 온화한 자비의 미소가 사바세계를 향해 잔잔하게 번져 갔다.

37

거창 용암정을
찾아가며

 겨울의 진객은 뭐니 뭐니 해도 산야를 새하얗게 뒤덮는 눈이다. 매서운 추위로 황량한 겨울의 삭막함에 부드러움이 있어 포근함을 주고, 순백의 비경을 펼쳐내는 신비로움에 다정다감의 여유를 안겨주는 정겨움이 있어 이따금 기다려진다.

 설경과 가장 잘 어울리는 풍광치고는 계곡을 끼고 앉은 정자가 좋고 등이 굽고 휘어진 소나무가 좋고 옹기종기한 산촌이 좋다. 그래서 눈 덮인 산촌이 있고 정자가 있는 곳으로 길을 떠날 작정으로 눈길에 걸맞게 등산복을 주섬주섬 챙겨 입고, 눈길이 틔었는지 몇 군데에 전화를 거니까 거창의 위천면사무소에서 차량 통행은 가능하다 하여 수승대를 지나 위천변 외진 곳에 홀로 선 용암정을 찾을 요량으로 집을 나섰다.

 진주에서 용암정을 가려면 함양의 안의를 지나야 하고 35번 고속도로의 지곡 IC에서 차를 내려도 되지만 3번 국도를 이용하면 남강과 경호강 강변을 끼고 굽이굽이 새로운 풍광이 사시사철 길손을 반긴다. 백마산 돌아가면 웅석봉이 반기고 둔철산 옆을 돌면 필봉산이 손짓하고 강변 따라 산길 따라 모롱이를 돌고 돌면 눈 덮인 지리산의

용암정 설경

정온선생고택

천왕봉이 굽어본다.

　수동 삼거리를 지나면 이내 남계 서원과 청계 서원의 나란한 홍살문이 지나는 길손들을 경건하게 하고 잊혀가는 역사의 교훈을 되새기게 하여 팍팍한 삶의 고달픔을 견뎌내는데 커다란 교훈을 일러주고 있다. 기와지붕이 하얗게 눈으로 덮여 더욱 드높게 보이는 서원을 향해 고개만 숙여 경배를 가름하고, 일두 정여창 선생과 함께 배향한 동계 정온 선생의 생가가 용암정 가는 길에 있으니까 이참에 들려서 광해군에 맞서셨던 동계 정온 선생께 "오늘을 사는 우리들의 길은 정도가 어디에 있습니까?" 하고 여쭤볼 요량으로 길을 재촉했더니 어느새 안의를 지나 마리면 삼거리에 닿았다.

　마리면 삼거리에서 직진하면 곧장 거창으로 이어지는 길이고 좌회전을 하면 위천면을 지나 수승대와 용암정을 거쳐 북상면을 통과하여 무주로 가는 길이라서 좌회전을 했다. 사방 천지가 하얗게 눈으로 덮여서 별천지에 들어선 기분이었다. 하얀 들녘의 끝머리마다 여기저기 올망졸망한 마을인데도 지붕마다 온통 눈으로 덮여있어 파란 하늘과 하얀 땅으로만 구분될 뿐이고, 도로마저 온통 눈으로 덮여서 불과 4~5분이면 도착할 장풍 삼거리까지 거북이걸음을 하다 보니 한참이나 걸렸다. 다시 위천면사무소까지도 엉금엉금 기다시피 하여 가까스로 위천초등학교를 막 지나니까 경사진 언덕배기 위로의 들판에서 바람에 날려 오는 눈가루가 눈보라처럼 앞을 가리며 차창을 뒤덮었다. 짤막한 비탈을 간신히 오르자 설국의 전경이 또다시 펼쳐졌다. 빤히 건너다보이는 대궐 같은 기와지붕들이 하얗게 서로의 추녀 끝을 맞대고 그린 듯이 고요한데 좌우로 문간방을 날개처럼 달고 솟을대문

두 채가 나란하게 치솟았다. 왼편이 동계 정온선생의 생가이고 담장 하나를 사이에 두고 오른편이 청렴한 목민관이셨던 야옹 정기필 선생이 기거하던 반구헌이다.

인조반정으로 광해군을 몰아낸 조선조 제16대 왕인 인조가 정온 선생의 충절을 기리기 위해 내린 '문강공동계정온지문'이라는 정려문인 홍패가 높게 붙은 솟을대문을 들어서자 계자난간에 누마루가 달린 정갈한 고택이 근엄한 기품을 물씬 풍기며 웅장하게 솟았다. 누마루의 지붕에다 활주를 받친 또 하나의 지붕을 겹으로 만든 특이한 고택이다. 누마루로 몰아치는 비바람을 가리기 위해 지붕 아래에다 지붕 하나를 더 만들어 활주를 받쳐 추녀를 길게 뻗친 눈썹지붕이란다.

사랑채 옆으로 난 대문을 들어서면 단정하고 간결한 안채가 자리하고 있다. 대청마루 위의 처마 밑 시렁에다 촘촘히 메주를 새끼줄로 엮어서 줄지어 달았는데, 높낮이 하나 어긋남이 없이 가지런하고 크기 또한 틀에 찍은 듯이 하나같이 반듯하여, 안주인의 솜씨가 성품까지를 설명하고 남는다.

사랑채의 마루청에 걸터앉아 금원산을 바라며 명나라와의 신의를 저버려서는 안 된다며 화친을 반대했으나 청나라에 굴복한 수치를 참을 수 없다며 칼로서 자결을 자행하셨으나 실패하자 이곳 향리의 인근 덕유산으로 숨어버리셨던 선생의 충절에 가슴이 찡해졌다. 영창대군을 사사한 광해군에게 격렬한 상소로 맞서실 때의 선생의 결의는 어떠하였으랴. 목숨도 버려야 하고 가솔들의 운명도 짐작하셨을 것을 어쩌실 요량으로 극언을 하셨을까? 목숨을 건 충설들의 구명 상소로 인조반정까지 십 년 세월을 제주도의 유배로 목숨만을 건지신 선생께서 오늘의 정치사를 보신다면 뭐라 하실까가 짐작되고 남음이 있어, 죄스럽고 송구하여 선생의 흔적이라도 뵐까 하고 천장을 살폈더니, 문루에 높이 걸린 충신당이라는 현판이 또렷하다. 이백삼십여 년의 세월이 흐른 뒤이건만 추사 김정희가 제주도의 유배 생활을 선생의 유배지 인근에서 10년 가까이 하시다가 해배되어 귀향길에 쓴 편액이다. 제주도에서 서해를 거쳐 곧장 가면 될 귀향길을 굳이 바닷길 수백 리에 육로 수백 리를 둘러서 가야 하는데도 기어이 '충신당'이라는 현판을 써 붙이고 싶었던 추사가 동계 선생에 대한 존경심은 수백 리 길도 마다하지 않았으니 선현들의 경배심에 가슴이 먹먹하다. 또 하나의 현판은 1909년 의친왕 이강 공이 이곳 사랑채에 머물면서 친필로 남긴 '모와(某窩)'라는 빛바랜 현판이 세월의 무상함을 또 한 번 일러준다.

안채 뒤로 마련된 선생의 사당을 향해 고개를 숙이고 반구헌으로 발길을 옮겼다. 세 개의 방과 곳간 하나를 양편으로 나눈 솟을대문을 들어서면 골기와 팔작지붕의 5칸 사랑채가 작은 크기가 아닌데도 그 어떤 꾸밈새도 없이 날렵하고 정갈하여 단아한 맛을 물씬 풍긴다. 영양 현감을 지낸 야옹 정기필 선생이 관직에서 물러나 향리로 왔으니 재산도 없고 기거할 거처마저 없어, 이를 안타까워했던 안의 현감의 도움으로 마련한 처소였다니, 얼마나 청렴한 목민관이었음을 짐작하고도 남음이 있어, 내로라하는 실세들이 줄 지어서 법정으로 들어서는 오늘의 정치사가 부끄럽기 그지없다. 사랑채 뒤로의 안채는 없어졌고 우물의 물이 아직도 말갛게 내려다보이는데 두레박이라도 있었으면 한 모금 마시며 선생의 체취라도 맡아보고 싶었다.

발길을 돌려서 말목재를 향해 천천히 차를 몰았다. 여기까지 왔으니 말목재를 넘기만 하면 절집도 불당도 없이 소나무 숲이 우거진 외진 곳에 보물 제1436호인 농산리 석불 입상이 있기에 찾아뵐 요량으로 차를 몰았으나, 경사도랄 것도 없는 길인데도 눈이 너무 많이 쌓여서 차가 앞으로 나가지 못했다. 두세 번 찾아봤기에 후일을 기약하고 가까스로 차를 돌려 용암정을 찾아서 발길을 돌렸다.

수승대 관광지를 지나 위천 계곡을 따라 북상면 쪽으로 1km 남짓 가다 보면 산모롱이의 야트막한 둔덕에 '갈천동문'이라고 음각한 주홍글씨의 커다란 빗돌이 비경과 절승지의 입문임을 일러주고 섰는데, 북상면 13경의 제1경인 용암정이 덕유산 계곡물인 위천천 건너편 강둑에서 설원 속의 그림처럼 고즈넉하게 홀로 앉아 고요함에 젖어 있다.

봄의 정자는 마음을 다스리는 곳이고 여름의 정자는 몸을 다스리는 곳이며 가을의 정자는 마음을 비우는 곳으로 이 모두는 안에서 바깥 풍경을 내다보는 정자이지만 겨울의 정자는 멀찌감치 떨어져서 바라보는 정자이다. 건너다보이는 용암정의 날렵한 추녀는 하얀 눈을 한가득 덮었으나 하늘을 향해 날아가듯 뻗어있어, 도포 자락 펄럭이며 학춤을 추다가 그대로 멈춘 듯이, 그 어느 것 하나 동적인 움직임도 없이 정지된 설원 속의 비경이 길손의 넋을 빼앗는다. 설원 속의 밤 풍경은 후일로 미뤘는데 빠져드는 풍경화 속을 무슨 수로 벗어나나.

덕유산 씻긴 물이 송계사를 안고 돌아
월성 계곡 희롱하던 청정 옥수 얼싸안고
위천천시 이우러져 용암정에 노닐면서
거암 반석 깔아 놓고 청풍명월 품었구나

용암정의 반석도 청정 옥수도 모두 설원으로 덮었는데 얼음장 밑에서는 하얀 공기 방울을 동동 띄우며 흐르는 작은 도란거림은 권력과 세도에 물들지 않으려고 출사를 포기하고 오로지 학문 정진과 후학들에 예도만을 가르치셨던 용암 임석형 선생의 가르침을 되새기는 교훈이 되어 설원의 깊숙한 곳으로 여울지며 흘러간다.

무척산
모은암

한겨울의 추위를 즐기는 여러 가지의 방법 중에서도 겨울 등산의 묘미를 덮을 게 없다. 전문 산악인이 즐기는 정상 정복의 성취감보다는 야트막한 산이라도 크고 작은 바위들이 저마다의 얼굴을 삐죽삐죽 내밀고, 이따금 겁 없는 녀석들이 여기저기서 울쑥불쑥 치솟아 우쭐거리는 바위산이면 이맘때가 낙목한천이라 시야가 트여서 겨울 나들이치고는 제격일 때이다. 기암괴석들이 적나라하게 알몸을 드러내고 기기묘묘한 자태를 거침없이 뽐내고 있어 보는 이의 심경에 따라 천지창조의 만물상을 즐길 수 있는 풍광의 멋과 정취의 맛이 어우러진 모은암이 자리한 무척산이 생각나서 길을 나섰다.

남해 고속도로 동창원 IC에서 차를 내려서 14번 도로를 따라 김해 방향으로 가다가 좌회전을 하여 한림면을 경유 생림면 소재지에 닿아 봉림 삼거리에서 좌회전하여 생림초등학교 앞을 지나자 이내 무척산 등산로를 알리는 황토색 표지판이 길 미중을 나와 섰다. 표지판의 안내를 따라 우회전을 하면 금방 말끔하게 단장된 무척산 주차장이 널따랗게 자리를 내어준다. 평일이어선지 주차장은 승용차만 여남은

모음암 원효의 기도처 암혈

암벽 속의 모은암

대뿐이고 텅하니 비어있어 위에 있는 작은 주차장에도 빈자리가 있겠지 하고 2~3분 거리에 있는 작은 주차장까지 차를 몰았다. 먼저 온 네댓 대의 차량 옆으로 딱 한 자리가 용케도 남아 있다. 간편한 등산화로 갈아 신고 달랑 김밥 한 줄과 물 한 병이 든 작은 배낭만 둘러메고 카메라만 챙겨 들면 '준비 끝'이다. 다들 에베레스트라도 오를 것 같은 차림들이지만 요란을 떨면 길을 나서기가 어려워져서 길손의 장비는 언제나 단출하다. 여느 때는 배낭도 없이 신발만 바꿔 신는 게 전부였지만 오늘은 백두산 천지 말고 유일하게 무척산에도 천지가 있어 게까지 오를 요량으로 배낭이라도 챙긴 것이다.

여기서도 찻길은 더 이어져 있으나 모음암까지는 500~600m에 불과하고 경사도 급하거니와 일반 차량의 출입도 금지돼 있다.

바람도 없는 쾌청한 날씨지만 차가운 공기는 여간 매섭지를 않아 오지랖의 매무새를 다시 고치고 정상 쪽의 스카이라인을 따라 천천히 훑어보았다. 거대한 바위들이 여기저기서 울쑥불쑥 솟아올라 끝은 두루뭉술하여 부드럽고 순하다 싶은데 덩치가 너무 커서 위압감을 느끼게 하고, 바위틈새마다 흐르던 물이 얼어붙어 빙벽을 이루는데 머리 위쪽 어디선가에서 가느다랗게 들려오는 목탁 소리가 나뭇가지 하나 흔들림이 없는 정적을 여울 지우며 고요함을 더욱 그윽하게 물들인다.

차가 오를 수 있는 시멘트 포장길이 끝나자 메줏덩이만 한 돌을 촘촘하게 바닥에 깔아서 갈지자(之)형의 정갈한 길이 굽이굽이 이어지는데, 손때 묻고 모지라진 대빗자루가 바윗돌에 기대 서서 소곳한 자세로 정중히 길손을 맞이한다. 삼라만상이 깨기도 전인 새벽녘에 여명을 걷어내며 어제도 그랬고 내일도 그리고 또 이어지는 내일도 그러하실 희끄무레하게 비질을 하시는 스님의 모습이 눈에 선하다. 소리 없이 밟고 오실 누구를 기다리며 이토록 돌이 닳아 반들거리도록 쓸고 또 쓸었을까? 아니면 모질고도 질긴 연을 기어이 끊으려 가랑 잎 한낱 남김없이 쓸고 쓸었던가? 밤새도록 염불하고 면벽하며 정진하고, 목탁 치며 속죄하고 범종 치며 용서하고, 법고 치며 잊자 해도 속세의 질긴 연을 떨치지 못하여서, 가슴을 후벼내듯 틈새까지 쓸어내며 반들반들 돌이 닳도록 쓸고 또 쓸었단 말인가? 번뇌의 자국까지 쓸어낸 돌계단을 오르자 목탁 소리가 커지고 염불 소리가 가까워지더니 깎아지른 듯한 거대한 바위가 발끝을 내어주는 길을 돌아드니 기암괴석의 틈새를 가까스로 비집고 앉은 절집 모은암에 닿았다.

모은암 마당에 발을 디디자 기암괴석의 웅장한 바위들이 작은 절집을 포근히 감싸며 병풍처럼 둘러쳤다. 마주한 극락전은 웅장하거나 화려하지도 않고 아담하고 정갈하여 산사의 고즈넉함을 오롯이 품어내며 작은 당우를 옆에 두고 나직하게 앉았는데, 좁다란 마당에는 거대한 바위가 배를 불리고 기다랗게 누웠다.

모암인 어머니 바위라고 오르지 말라는 경고문이 붙었다. 마당 왼쪽으로의 범종각은 범종의 소리를 어머니의 소리로 들으라는 '모음각'이라는 현판이 걸렸고, 그 옆으로 커다란 바위 뒤에 숨겨둔 듯이 산신각이 처마 끝만 살짝 내밀고 빼죽하게 넘어다보고 있다. 모음각 뒤로는 봉긋한 연꽃봉오리를 닮은 연화봉을 옆에 끼고 바위 틈새에 끼워 둔 듯 아담한 칠성각이 높다랗게 앉았다.

가락국 2대 왕인 거등왕이 모후인 허 황후를 기리며 지었다는 모은암 극락전에 들어서자 사시불공의 공양 예불이 이어지고 있어, 향을 피워 삼배의 예를 갖추니 호신불 같이 자그마한 본존불인 아미타불이 불단 위에서 소곳하게 내려다보시며 연방이라도 무엇인가를 물어볼

듯이 잔잔한 미소로 굽어보신다.

예불에 방해가 될까 싶어 숨을 죽이고 극락전을 나서니 희끗희끗한 기암거석의 바위산을 양 날개 삼아 두둥실 창공을 나는 기분인데 저 멀리 낙동강과 밀양강이 합류하는 그림 같은 전경이 발끝 아래에 아득하다.

극락전 모퉁이에 관음전을 안내하는 팻말이 있어 온통 바위뿐인데 잘못 붙은 것은 아닌가 하고 뒤로 돌아드니 커다란 바위가 서로를 의지하고 기대선 틈새인 바위굴이 족히 여남은 평은 됨직한데 관음보살 상은 수유를 하는 듯이 아기를 안고 좌정하고 계셨다.

관음굴 뒤로 능선에 높이 솟은 남근석은 우람하고, 모은암 굽어보는 미륵바위 웅장한데, 관음전은 석굴 속에 없는 듯이 자리 잡고, 산신각은 바위 뒤에 숨은 듯이 앉았으며, 칠성각은 바위틈에 끼워두듯 얹혔으니, 기암괴석과 어우러진 이 천 년 심산 고찰, 이리 봐도 비경이요 저리 봐도 절경이다.

사시 예불을 막 끝내신 추암 스님은 경주의 백석을 다듬어 옻칠하고 개금을 두텁게 올린 본존불인 석조아미타여래좌상의 정교하고 수려함을 설명하며 절 문 앞에 치솟아 깎아지른 듯이 수직으로 선 수십 길 높이의 바위 절벽에 커다란 공을 뽑아낸 듯한 동그란 구멍은 자연적으로 생긴 혈로서 그 옛날 원효대사께서 그 안에서 좌선을 하셨다는 구전이 마을 사람들로부터 전해 오고 있다며 그 옆으로의 봉긋한 바위가 연화봉이라고 일러준다.

모은암 향 내음을 뒤로하고 천지를 찾아 정상으로 오르는 등산로로 접어들자 길은 갑자기 바위틈 사이사이로 끊어질 듯 이어지며 가파르고 험난했다. 겹겹으로 빼곡한 바위들이 하나같이 수십 길 높이로 치솟았다 싶으면 또 수십 길 깊이의 낭떠러지가 발끝을 저리게 한다. 바위마다 특이하게도 동그랗게 홈이 숭숭 패여 있다. 밤톨만 한 것도 있고 어른 주먹만 한 것도 있어 크기는 각각이지만 빼곡하게 촘촘히 패여 있어 작은 새들이 둥지로 팠을까 아니면 옛날 옛적에 천연두를 앓아서 마마 자국을 남긴 것일까. 오묘한 자연의 조화를 내 어찌 알랴만 막아서는 바위를 비켜서 돌아가면 또 한 바위가 느닷없이 막아서고, 비켜 가면 막아서고 막아서면 비켜 가고를 거듭하다가 천장까지 덮어버린 틈새를 기어드니 '남쪽 통천문'이라는 이름표가 붙었는데 마주 본 또 하나는 '북쪽 통천문'이라는 이름표가 붙었다. 하늘로 통한다는 길이라니 천국으로 가는 길이 아닌가? 원도 한도 털어내고 미움도 내려놓자! 버거웠던 짐인 줄을 진작에 왜 몰랐던가. 끊어질 듯 이어지고 닫힐 듯이 열리는 굽이굽이 바윗길이 사람 사는 이치를 근엄하게 일러준다. 한참을 또 오르자 두 그루의 낙락장송이 나란하게 서서, 어깨동무를 한 가지가 서로 붙어버려 연리지가 되어버린 부부 소나무까지 길 마중을 나와서 반기는데, 높기도 하지만 넓기도 한 천지 폭포는 꽁꽁 얼어붙어 얼음 폭포를 이루며 장관을 펼쳐준다. 한참 만에야 소나무 숲길이 밋밋하게 이어지는 분지에 다다르자 얼음장 밑에서는 이천 년 역사의 애잔한 옛 얘기들을 나누는지 도란도란 울림소리를 내는 작은 도랑이 은빛을 번쩍거리며 길게 누웠다. 도랑을 건너서자 하얀 은반을 깐 듯이 꽁꽁 얼어붙은 무척산 천지가 눈앞에 가득하다. 분화구도 아닌 무척산 정상의 널따란 천지는 가락국의 흥망성쇠를 말없이 지켜보며 애환의 역사를 오롯이 간직한 채 육모정인 통천정을 그림같이 띄워 놓고 찬란한 햇빛을 한가득 머금었다.

고성 방화골
약수암

　겨울이 꼬리를 얼른 사리지 못하고 미루적거려도 어느새 바람결의 매운맛은 풀이 죽어 한결 부드러워졌고 볕살도 도톰해져서 양지쪽의 따사로움에 눈시울이 지긋하게 정겨움이 감돈다. 이맘때이면 양지바른 남새밭의 겨울 도사리 배추는 한껏 파랗게 생기를 되찾아 흙냄새와 함께 상큼한 풀냄새가 묻어오고, 어디에선가 향긋한 매화꽃 향기가 번져올 것 같은 남촌의 봄이 그리워진다. 과학 문명의 매정스러운 질주를 그래도 따라잡으려고 안간힘을 다 쓰며 달음질을 쳐봐도 어제 같은 일상의 쳇바퀴만 돌고 도는 숨 가쁨의 고단함에 연방이라도 풀썩 주저앉고 싶은 심정이지만 언 땅을 녹여내는 봄의 손짓에 또 한 번 기지개를 켜고 매화꽃이 제일 먼저 핀다는 고성군 대가면 방앗골의 고매를 찾아서 봄 마중을 나섰다.

　알곡을 찧어내는 '방아'인지 꽃향기를 품어낸다는 '방화'인지 발음조차도 정확하지 않은 지명을 소문만 듣고 찾기란 여간 어려운 길이이다. 그렇다고 내비게이션이나 행성관서에 물어보면 이내 알아낼 수도 있겠지만 길손은 길을 나서서 사람을 만나 사람에게 길을 묻고 길을 찾는 것이 멋이요, 맛이며 깨우침이다. 어른이든 아이이든 가릴

방아골 약수암

약수암 흔들바위

것도 없고 외양도 품위도 가늠할 것 없이 오가는 사람이면 어떠하며, 일하는 사람도 잠시 허리를 펴게 하고, 인기척이라도 나면 괜스럽게 물 한 바가지 얻어먹자며 인연의 끄나풀을 이어가며 이래저래 서로가 잊어버렸던 인정을 되찾아야 할 의무도 사명도 일깨워야 할 오늘이 아닌가?

고성읍에서 아무나 붙잡고 "아"도 아니고 "화"도 아니게 얼버무려서 '방와마을'을 묻고 물어서 얻어낸 답이 "방아골"이라서 고성읍에서 대가면 사무소 쪽으로 가다가 대가 저수지 못 미처서 좌회전하라는 말을 듣고 차를 몰았더니 대무량사와 약수암을 알리는 작은 표지판이 어수룩하게 섰다. 포장도로를 따라 들길로 접어들자 봄은 이미 발끝까지 다가와서 휑하던 논과 밭은 봄보리와 풀씨들이 생기를 되찾아 파랗게 물들고 있다.

작은 도랑의 다리를 건너자 담장 밑에 붙어선 작달막한 마을 표지석이 '평동마을'이라고 알려주며 '방아'도 '방화'아닌 '시달'로 쓰여 있어 무턱대고 좌회전을 하여 도랑을 따라 길머리를 잡았다. 평동마을을 지나자 길은 트여 있으나 도무지 마을이 있을 것 같지는 않았지만 '골' 이라면 어딘가의 골짜기에 있겠지 하고 무작정 길을 따라 산 쪽으로 접어들자 좌우로 소나무 숲이 황토를 빨갛게 바닥에 깔고 짙은 숲을 이루며 시멘트로 포장된 산길을 내어 준다. 야트막한 비탈을 오르자 산 등줄기를 가르마를 타듯이 좌우를 내려다보게 한가운데로 산길이 빤하게 이어섰다. 한참 만에야 건너편의 양지 편에 마을이라기에는 너무 작은 네댓 집이 다닥다닥 붙어서 이른 봄의 볕살을 한가득 품은 채 누군가를 기다리는 듯 그림같이 앉았다. 들머리의 좁다란 공

터에 차를 세우자 건너다보이던 집들은 대나무 숲에 숨어버리고 갈림
길의 왼편 저만치에도 두서넛 집이 옹기종기 붙었는데 어수룩한 표지
판은 "약수암"이 있으니 "가 볼 테면 가보시우" 하고 논두렁에 삐딱하
게 등을 기대고 꽤 시건방졌다. "어험" 하고 헛기침을 한번 했더니 맞
은편으로 빤하게 보이는 언덕 위의 외딴집에 커다란 매화나무가 근엄
한 자태로 지켜보고 섰다. 고성에서 제일 먼저 핀다는 고매임을 멀리
서도 한눈에 알아볼 수 있었다. 밑둥치는 속살까지 삭아서 깊은 골이
파였고 온갖 풍상의 고단함이 껍질마다 역력한데 가지가 무성하여 인
고의 수령은 가늠키가 어려운데 볼통볼통한 꽃망울을 하얗게 피우고
있었다.

    옛 주인은 간곳없고 빈집에 홀로 남아
    두고 간 이 돌아오길 학수고대 기다리며
    옛정 깊어 정월 달에 서둘러서 피었네

  화투 열 매조도 2월이 아니던가? 춘설이 난분분할까 봐 필 둥 말
둥 망설이는 인간사 지조 없어 마음 둘 곳 없는데, 오로지 절개와 지
조의 꽃으로 피어난 고고함이여! 매일생한불매향(梅一生寒不賣香) 한
평생을 춥게 살아가더라도 결코 그 향을 팔지 않는다 했으니 말을 보
태면 때를 묻힐 일이다.
  두고 떠나기 아쉬워서 고매의 둥치를 쓰다듬어 보고는 발길을 돌려
대밭 속으로 뚫어진 골목을 들어서자 또 한 그루의 고매가 사립문도
대문도 없는 집의 축대 끝에 우뚝 서서 이제 막 하얀 꽃망울을 터트
리고 있다. 둥치 아래쪽은 삭을 대로 삭아서 깊은 골이 파이었고, 옆

으로 난 가장 큰 가지는 오래전에 삭아서 잘려나간 자리에는 커다란 구멍이 옹이처럼 남았다. 담장 아래에서 도사리 배추를 캐시던 할머니가 인기척을 알아채고는 반갑게 맞이하시기에 매화 구경을 왔다 했더니 옆집에 나란하게 사신다는 시숙까지 불러내셨다.

팔순을 훨씬 넘기신 배기윤 할아버지는 진주 농과대학(지금의 경상대학교) 2학년 때 학도병으로 6.25에 참전하셨다며 눈을 지그시 감으시고 건너편 산이 두 가랑이가 확연하게 디딜방아처럼 생겼다 하여 '방아골'이라시며 아까 본 매화는 한씨 집의 백매화로 고성에서는 제일 먼저 피고, 그다음으로 네댓새 뒤를 이어 아우인 배기준 씨의 백매화가 핀다면서 과실이 자잘한 순수한 토종은 이제 이 한 그루만 남아서 수령 150여 년을 꽃피워 왔다며 골목 어귀에 선 매화나무를 알려주신다. 술을 담그면 세 번을 우려도 그 향이 진하다며 일제 강점기에는 관에서 따 갈 정도로 유명했다고 박씨 할머니도 거들고 나서신다.

방아골 소개는 끝이 없이 이어지며 뒷산 중턱의 흔들바위는 선바위라 했는데 그 덩치가 너무나 커서 흔드는 사람은 흔들리는 줄을 모른다고 하고 약수암으로 가면 그 옛날엔 절은 없었는데 칠월칠석이면 대구와 광주 등 타도에서까지 물을 맞으러 온 사람들로 작은 골짜기가 인산인해로 메워졌다며 만병통치의 영험한 약수이니 한 모금 꼭 마시고 가라셨다. 한여름에도 '차갑다' 소리 하면 효험이 없다는 말씀을 염두에 두고 차를 몰아 금방 약수암에 닿았다.

산골 암자가 다들 엇비슷한데 겨울 가뭄이 꽤나 길었는데도 넉넉한 수량은 예사롭지 않고, 나무 홈통을 타고 흐르는 물은 세상사의 순리를 일러주며, 도랑물 소리는 카랑카랑하여 머릿속을 씻어 준다. 대웅전 뒤편의 산신각에도 그러했듯이 약사전 안의 불단 아래에도 암반의 약수 샘이 청정 옥수를 가득 채우고 고단한 중생들을 기다리며 쪽박이 놓여 있다. 헌향 삼배로 예를 갖추고 약수 한 모금을 들이켰다. 여름이 아니라서 차갑지도 않거니와 부드러운 뒷맛이 달짝지근했다.

물소리 말고는 괴괴하고 조용하여 내쉬는 숨소리조차 부담스러운데 이따금 달그랑거리는 풍경소리는 더없이 청아하다. 인기척을 내시던 주지 수운 스님과 찻잔을 마주하고 약수의 내력을 들으며 흔들바위로 가는 길을 묻자 주변 경관을 자상히 설명하던 진오 스님이 전국에서 제일 클 것이라며 동행을 자처하여 산길로 들어섰다.

간간이 잡목의 군락 말고는 아름드리 낙락장송이 울울창창하게 하늘을 가리고 송진 냄새가 옷 속까지 스며든다. 산허리를 감도는 비스듬한 산길은 자잘한 잡목들을 베어내고 덤불까지 걷었으나 오가는 사람이 없어 허술하기 그지없다. 동안거를 마치고 나오신 일광 스님은 시종 묵언이시고 신도들의 산행을 권장하고자 그 옛날 나무꾼들이 줄지어 다녔던 흔들바위까지의 옛길을 겨우내 산속에 파묻혀서 주지 수운 스님이 터놓은 길이란다.

멀리 고성읍이 한눈에 들어오고 바다가 호수처럼 아련하게 앉았는데 코앞에 다가선 웅장한 바위는 길쭉한 달걀 모양을 하고 절벽 위의 바위 끝에 꼿꼿하게 섰다. 크기에 압도되어 과연 흔들리는 흔들바위일까가 미심스러웠다. 용을 쓰고 밀어 보았다. 아무리 밀어 봐도 흔들거리는 것 같지가 않은데 저만큼 떨어져서 보고 있던 스님이 "흔들린다." 하고 소리쳤다. 스님을 흔들라 하고 자리를 바꾸었다. 결과는 노력의 필연적 산물이다. 거대한 선바위는 사바세계를 향해 끄덕끄덕 흔들거렸다.

사명 대사
표충비를 찾아서

사방에서 꽃 잔치를 한답시고 방방곡곡이 상춘 인파로 미어지고 봄꽃이 피는 마을마다 축제 분위기로 동네방네가 시끌벅적한데 북한은 또 무엇을 얻어내려는 획책인지 어깃장을 부리는지 몽니치고는 심히 지나치다. 핵실험 이후 연일 쏟아내는 대남 협박이 도를 넘어 일촉즉발의 위기 상황으로 몰아붙이며 서해안 해안포가 모두 문을 열었고 한밤중인 01시 30분에 최고사령부 작전 회의를 긴급소집하여 미사일 부대에 사격 대기를 지시하고 전투태세로 돌입하는 등 시국이 심히 불안하여 사명 대사를 찾아 길을 나섰다.

남해 고속도로 북창원 요금소를 나와서 북면을 지나 낙동강을 건너서 30번 도로를 따라 밀양시 무안면 무안리를 향해 차를 몰았다. 들녘은 봄보리가 파랗게 바닥을 깔았고 산기슭의 과수원에는 매화꽃이 활짝 피었고 한물이 지난 개나리도 빛깔 곱기는 그대로고 진달래도 산모롱이의 솔숲 그늘 사이사이마다 모닥모닥 앉아서 별난 이야기를 도란거리는데 가로수인 빛꽃 나무도 서둘러서 거들고 나서니 사방천지가 만화방창이라 화향이 천지에 그윽하다.

낙동강 본포 다리를 건너서 2~3㎞ 남짓한 거리의 도로 길섶에 '남

사명대사 생가

표충비

휘 정선공주 묘역'이라는 문화유적의 황토색 안내판이 차를 세웠다. 빤하게 뚫린 들길 건너편의 양지바른 산기슭에 널따랗게 잔디를 깔고 봄 햇살을 한가득 안은 묘역이 크기로 봐서도 예사롭지 않거니와 구중심처의 궁궐 왕녀인 공주의 묘라니 그냥 지나칠 수가 없어서 무엄하게도 생각 없이 차를 몰고 들어갔다. 묘역 앞 갈림길에 단청이 찬란한 비각이 길을 막듯이 서 있어 비문을 살펴보니 '의산군소간공구당남선생신도비'라 쓰였고 '방손 부총리 덕우 근서'라고 말미를 맺었으니 부총리 겸 경제기획원 장관이셨던 남덕우 전 국무총리를 이르는 것이었다.

비각 뒤로의 산기슭에 널따랗게 자리한 묘역은 문인석 두 쌍과 석등 한 쌍에 사자상 한 쌍을 앞세우고 커다란 상석을 나란하게 맞대어 사면으로 돌을 두른 커다란 쌍분 옆으로 '왕녀정선공주이씨지묘'와 세월의 때가 묻어 마모도 심한데 돌 이끼가 피어서 판독하기가 어려운데 남은 글자는 '소간남휘지묘'라는 작달막한 석비가 긴긴 역사 속에서 가냘픈 숨결의 작은 일렁거림이 가슴속에 여울진다. 양위분이 남이 장군의 조부모이시고 따님은 사임당 신씨의 증조모가 되기 때문이다. 더구나 여기서도 잠시 남이 장군과 유자광을 생각해보면 인생사 외길 같은 내일로 이어지는 오늘의 길이 보인다. 그러나 할머니의 무릎도 멀어져갔고 할아버지의 사랑방도 사라진 지 오래라서 호랑이 담배 먹던 옛이야기마저 잊혀가는 오늘의 실상이 유구한 역사 앞에 송구스러울 뿐이다. 역사는 진실 앞에 솔직하지 못해도 미래는 역사를 되새기며 성장한다. 의령 남씨 7세손으로 영의정을 지낸 남재의 손자인 보국숭록대부의산군 남휘와 조선 태종의 4녀이자 세종의 누이동생인 정선공주의 내외분인 양위분께 예를 올리고 나니 아득한 역사 속의 후미진 골짜기에 괴나리봇짐 멘 외로운 길손임을 실감케 한다.

　가던 길을 재촉하여 30번 도로를 따라 십여 분 남짓 북진을 하자 무안천과 맞닿은 모로 삼거리에 '어변당'이라는 문화재 안내판이 잠시 들렀다가 가란다. 길손이야 반겨주는 안내판이 고마워서 우회전을 하였더니 이내 들판 건너편에 고래 등 같은 기와집이 한눈에 들어왔다. 자그마한 주차장 앞의 안내판을 마주하자 박곤 장군은 태종 11년에서부터 세종 말년까지 무신으로서 벼슬을 두루 거치며 변방 수비와 명나라와의 외교 등 보국애민의 충절임을 뒤늦게 알게 됨이 부끄러웠다.

　예도를 상징하는 삼강문을 들어서면 마주하는 충효사와 우로는 향토사료관이 그리고 좌로는 적룡지의 작의 연못을 앞에 둔 어변당이 효심 지극한 장군의 고결함과 검소함을 일러주는 사랑채이고, 담장을 사이에 두고 샛문인 유제문을 들어서면 장군의 덕행을 기리는 덕연 서원이 근엄하게 자리 잡아, 어변당의 전경은 작은 궁궐이 내려앉은 경건하고 웅장하며 그림같이 아름답다. 고기가 붉은 용으로 변화를 하여 승천을 하였다는 어변당과 적룡지 앞의 장군께서 심었다는 수령 500년의 은행나무를 뒤로하고 표충비를 찾아왔던 길을 되돌아 2~3Km 남짓한 거리의 무안면 소재지에 닿으니까 간선 도로 옆으로 주차장이 마련돼 있고 비각 안내소가 말쑥한 차림으로 길손을 기다리고 있었다.

　표충비의 정문 격인 맞배지붕의 삼비문을 들어서면 널따란 잔디 마당의 정면으로 삼단 축대 위의 솟을삼문이 고색창연한 옛 멋을 풍기는데 왼쪽으로 단청이 산뜻한 팔작지붕의 표충각이 화강암 축대 위에 반듯하게 자리를 잡고 앉았다.

우선 솟을삼문을 들어서니 마주하는 비각이 한눈에 들어오는데 '표충비각'이라 쓰인 하얀 글씨의 편액이 비각 건물에 비교하여 어울리지 않게 커다랗게 걸려있다. 홍살을 두른 비각 앞에서 옷매무새를 고치고 합장 배례하고 다가섰다. 받침돌과 머릿돌은 하얀 화강암인데 비신은 새까만 오석으로 촘촘히 음각된 비문은 날렵한 세필인데 전면은 '송운대사비명'으로 사명당의 행적을, 그리고 후면은 대사의 스승이신 '서산대사비'라 새겨 대사의 공덕과 행적을 새긴 비석의 크기가 장중하여 두 분 대사의 팔척장신을 마주한 듯 위엄이 넘쳐난다.

나라에 커다란 변고가 있을 때마다 빗돌에서 땀이 흐른다니 작금의 북한 동정이 사뭇 염려되어 혹시나 땀을 흘리지는 않을까 하고 사면을 둘러보았으나 그런 기미는 보이지를 않았다. 비각 옆으로의 안내판에는 땀을 흘린 연월일시와 그 양을 빼곡히 적어두었다. 이럴 땐 야박하게 과학만을 말하지 말고 그저 영험한 신비로 남겨서 호국보민하신 사명 대사의 유훈으로 역사의 대물림으로 이어지기를 바랄 뿐이다.

"대사님! 프란치스코 교황께서도 취임 첫 부활절 메시지에 한반도의 평화를 염려하셨습니다. 부디 국태민안을 길이길이 영유케 보우하여 주옵소서!"

모두의 바람을 대신 빌고 돌아서니 매향이 그윽한 하늘은 구름 한 짐 없는데 뜰 앞의 노거수인 향나무는 세월의 애환을 얼기설기 엮어서 똬리를 튼 듯이 커다랗게 원을 만들어 하늘을 받치고 그늘을 지어서 고달픈 중생의 심신을 쉬게 한다.

담장 너머로 홍제사 본당인 설법보전의 추녀 끝이 하늘을 치받고 날아가듯 날렵하여, 담장을 사이에 둔 작은 통문을 들어서자 화려한 단청의 빛깔이 곱고도 현란한데 '법문무량서원학 불도무상서원성'이란 하얀 주련이 주홍색 기둥을 등진 채로 길손을 반기며 무언으로 설한다. 법문의 깊이도 불도의 높이도 길손 같은 중생이 어찌 알랴만 그저 무량무상하리라는 짐작만을 하고 삼비문 뜰 안의 표충각 문을 열고 들어섰다.

정면으로 중앙에 사명당 유정 송운 대사의 영정이, 우측엔 휴정 서산 대사의 영정이, 그리고 좌측엔 기허 영규 대사의 영정이 배향돼 있어 임진 정유 양 왜란에 호국의 일념으로 행장에 걸맞잖게 창검을 휘두르며 가사 장삼 자락에 왜적의 피를 묻힌 구국의 의승장께 헌향 삼배의 예를 올리고 무릎을 꿇고 눈을 감았다.

독도가 보이고 연평도가 보이고 장산곶이 보였다. 천안함 유족들의 오열하는 통곡 소리가 검푸른 파도에 뒤범벅이 되어 귀를 울린다. 호국보민을 위해 무엇을 했냐고 퉁방울 같은 눈을 부라린 금강역사가 번득거렸다. 온갖 탱화가 펄럭거리고 출렁거리는데 가냘픈 향냄새가 짙어진 한참 만에야 온갖 상념을 털고 눈을 떴다. 그저 오늘을 있게 한 고마움에 감사를 드리고 한숨을 돌리려는데 억제했던 감회가 요동을 친다.

표충각 문을 열고 들어설 때 정면의 세 분 대사의 영정 측면으로 고 박정희 대통령 내외분의 존영도 커다랗게 모셔져 있어, 예상 밖이라서 멈칫하고 의아해 했었는데 연유는 알 수 없으나 지극히 조용한 표정으로 길손을 가만히 지켜보고 계셨다. 3선개헌과 10월 유신으로 길손과는 대학 시절부터 지독한 악연인 양 참으로 힘겨웠던 지난날이었건만 향을 사르고 예를 올렸다.

'대통령이 되신 영애를 굽어살펴 주옵소서.'

반목과 대립을 거두고 국민 모두를 위한 솔직한 기도였다. 바람이 살며시 문을 닫았던 모양이다. 가만히 문을 열고 내려서려는데 우렁찬 법고 소리가 우레같이 천지를 진동했다.

41

거창 석가여래불 입상을 찾아가며

봄꽃들이 사방천지의 산하를 현란한 무도장인 양 상춘객들을 황홀경으로 홀려서 넋이 빠지게 한바탕 휘젓고는 분 냄새만 여운처럼 남겨 놓고 온다간다 말도 없이 흔적 없이 가버렸다. 모닥모닥 둘러앉은 철쭉들의 도란거림에 한참 만에야 정신을 차린 온갖 새잎들이 연두색을 우려내고 녹색의 푸름으로 물들고 있어, 새소리 물소리 바람 소리도 저마다의 의미를 되찾으며 가식도 허식도 없이 자연에 정제된 아름다운 소리를 내고 있다. 하지만 세속의 소리들은 날이 서고 가시가 돋쳐 가리고 막음이 버거운데 가림도 없고 막음도 없이 바람 불면 바람을 맞고 비가 오면 비를 맞으며 찬 서리에 젖고 밤이슬에 젖으며 달빛에 물든 채로 별을 보고 밤을 새우며 천년 세월을 마다하지 않고 중생들을 지켜온 거창의 양평리와 상림리의 석불 입상을 찾아 길을 나섰다.

길손의 맛은 유유자적이고 홀가분한 차림새는 그의 멋이지만 진정 탐하는 것은 순리를 터득하며 이치를 깨우치려 함이 아니던가? 그래서 35번 고속도로 지곡 요금소를 빠져나와 가는 길에 용원정과 건계정도 들릴 요량으로 안의면 소재지를 가로질러 남강천을 굽어보는 광풍루를 스쳐지나 금천 교차로에서 거창 방향으로 좌회전을 하여 3번

양평리 석조여래입상

용원정과 쌀다리

국도를 따라 차를 몰았다. 이내 또 좌회전을 하면 비경의 유혹에 빠져 벗어나지 못하게 하는 화림동계곡이다.

거연정 씻긴 물이 군자정을 감돌아서
차일암을 얼싸안고 동호정에 노닐다가
월연담에 달을 품으니 농월정이 희롱하네

물 좋고 반석 좋아 정자까지 즐비하여 17회로 경남일보에 연제를 했던 팔정팔담의 화림동 계곡이다. 불에 탄 자리에 농월정이 다시 서고 명월이 만공산하면 쉬었다가 가마 하고, 소매 끝을 잡아끄는 육십령 가는 길의 황석산도 뿌리치고 직진을 하면서 용추 계곡도 후일을 기약하고 왕복 4차선 도로를 마다하고 2차선 구도로로 내려서서 굽이진 산길을 휘젓고 달렸다.

3번 국도의 옛길은 후미진 골짜기마다 모닥모닥 자리 잡은 작은 촌락과 굽이마다 막아서며 끊어질 듯 이어지는 길 모롱이 하며, 협곡처럼 깊숙하게 내려앉아 바위틈을 감고 도는 물빛 맑은 도랑이며, 산자락도 그렇고 논두렁 밭두렁 할 것 없이 우람한 바윗돌이 저마다의 기기묘묘한 형상으로 엎어지고 자빠지고 불거지고 솟구쳐서 제멋대로 우쭐대고, 허리 굽고 등이 굽어 멀찍멀찍 떨어진 채 독야청청 노송들이 기암괴석 벗을 삼고 굽이굽이 폭을 지워 병풍처럼 둘러쳐진 멋스러운 길이다. 여기에 해발 1300여m의 기백산에서 흘러 내려와 고학마을을 거쳐 마리천을 이루는 계곡 옆으로 아름드리 벗꽃 나무로 볕가림을 한 아래에 고즈넉이 내려앉은 2층 누각의 용원정이 고색창연한 한 폭의 그림이다. 옆으로의 효열각은 화려한 단청의 정려 비각이

인데 해주 오씨의 효자비와 청주 한씨의 효열부비가 나란하게 모셔졌다. 그 옛날 신작로가 뚫리기 전까지는 마을 초입의 들머릿길이었으나 지금은 용원정으로만 이어지는 돌다리 길이다.

돌다리는 커다란 바윗돌 하나를 계곡 가운데에 길게 곧추세워서 교각으로 삼고 양쪽으로 각각 하나의 돌을 다듬어서 마주 걸친 돌다리인데 돌 하나의 크기가 엄청나다. 1758년 이 마을의 오성재, 성화 두 형제가 쌀 일천 석을 들여서 놓았다 하여 '쌀다리'로 불려 온다는데 석질로 보아 이 고장의 돌은 아닌 것 같은데 운반과 설치를 어떻게 했었는지 옛사람들의 솜씨와 지혜가 그저 경이롭거니와 뜻과 힘을 함께한 이웃들의 인정미가 그윽하게 배어난다.

마리면 삼거리를 지나 위천천을 따라 굽이진 길을 한참 가다 보면 좌우로의 산은 더욱 높아지고 강폭이 넓어지는 모롱이를 돌면 야트막한 수중보가 가로 놓여 심산유곡의 청정 호수를 연상시키는데 보 아래의 건너편 바닥은 거대한 반석을 널따랗게 깔았고 벼랑 위로는 날아갈 듯 날렵한 2층 누각의 건계정이 한 폭의 수묵화다.

강가의 길섶에 마련된 작은 주차장에 차를 세우고 임란을 피하여 의주 몽진 길에 선조를 등에 업고 십리 길을 내달려서 화를 피하게 한 장만리 충신정려각 옆으로 새로 놓은 다리를 건너서 건계정을 찾았다.

하나의 바위를 주춧돌로 삼아 정면 3칸 측면 2칸의 2층 누각인 건계정은 거창 장씨의 시조 충헌공 장종형의 후손들이 선조를 기리며 주변의 풍광을 감상하기 위해 1905년에 건립한 정자란다. 누마루에 올라서니 전경이 상관이다. 학동연운구절승(鶴洞煙雲區絶勝)이라는 주련의 글귀대로 학동의 연기구름이 이 지역의 절승이라 했듯이 떠가는 구름조차 풍광의 멋을 더하는 절경이다.

다시 차를 몰아 물길을 따라 잠시 내려오다가 다리를 건너서 표지판이 일러주는 대로 십분 안팎의 거리인 상림리 석조관음입상을 찾았다. 찻길에서도 한눈에 알아볼 수 있는 커다란 석불 입상이 서너 집 어우러진 골목길 끄트머리의 야산 기슭 빈터에서 길손을 빤히 지켜보고 계셨다. 언뜻 보기에는 커다란 상투에 각이 진 얼굴과 일자로 굳게 다문 입술이며 훤칠한 키에 허리띠까지 두르고 있는 데다가 거무스레한 화강석의 단단한 느낌마저 들어 장군상을 방불케 한다. 그러나 팔각의 하대석 위로 연화좌대를 맨발로 밟고 서서 오른손은 내린 채로 정병을 들었고 왼손은 가슴 밑으로 연꽃봉오리 한 줄기를 들었으며 구슬을 꿰어 매달은 목걸이를 늘어트리고 있어 관음보살입상임을 짐작할 수 있다. 안내판의 글씨는 빛이 바래져서 더듬거려지는데 고려 시대에 조성된 것으로 3.5m인 장신의 관음보살 입상으로서 보물 제378호란다. 관음입상을 중심으로 가장자리를 네모나게 석축으로 쌓아 말끔하게 가꾸었건만 옛 가람의 흔적은 찾을 길이 없고 외진 곳에 홀로 서서 외롭기 그지없다.

　천여 년을 살아온 살림살이가 어찌시다 비 가림도 못하고 향로와 촛대도 하나 없단 말입니까? 그리도 융통성이 없어서야 또 천 년은 어떻게 사시렵니까? 앞에 보이는 강물을 주야장천 지켜보시면서 오늘을 사는 법을 그리도 모르십니까? 강둑을 정비한답시고 태초의 세월을 머금고 역사의 숨결이 살아 숨 쉬는 자연석은 걷어가고 채석장의 천덕꾸러기인 희끗희끗한 발파석을 쌓는 까닭도 아시지 않습니까? 산과 들은 말할 것도 없고, 강이고 바다까지 온통 공사판이 아닙니까? 해서는 안 될 것과 해야만 할 것을 모르는 것도 아니요, 완급을 가릴 줄도 모르는 그들이 아니지 않습니까? 그들이 바지런을 떠는 연유도 아시고 오만 원권은 나오기만 하면 숨어버리는 까닭도 더 잘 아시면서 어쩌실 요량으로 사시마지 땟거리도 마련하지 못하고 계신 단 말입니까 하고 속 풀이를 좀 해 보다가 미움도 고움도 가르지 말고, 많고 적음도 따지지 말자며 온갖 상념을 씻어 볼 요량으로 나선 길인데 웬 딴청인가 싶어 얼른 옷매무시를 다시 고치고 불전함이 없으니 옆 사람 눈치 볼 일도 없고 해서 실컷 절만 하다가 소원을 비는 것도 잊어버리고 발길을 돌렸다.

양평리 석조여래불을 찾아 거창 읍내를 가로질러서 종합운동장을 지나 가조면으로 가는 지방도로로 접어들자 안내판이 진작부터 길 마중을 나와 섰다.

야트막한 산등성이의 비탈을 깎아서 나직하게 석축을 쌓아 꽤 널따랗게 자리를 잡고 커다란 원반 모양의 동그란 천개를 갓처럼 쓰고 있어 언뜻 팔공산의 갓바위를 연상케 하는데 어른 키의 곱절보다 큰 장신의 석가여래입상이다. 치렁치렁한 법의는 발등까지 덮었고 오른손을 내려서 법의 자락을 살포시 주름지게 잡았으며, 왼손은 엄지와 인지를 곧게 펴서 가슴에 붙였는데 부드러운 주름선이 바람결에도 일렁일 것만 같다. 통일 신라 시대의 입상으로서 보물 제377호란다. 사면의 꼭짓점에 동그란 주춧돌이 있어 조그마한 전각이 있었나 보다 했더니 부처의 도량을 늘 정갈하게 지켜 오신 비구니 준용 스님이 이 석불이 대웅전의 본존불이었고 이를 모신 닫집의 주춧돌로 추정된다고 하시니 대웅전의 크기가 얼마나 웅장했던가를 가히 짐작하고 남음이 있다. 또 다른 연화좌대를 앞에 놓아 향보가 마련돼 있어 헌향 삼배로 예를 갖추니 석가여래의 자비로운 미소가 사바세계로 잔잔하게 흘러간다.

거창 삼봉산
금봉암 가는 길

유월이 오면 가슴 깊은 곳에서 스며 나는 잊지 못할 내음이 있다. 동족상잔의 포화가 산하를 뒤덮었던 화약 냄새와 독재와 군부 정권에 맞섰던 민주 항쟁의 최루탄 냄새가 있고, 배고픔에 지친 설움의 고개였던 보릿고개를 넘어서는 도리깨 타작 뒤끝의 겉겨 타는 냄새가 있다. 원한 서린 화약 냄새야 네 살배기가 무슨 기억이야 있으련만 반공 영화로 수없이 보았기에 착각만으로도 생생한 내음이 역력하고, 알싸하고 매캐한 최루탄 냄새야 60년대엔 67학번으로 서울에서 그리고 80연대엔 제1야당 당직자로서 지역뿐만 아니라 홍보지원으로 마이크를 잡고 전국을 돌며 언제나 선봉에 서서 하얀 최루탄 가루를 뒤집어썼으니 오죽이야 했겠냐만 이제는 세월에 바래진 옛이야기일 뿐이지만 과거 우리 모두의 아버지들이 땀으로 범벅되어 도리깨로 두들긴 보리 타작 뒤끝의 겉겨 타는 냄새는 유월이면 언제나 향수의 냄새가 되어, 보리가 익어가는 시골 길로 불러내고 있어 길을 나섰다.

경남의 최북단인 거창군의 고제면을 찾아 충청도와 전라도가 경상도와 맞닿은 그 옛날 삼남대로였던 옛길의 흔적이라도 있어 줬으면

당산리 영송

삼봉산 금봉암

하는 바람과 콤바인으로 타작은 했어도 혹시 겉겨를 태우는 하얀 연기라도 피어오를 것만 같아서 마리면 삼거리에서 37번 국도를 따라 차를 몰았다. 이내 당산리 표지판 앞에 문화유적을 알리는 황토색 표지판이 '당산리 당송'을 안내하고 섰다. 마을 초입의 비탈에서 용틀임한 장송이 먼저 알고 내려다보고 있어 골목길을 돌아서 다가갔더니 밑동의 굵기와 높이도 상당하지만 거북 등 같은 껍질과 용틀임한 가지가 예사롭지 않은데 안내판의 설명은 나라에 큰일이 있을 때마다 바람 한 점 없어도 "웅-웅-"하고 울음소리를 내며 미리 알려주는 신령스러운 소나무라 하여 영송이라 부르며 수령 600여 년으로 추정되는 천연기념물 제410호란다. 이제는 "웅-웅-"하고 울어야 할 일이 다시는 없기만을 기원하고 가던 길을 재촉했다.

10분 남짓하게 가다 보니 고제면 소재지 들머리에 삼거리가 나왔다. 11시 방향으로 가면 빼재를 지나 신풍령을 넘어서면 전라북도의 무주로 이어지는 37번 국도가 계속되는 길이고 직진을 하면 고제면의 끄트머리인 봉계리를 지나 역시 전라북도의 무주 땅 무풍면으로 이어지는 1089번의 지방도로로서 삼봉산 금봉암으로 가는 길이라 해서 직진을 했다. 세 발도 안 가서 또 하나의 표지판이 길을 막아섰다. '농산리 입석 선인상'이 있다 하여 마을로 들어서니 입석마을 회관 앞 마당에 야트막하게 철책을 두르고 넓적하면서 두께는 얄팍한데 높이가 2m가 훨씬 넘는 거석이 우뚝하게 섰다. 음각된 노인상이 한눈에 봐도 인자함이 넘쳐나고 근엄하여 오지랖을 여미게 한다. 세월의 풍상에 마모되어 얼핏 보아서는 결가부좌를 한 불상 같으나 언제나 무릎을 내어 주셨던 우리들의 할아버지셨다. 길흉화복을 관장하시며 수명장수와 풍요를 점지해 주시는 선인상으로 경남도 문화재 제324

호인 마을의 수호신이라며 돌이 섰다 하여 마을 이름도 입석이라 했단다. 선인상 바로 앞의 다리는 그리 높지도 않거니와 돌다리도 아니건만 그 옛날 도승의 법력으로 높이 6m에 길이 11m인 돌다리를 놓았다 하여 '높은 다리'라고 불리어졌고 높을 고(高)자에 다리 제(梯)자를 써서 고제면이라 했다는데 지금은 돌다리의 흔적은 보이지 않고 다리의 이름만 '높은 다리'라고 새겨져 있다. 당시로는 삼남대로를 잇는 다리였다니 얼마나 많은 세월을 두고 또 얼마나 많은 사람들이 오고 가며 온갖 소원일랑 선인상에 빌고 빌며 '높은 다리'를 건너고 또 건넜을까? 시집 장가간다고 가마 타고 건넜던 다리였고, 괴나리봇짐 지고 과거 길에 건너갔던 다리였으며, 돌아오지 못할 꽃상여는 또 몇 번이고 뒷걸을 치고 치다가 건너갔던 다리였던가. 설움인들 오죽하고 애환인들 오죽하랴만 보내고 떠나는 이의 눈물 젖은 다리였으니 언제나 건너고 나서 뒤돌아보던 다리가 아니었으랴.

높은 다리를 또 한 번 돌아보고 입석마을을 나와 가던 길을 재촉했다. 어느새 좁다란 들녘은 모내기가 끝나서 무논마다 모 포기들이 반듯하게 줄지어서 쫑긋쫑긋하게 몸을 담그고 섰다.

세월의 변화는 유월의 이맘때에 들녘에 나서보면 격세지감을 실감케 한다. 들녘 군데군데 장정들이 마주 서서 휘두르는 도리깨가 공중에서 번뜻거리면, 또 다른 한편에선 줄 지어서 허리를 굽혀 모를 심는 아낙들의 노랫소리며, 못밥 담은 함지박을 이고 가는 바쁜 걸음새며, 씩씩거리며 쟁기를 끄는 누렁이 소도 바쁘긴 매한가지라 부지깽이도 일어서야 한다는 농번기의 풍경은 까마득한 세월의 저편으로 밀려나서 옛 그림 속에서 빛이 바랜 지가 이미 오랜 줄은 진작부터 알지만, 어디를 둘러봐도 보리를 베어낸 흔적이라곤 없는데 마음속에 그려본 괜스러운 옛 풍경이 좀체 지워지질 않는다.

일 년 내내 사람 그림자 하나 얼씬거리지도 않는 강 둔치에 체육공원 만들지 말고, 골짜기 하나 자리 잡아 밀 심고 보리 심어 보리 타작과 모심기를 재현하며 60년 전쯤으로 시계 한 번 거꾸로 돌려 복원해놓으면, 한번 보고 버려져서 귀신 나오는 촬영 세트장보다야 골백번 나을게고, 유전자 조작한 수입 밀 안 먹여서 내 자식들 좋을 거고, 지구촌의 맹랑한 기자들이 다 찾아올 것이며, 보리 개떡을 팔아도 남녀노소 발 디딜 틈이 없을 텐데, 수입 밀가루 먹고 머리에 뿔이 나든 엉덩이에 뿔이 나든 알 필요가 없고, 보리 개떡 팔아 봤자 개떡 가루 떨어질 게 빤하고, 돈 타작을 하여야 돈 가루가 떨어지게 도랑치고 돈다발 잡게 공사를 해야지 뉘라서 옛날 일을 돌아나 보겠냐만 향수에만 젖어서 뜬금없이 해보는 소리는 분명 아니다.

신라와 백제가 뺏고 뺏기기를 거듭하면서 진을 쳤었던 둔기마을 들머리에 닿자 작은 도랑 옆으로 느티나무 그늘을 깔고 평평한 바윗돌을 줄지어 놓아 오가는 사람들이 쉬어갈 수 있는 빈터가 나왔다. 주막은 간곳없고 샘터만 남았는데 '옛 주막터'라는 표지석이 오가는 길손들을 수없이 겪어본 능구렁이가 되어 열불 내는 길손의 눈치를 얼른 채고는 공손하게 읍하는 자세로 길손을 맞이한다. '열불 나셔도 냉수나 한 바가지 드시고 마음 푸시우' 하는 녀석의 속내를 내가 왜 모르랴마는 '냉수 샘'이니 천천히 드시라고 턱받이에 글도 씌어 있어 마련된 쪽박으로 샘물 한 바가지를 단숨에 들이켰더니 아닌 게 아니라 속이 시원하다.

주막집 다시 서서 전 지지고 술 익으면 다시 오마고 기약하고 가던 길을 재촉하는데 유명세만큼이나 이름값을 하는 거창 사과의 산지답게 사과나무가 비탈진 밭에도 반듯한 논배미에도 푸르렀고 도로의 가로수도 사과나무가 줄지어 섰다.

이내 봉산리 용초마을 들머리에 닿았다. 가겟집 삼거리를 비켜서 삼봉산 금봉암을 알리는 표지판을 돌아드니 나무새밭 끝자락에 목장승이 줄을 섰다. 딴에는 길손이 얼마나 반가웠던지 입을 헤벌쭉하게 벌리고 우쭐거렸다.

골목길을 벗어나자 멀리 삼봉산이 굽어보고 팔부능선 아래로는 작은 바위산이 모닥모닥 줄 지어서 머리를 내미는데 차로 오르면 위험하다는 안내판이 선 작은 주차장에 차를 세우고 시멘트로 포장된 굽이굽이 꼬부라진 산길을 오르니 가파름이 만만찮아 숨이 찼다. 그도 그럴 것이 자그마치 열여섯 굽이를 돌고 나서야 근작의 거대한 삼존석불을 지나 삼봉산 1080고지에 자리한 전통 사찰 금봉암에 닿았다. 깎아지른 벼랑 위에 종각이 앞서있고 삼봉산 금봉암이라는 현판이 붙은 사천왕문을 들어서니 심산 절집이라 여느 절집과도 엇비슷하지만 대웅전 용마루에 석불이 우뚝 섰고 오백 나한전이 대웅전보다 크며 삼성각은 앞 기둥을 높이 세워 절벽 위에 자리를 잡았다. 용왕전 불단 아래에 용굴의 용샘에서 흐르는 물을 모아 만든 샘이 있어 영험한 약수로 이미 알려졌고, 삼봉산 산세도 나한의 기가 서려 오백 나한전을 정상과 마주 보게 지었단다. 용왕전 약수로 입가심을 하고 나한전에 들어서니 전면에는 본존불이 자리 잡고 좌우 양면으로는 자그마한 오백의 나한상이 층을 지어 줄지어 앉았다. 미륵불이 오기까지는 열반도 말라고 하신 세존의 명을 받고 오로지 중생제도만을 위해 2500여 년의 연을 이어 오늘에 닿았으니 합장 삼배로 예를 갖추고 향을 피웠다.

"존자시여! 호국보훈의 달 유월을 맞아 순국선열과 호국영령 앞에 길이 향 내음이 가득하게 하옵소서!"

43

최치원 선생의 은둔처
고운동 계곡을 찾아서

　세상사에 둘만 있어도 시빗거리가 생기기 마련인데 복잡한 현대사의 일상에서 시빗거리가 없대서야 오히려 귀가 닫혀서 적막강산이지 광명천지가 될 수 없다. 어우러지고 더불어서 잘되자는 다툼이야 마련이고, 하물며 나랏일에 시빗거리가 없다면 어찌 내일이 어제보다 났겠는가? 임제 선생께서 술이 거나하여 집을 향하여 말에 오르자 고삐를 잡은 하인이 한쪽은 나막신이고 다른 한쪽은 가죽신을 신으셨다고 알려주자 이쪽에서 본 사람은 나막신을 신고 가더라고 할 것이고 저쪽에서 본 사람은 가죽신을 신고 가더라고 할 것이니 일없다고 그냥 가자 하셨다. 진실은 하나이니 시빗거리에는 마음 쓸 것 없다는 뜻도 있었겠지만 '세상 바로 볼 줄 아는 놈이 몇이나 있으려나!' 하고 속 깊은 군담을 분명히 했을 게다. 작금의 국정원 건이나 NLL 발언 건이 시빗거리로 들끓는다. 역사는 진실 앞에 솔직해야 한다. 따라서 국사의 논쟁을 두고 너 죽고 내 살자는 식의 이전투구는 망국지본이다.

　속세의 시비 소리 행여나 들릴세라 물소리 카랑카랑하게 첩첩 산골 뒤흔드는 가야산 깊은 골로 영영 종적을 감추기 전에 고운 최치원 선

고운동 계곡 배바위

국내최고령의 굴피나무

43. 최치원 선생의 은둔처 고운동 계곡을 찾아서 _____ 283

생께서 한동안 은둔하셨던 산청 고운동 계곡을 찾아 세상사 시비 소리를 잠시 잊고자 길을 나섰다.

　35번 고속도로 단성 IC에서 차를 내려 덕천강 원류인 시천천과 나란한 20번 도로를 따라 중산리 쪽으로 차를 몰았다.

　덕산을 지나 정각사로 들어가는 다리 삼거리를 건너지 말고 곧장 직진을 하면 곡점을 지나 중산리로 들어가는 지리산대로가 이어지고 있어 정각사 다음에서 왼쪽으로 보이는 다리가 반천 1교인데 좌회전을 하여 다리를 건너야 하고, 예서부터는 반천 계곡을 따라 오르면 마음 놓고 풍광을 즐겨야 할 고운동 계곡이 반천 5교에서부터 제멋을 들어낸다. 831m의 주산의 된비알 기슭을 감돌며 커다란 바윗돌을 이리저리 끌어안고 구불구불 용틀임을 하는 고운동 계곡이 협곡 깊숙이 꿈틀거리며 내려오고 있다.

　계곡의 모양새부터 즐겨볼 요량으로 왼편 언덕배기에 자리 잡은 불계마을로 올라가서 산중턱마루의 이름 없는 정자에 오르니 초여름 더위를 산골 바람이 소름을 지우며 일순간에 씻어주는데 머잖은 천왕봉은 앞산이 가려져서 보이지 않고 꼬불꼬불한 고운동 계곡을 따라 띄엄띄엄 반천마을의 예쁜 집들이 숲 그늘 속에서 고즈넉한 평화로움에 깊숙이 파묻혔다. 작은 마을을 무릎에 앉히고 등받이가 되어주는 진녹색의 비탈산은 모닥모닥 모여진 활엽수의 잡목과 대나무 숲 말고는 중허리까지 온통 녹차 밭이다. 고운 최치원 선생께서 중국서 귀국길에 가져와 뿌렸다는 야생차밭이라는데 그 면적이 수만 평이라니 대단하다. 빨래걸이의 장대를 앞 뒷산으로 걸쳐도 될 것 같이 좁은 골짜기는 전답이라고는 찾아볼 수 없고 집집마다 내걸린 간판에는 하나같이 "고로쇠, 토종꿀, 녹차 팝니다."이다.

반천마을 끄트머리를 벗어나자 낭떠러지의 아찔한 계곡을 따라 승용차도 교행이 어려운 좁은 길이 이어졌다. 텃밭만 한 휴경지에 차를 세우고 계곡으로 내려서니 '쏴―'하는 소리가 물소린가 했더니 계곡을 타고 불어오는 바람 소리가 활엽수 이파리를 비비대며 스쳐 가는 소리였고, 커다란 바윗돌 틈새를 따라 바쁘게 흐르는 물소리는 인적 없는 계곡을 카랑카랑하게 울려댄다. 자잘한 자갈도 한 줌 없이 빚은 듯이 반지르르한 반석 위에 비단결 같은 심산 옥수를 깔아 놓고 우람한 바윗돌이 서로의 등을 대고 눕고 서고 멋대로인데 밟고 가든 넘어가든 개의치도 않는다. 일상에 찌든 오장육부라도 씻었으면 하는 맑은 소에 발끝을 적시며 숨바꼭질을 하듯 바위틈을 헤집고 10여m쯤 오르자 계곡 한가운데에 고래 등 같은 커다란 바위가 덮칠 듯이 막아선다. 고개를 한껏 제껴서야 바위 끝이 보이는데 모질게도 명 붙임을 한 작은 소나무와 크기가 엇비슷한 활엽수 서너 그루가 수림을 비집고 계곡 틈새로 쏟아지는 칠월의 뙤약볕을 고스란히 받으며 바위 끝 정수리에서 내려다보고 섰다.

지리산 앞에 두고 주산을 옆에 끼고
낙남정맥 품었는데 설 자리가 그리 없어
바윗돌 정수리에 어쩌자고 올라섰나

계곡 한가운데에 반석 위에 오똑하게 놓여있는 상여바위다. 청사초롱이 지붕을 장식한 영락없는 꽃상여다. 빚은 듯이 반지르르한 반석 위로 비단결 같은 맑은 물이 얄브스름하게 결을 만들며 흐르고 있어 한참을 내려다보고 앉았더니 물이 흐르는 것이 아니라 구름을 탄 듯이 반석이 떠가는 것 같고 상여바위도 이승과 하직하고 북망산천으로 떠가는 것만 같다.

아무런 안내 표지도 없는 상여바위를 찾을 수 있었던 것은 반천마을 앞 정자에서 하계복 님을 만난 행운 때문이었다. 구전조차 잊혀져 가는 안타까움에 향토사 하나라도 기록해 두자는 애향심이 깊어서 지금도 옛이야기를 기억나는 대로 쓰신다며 반천리의 고운동 계곡을 낱낱이 설명해 주셨기 때문에 배바위와 선바위 그리고 굴피나무와 고운 폭포를 찾아 다시 차를 몰 수 있었다.

수림의 터널을 벗어나자 꽤 널따랗게 천공이 파랗게 뚫리고 계곡물 소리가 카랑카랑하여 절집 하나쯤이 있을 성싶은 곳에 정갈하게 단장을 한 기도원이 자리를 잡고 앉았다. 왼편으로 시멘트로 포장된 임도가 청학동 아래 묵계로 이어진다는데 길이 험하여 차로 가는 이는 없다고 해맑은 얼굴의 기도원 새댁이 미리 일러주며 그늘에다 차를 세워 뒀다가 하산길에는 약수도 떠서 가라며 배바위는 불원간이고 고운 폭포는 30분 거리라며 계곡을 따라 오르라고 일러준다.

물소리 바람 소리가 산새 소리를 삼키는데 울창한 활엽수의 숲에 묻혀 콸콸거리고 흐르는 계곡물 한가운데로 거무스레한 목선의 웅장한 뱃머리가 푸른 숲을 헤집고 하늘 높이 불쑥 나타났다. 커다란 바위가 과감하게 뱃머리를 막아주지 않았더라면 속절없이 깔려서 뭉개질 뻔했다. 한눈에 봐도 커다란 목선이 뱃머리를 하늘 높이 곧추세우고 위용을 자랑하는 배의 모습 그대로다. 우현 선수 밑창 부분의 작은 함몰이 좌초의 흔적인지 고운 최치원 선생은 배를 버리고 가야산으로 가셨단 말인가? 선생의 피리 소리를 듣고 멀리 당나라의 쌍분녀의 혼령이 밤마다 찾아와 보은의 시중까지 들었건만 선생께서 종적을 감추자 배바위 옆의 선바위 속으로 혼령도 들어가 버렸으니 피리골이라는 지명과 쌍녀바위라는 또 하나의 별칭만 남겼을 뿐이다. 그냥은 오를 수 없는 높이인데 누군가가 원목을 사다리용으로 좌현에 걸쳐 두어서 갑판 위로 올라갔다. '주암대'라 음각된 평평한 바닥은 전후로 25보 좌우로 12보였다. 뱃머리에 우뚝 서니 기암괴석이 무릎을 꿇고 발밑에 가득하고 계곡물 소리가 콸콸거려서 고운 선생의 피리소리는 들리지 않는데 진격을 호령하는 전함의 함장이라도 된 듯이 양양한 기운이 솟구쳐 올랐다.

들뜬 마음을 가다듬고 조심스레 하선을 하자 무슨 사연이 있기에 발끝 아래 돌부리 사이의 손바닥만 한 바위틈에 석비도 상석도 없이 잔디 한 줌 떠다 놓은 듯한 초라한 분묘가 계곡물이 불으면 언제 덮칠지도 모르고 흐르는 소리에 묻혀서 처량하기 그지없다.

배바위 뒤의 커다란 굴피나무는 참나무로선 최고령으로 전국 제일의 크기라는데 안내판도 없다. 허리둘레가 장정 네 사람이 손을 맞잡아야 닿는 거목으로 등껍질 골골이 온갖 기생식물이 무성히도 자랐건만 속세를 떠나서일까 세월을 잊고 마음껏 푸르렀다. 하고 많은 사람들이 굴피나무에 소원을 빌고 빌며 절을 해대는 돌 바닥은 닳고 닳아 반들거리는데, 중년 아낙의 절은 그칠 줄 모른다. 바깥양반의 쾌유를 비는 절박함일까? 손주를 점지해 달라는 간절함일까? 아니면 자식의 일자리일까? 배필일까? 어미가 할 수 있는 마지막 희생인가? 떨어지는 땀방울은 애절한 진액이 되어 돌 바닥을 석신다.

한참을 기다려도 그칠 절이 아니어서 까치발을 하고 굴피나무 뒤를 돌아 계곡을 따라 고운 폭포로 향했다. 이정표도 없는 산길을 따라 계곡 건너기를 반복하며 조릿대인 산죽 군락지를 꼬불거리며 오르자 콸콸거리는 물소리가 골을 메우는데 폭포라기에는 낙차가 낮지만 은빛을 번쩍이며 쏟아지는 물소리는 세속의 시비 소리가 행여나 들릴세라 고운동 계곡을 우렁차게 울린다.

3번 국도
경남의 끝자락

　삼복더위가 유난깨나 떠는 별난 여름이다. 올해는 예년과는 달리 장마의 시작부터가 남부가 아닌 중부 지방부터여서 조짐부터가 심상치 않더니만 기어이 폭우를 끌어다 퍼부으며 마치 융단폭격이라도 하듯이 숨을 돌릴 짬도 없이 물 폭탄을 쏟아 부었고, 49일간이라는 유난히도 긴 장마라고 하지만 남부 지방은 38도 안팎의 용광로 속 같은 폭염의 연속이었지 장마는커녕 소나기 몇 줄기가 고작이었으니 좁은 땅덩이가 이럴 때는 구만리나 되는 듯하다. 계속되는 폭염과 열대야는 바다나 계곡이나 피서 인파로 미어터져 난민 수용소를 방불케 하여 어디 한 곳 편안하게 자리를 잡을 만한 곳이 없어 야단들이라는데 내 하나를 보탤 게 아니라 이참에 3번 국도 경남의 끝자락을 찾아 길을 나섰다.

　거창읍에서 경북 김천으로 이어지는 3번 국도 2차선 옛길을 따라 외진 길로 접어들면 유명세만큼이나 이름값을 하는 거창의 명물인 사과와 포도빛이 산비탈이나 들녘이나 할 것 없이 사방 천지로 널려 있고 정작으로 볏논은 틈틈이 자리를 잡았을 뿐이다.

　거창읍을 막 벗어나자 수목이 짙푸른 앞뒷산은 봉긋봉긋한 봉우리

거기리 성황단

동호마을 진입로

마다 등과 골로 주름져서 진녹색의 물결이 일렁이는데, 산자락이 옴쏙한 곳이면 옹기종기한 촌락이 푸른 숲과 어우러져서 아등바등 삶에 쫓기는 현대인의 고달픔은 흔적조차 보이지 않고 고요와 평화로움만 가득하고, 사동마을 뒷산 대숲에는 점점이 하얗게 백로가 떼를 지어 앉았는데 푸른 하늘에 흰 구름 몇 점 띄웠으니 접었다가 펼치면 영락없는 병풍이요 테두리를 둘러치면 색조 짙은 풍경화다.

봉황대 앞 삼거리에 닿자 황토색 안내판이 뙤약볕 아래서 벌겋게 달아서 기력을 잃은 듯 '거기리 성황단'이 2km 안에 있다고 간신히 일러준다. 불현듯 정비석의 단편 소설 '성황당'이 생각나서 길머리를 잡았다. 숯을 굽던 남편 현보는 산림법 위반으로 끌려가고 순이가 홀로 남아 한없이 빌고 빌었던 성황당은 아니지만 우리들의 오랜 옛날 할머니로부터 대물림하며 빌고 빌었으며 할머니의 할머니들이 전지전능함을 철석같이 믿어 왔던 버팀목이 아니던가.

작은 산모롱이를 돌자 꽤 널따란 도랑인 계수천을 앞에 두고 육모정자가 시원스럽게 우뚝한데 가족들인 성싶은 예닐곱씩의 사람들이 모닥모닥 자리를 잡았고 계수천을 가로막은 작은 보는 청정 호수가 되어 아이들이 뒤엉켜서 물장난으로 신바람이 났다.

사과나무와 호두나무 숲에 가려진 마을 초입에 들어서자 용틀임한 노송 두 그루가 우뚝하게 나란히 선 아래로 커다란 돌무더기의 돌탑이 얼핏 보아도 성황단임을 알 수 있어 길섶의 표지판은 할 일이 없어 풀이 죽어 시들하다.

커다란 호두나무가 울타리로 줄 지어선 사과밭 들머리에 돌 이끼가 유난히도 파랗게 뒤덮인 돌무더기의 둥그스름한 돌탑이 구불구불한 황금송 두 그루를 신목으로 앞세우고 마치 천상에서 내려놓은 청동 대종같이 웅장한 모습으로 자리를 잡았다. 밑돌에서부터 돌의 크기와 원둘레를 줄여가며 촘촘히 쌓아 올린 맨 상단에는 두 개의 돌을 쫑긋하게 세워 종두처럼 보인다. 높이가 4.6m에 밑 둘레가 24.3m라니 크기도 웅장하다만 500여 년의 세월을 지켜 왔다니 만고풍상도 오죽했으랴만 수많은 사연 얽힌 온갖 발원을 낱낱이 들어주며 오늘에 이르렀으니 온고지정이 따사롭기 그지없다.

　우리들의 옛사람들은 동구 밖 정자나무 아래에 돌탑을 쌓아서 성황당을 짓거나 뻐드렁니에 퉁방울 같은 눈을 부라린 천하대장군과 지하여장군인 돌장승 또는 목장승을 세워서 길목을 지키게 하고 정월 대보름에 금줄을 치고 한 해 동안 온갖 잡귀의 출입을 금하고 길흉화복을 갈라서 궂은일 없도록 마을을 지키는 수호신으로 신성시되며 동제를 지내던 엄중한 성역이었다. 거기리 성황단은 처음부터 당집은 없었기에 성황당이 아니고 돌탑의 제단이라서 성황단이라 했는데 마을 젊은이들이 동제를 위한 금기 사항이 까다롭고 절차가 복잡하고 번거로워서 한때는 동제를 지내지 않았는데 엽연초의 건조실인 담배 굴에 불이 자주 일어나고 마을의 소들이 죽어 나가는 등 재앙이 이어져서 다시 동제를 직접 모신다는 윤병순 씨는 근거 없는 이야기지만 주민 간의 화합과 결속에 더없는 보탬이 되고 예와 도를 갖출 줄 아는 올곧은 삶의 교육적인 보람이 크단다. 그래서 성황단과 접한 사과 농장에 오면 언제나 든든함을 느낀다며 보해산 깃대봉의 용마가 이곳으로 건너뛰면서 계곡에 찍힌 말발굽 자국이 지금도 또렷하게 남아있는데 옛이야기들이 하나둘 잊혀져간다면서 아쉬워했다. 이어져 오는 구전을 따라 정성스레 돌 세 개를 성황단에 올려놓고 두 손을 모았으나 옛 정취에 흠뻑 젖어 정작으로 소원은 빌지 못하고 '부디 영험함을 길이 이어주옵소서!' 하고 발길을 돌렸다.

내친김에 경남의 끝자락까지 가볼 요량으로 왔던 길을 돌아 나와 다시 3번 국도를 따라 웅양면 쪽으로 차를 몰았다. 주상면 면소재지를 지나 2~3km를 가다 보면 계수천과 만난다. 간간이 오가는 차들은 바쁘게만 지나가고 송천 휴게소 주변은 정작 인적이 드물어 찾는 이는 없어도 반석 좋고 물이 맑아 청량감을 더하는데, 골골이 비탈진 밭은 온통 포도밭으로 조성돼 있어 해발 고도가 높아선지 웅양 포도의 유명세는 전국으로 날린다.

웅양초등학교 앞을 지나자 '이씨 고택'을 알리는 표지판이 우회전을 하라며 옷소매를 잡는데 또 하나의 안내판이 눈길을 끈다. '솔향기 돌담 마을'이란다. 얼핏 보아서는 마을이 있을 것 같지를 않건만 들판 건너 우거진 숲 사이로 가르마 같은 빤한 길이 뚫려 있어 차를 몰았다. 낙락장송이 울울창창한 끝없는 솔숲 사이로 멋있게 굽어진 포장 도로가 끝이 보이지 않아 별천지로 이어지는 듯 황홀경이다. 걷고 싶은 길이 이보다 더할 곳이 또 있을까 싶다. 솔숲 깊숙한 그늘에 마련된 주차장에 차를 세우고 차 문을 열자 송진 내음을 물씬 풍기는 시원한 바람이 밀려와 숨이 갑실 지경이다. 더구나 소나기가 한줄기 지난 뒤끝이라 솔 내음과 흙 내음이 섞여서인지 청량감이 전신을 휘감는다. 길의 곡선이 멋의 극치를 이루는데 끝자락은 짙푸른 활엽수가 하늘을 덮었다. 발그레한 홍송의 군무인가! 홍학의 군무인가! 아름드리 장송들은 하나같이 고부장 고부장 여유롭게 굽어서 하늘을 향해 굼실거리며 연방도 키를 쑥쑥 늘리며 키 오르는 것 같은데 선 채로 휙 한 바퀴를 돌아보니 미끈미끈한 다리를 들낸 소나무들이 군무를 하듯이 떼를 지어 걷는 것 같다. 300그루의 아름드리 홍송과 키와 나이를 같이한 200그루의 도토리나무가 7,000평에 우거졌으니 솔 향기 그윽한 푸른 숲의 천국이다. 혼자 걷기가 참으로 미안한 길을 따라 한참을 걸으면 참나무 숲의 끝머리에는 수령 510년에 밑 둘레가 4~5m가 넘는 느티나무 세 그루가 하늘을 덮었고, 마을 집이 보인다 싶은 들머리에는 이끼 낀 돌무더기의 돌탑을 마주하고 '서당단'이라고 음각된 커다란 바윗돌이 버티고 섰다.

회화나무 그늘 아래로 나직한 대문을 들어서자 옛 서당이 세월의 흔적만을 고스란히 간직한 채 명심보감을 소리 내어 읽던 학동들이 그리워 창호지를 다시 바르고 하염없이 기다린다. 아이들이 매달려 놀던 마루청 기둥은 왼쪽은 원기둥이고 다음은 사각이고 그다음은 8각 기둥인 것은 무슨 까닭인지 알 수 없으나 기둥 모두가 싸리나무라니 놀라울 뿐이다. 동호마을은 90호가 산다는데 모두가 돌 담장을 돌아앉아 사과나무에 가려졌고 호두나무 숲에 감춰져서 여남은 집만 보일 뿐인데 개울을 거슬러 올라가니 솟을대문이 나란히 섰다. 경남도 문화재 자료 371호인 '영은 고택'과 122호인 연안 이씨의 종가인 '동호리 이씨 고가'가 돌 담장 하나를 사이에 두고 나란하게 앉았다. 삼대 부자가 없다던데 얼마나 많은 공과 덕을 쌓았으면 6대에 이르기까지 삼천석지기로 이어져 왔을까? "이리 오너라!" 하고 헛기침을 크게 하면 연방이라도 마당쇠가 쪼르르 나올 것만 같은데, 500년 기나긴 선조의 얼이 서린 만고상청 푸른 솔에 떼를 지은 왕매미가 불영산 골짜기를 찢어져라 울어댄다.

산중 암자
의상암을 찾아서

때가 되면 물러날 줄 아는 것치고는 계절만큼이나 정직하고 정확한 것도 없는 모양이다. 산천초목까지 녹일 듯이 여름 한 철을 뜨겁게 달구더니만 원도 없이 한도 없이 집착도 없이 미련도 두지 않고 그저 떠나갔다. 바람 한 점 없어도 한순간에 꽃잎을 흩날리고 홀연히 떠나는 연꽃만큼이나 매력적으로 떠나는 게 계절인가 보다. 삼복염천의 지난여름은 예년 같지 않아 쉬이 물러갈 것 같지가 않더니만 어느 날 새벽녘에 온다간다 말도 없이 서늘한 빈자리만 남기고 떠났다. 극성스런 맹위를 떨치다 홀연히 떠나고 나니까 왠지 모르게 야릇한 아쉬움까지 느끼게 한다. 아무런 준비도 할 겨를이 없이 얼떨결에 가을의 문턱을 넘어서니까 마치 사차원에라도 들어선 듯이 어리둥절하다. 어수선하게 헝클어지고 멍하니 느슨해져 버린 심신을 추슬러야겠다 싶어 산길이 굽이진 산중 암자를 찾아 길을 나섰다.

원효와 의상이 중생제도의 화두를 놓고 명주실의 새를 가르듯이 화엄 법리를 논증하며 중생들의 길을 찾던 벽발산 의상암을 찾아서 35번 고속도로의 동고성 IC를 빠져나와 통영시 광도면 안정 산업공단 쪽으로 차를 몰았다. 안정 공단 초입의 교차로에서 우회하여 통영 쪽

안정사의 한송무송

의상암

으로 차를 돌리자 이내 천년 고찰 안정사를 알리는 표지판이 덩그렇게 섰다. 안내판이 일러주는 대로 마을 길로 잠시 접어들면 안정골의 작은 마을이 저마다 멋스러운 현대식 집들로 띄엄띄엄 자리를 잡고 있다. 숲도 있고 꽃도 있고 마당까지 있어 넉넉하고 포근한 정감 속의 전원주택들은 평화로움이 가득한데 마을 날머리를 벗어나자 안정사의 널따란 주차장은 길손을 반긴다.

마을에서 깊숙하게 들어온 골이 깊은 골짜기도 아니건만 고산준령과 울창한 수목이 사방을 둘러싸고 있어 한순간에 첩첩산중에 갇혀버린 기분이다. 비탈진 산길의 입구에는 벽방산 등산로와 가섭암 그리고 의상암을 알리는 푯말이 섰기에 먼저 큰절인 안정사부터 들릴까 하고 계곡을 따라 숲속 길로 접어들자 불쑥 일주문이 다가선다. 기둥이 하도 굵어서 생면부지의 등산객을 붙들고 손을 맞잡고 안아보자 했더니 냉큼 주춧돌에 올라서 주건만 한사람이 더 있어야 닿을 굵기다. "나무아미타불", "나무관세음보살", "나무문수보살", "지장보살", "대방광불화엄경" 소리를 내서 읽으면 속절없는 염불인데, 주홍글씨로 음각된 커다란 자연석의 빗돌 여섯이 드나드는 중생들을 가만히 지켜보며 우뚝하게 선 언덕배기에는 수령 수백 년은 족히 될 노송과 느티나무와 도토리나무가 우람한 몸집으로 빼곡하게 섰다.

바윗돌 그대로에 면을 갈고 홈을 파서 흉년을 살아왔던 크고 작은 맷돌이 이제는 역사의 퇴물이 되어 나무 그늘을 지키고 앉았는데, 작은 계곡을 가로지른 해탈교를 건너면 높다란 축대를 오르는 층층 돌계단 옆으로 빛바랜 단청이 세월의 깊이를 일러주는 고색창연한 누각이 만세루이다. 마주하여 높다랗게 2층으로 된 육모정 범종 누각은 아래층은 근작인 대종이 가까스로 매달렸고 위층에선 대북인 법고가

가득히 자리를 잡았는데 운판 옆으로 커다란 목어가 뱃속을 비우고 매달렸다.

돌계단을 오르자 마주하는 안정사의 전경이 한눈에 들어온다. 꽤 널따란 마당을 깔아놓고 드높은 석축의 축대 위로 천년 고찰 안정사의 대웅전이 웅장하게 높이 앉았다. 용마루는 허리가 잘록하게 어깨를 길게 늘어뜨렸고, 좌우의 추녀는 양 날개를 활짝 펴고 연방이라도 '휘—익' 하고 하늘로 날아오르는 학을 연상케 한다. 희끗희끗하게 빛이 바랜 단청에서 천년 세월의 향기가 온고지정으로 우러나는데 육중하지도 않으면서 웅장하고 장엄한 듯 빼어나서 날아갈 듯 날렵하다.

나한전과 명부전을 비롯한 여러 당우를 좌우로 거느린 대웅전을 들어서니 삼존불은 생각보다 자그마한데 천장의 구조가 놀랍게도 화려하다. 여느 절집이나 본존불 위의 닫집이 화려하고 찬란한데 어찌 된 사연인지 안정사의 닫집은 검소하게 간결하고, 천장 전체는 겹겹의 익공에다 층층으로 공포를 쌓아 돌출된 끄트머리마다 연꽃봉오리가 연방이라도 필 듯이 봉긋봉긋 솟아있고, 각양각색으로 들쭉날쭉 걸쳐지고 빼곡하게 포개져도 질서정연하게 꿰맞춰 있으니 신의 조화인가 도승의 법력인가! 선조들의 건축술에 그저 놀랄 뿐이다.

헌향 삼배로 예를 갖추니 삐걱거리는 마루청에 눈길이 간다. 얼핏보아도 큰 자귀로 쪼아낸 여러 자국이 옴팍 옴팍하게 뚜렷하여 투박스럽기는 그지없으나, 모도 닳고 결도 닳아 미끄러질 듯이 반들거리고 있어 무릎을 꿇은 채로 눈을 감았다. 우리들의 할머니들이 애가 타서 향을 사르기를 천 년이 넘었으니 절박한 소원인들 오죽이나 했으며 간절한 기도인들 그칠 날이 있었겠나. 백팔 배로 닦아내고 삼천 배로 마름질 되어 이토록 닳았던가. 행자승도 사미승도 속세와 절연하고, 삭발한 채 장삼 입고 백팔번뇌 떨치려고, 야심토록 절하면서 독경하며 정진해도, 모질고도 질긴 인연 끈질기게 달라붙어, 목탁치고 염송하며 가사 장삼 적시면서 눈물로서 닦았던가! 반들거리는 마룻바닥에서 애절함이 묻어난다.

"부디 중생들이 소원을 이루게 하소서 나무 본사 아미타불!"

보물로 지정된 괘불탱화는 큰 행사 때나 볼 수 있다 하고, 동종은 2층 종각에 놓였으나 나무계단이 삭아 떨어져서 먼발치서만 보고 의상암을 향해 발길을 돌렸다.

시멘트로 포장되고 경사가 완만한 산길로 접어들자 크고 작은 소나무가 하늘을 뒤덮었다. 한 아름도 넘는 굵은 소나무는 여유롭게 굽어가며 또렷또렷한 거북 등 껍질로 아랫도리를 감싸고, 위로는 붉은빛이 진한 황토색인 황금송이 미끈미끈 즐비하다. 위풍도 기품도 근엄하고 당당하여 만고상청 고고한 자태가 멋스러워 탐이 난다. 다리도 쉴 겸 몇 굽이를 돌았을까 하고 뒤를 돌아 안정사 골짜기를 내려다보았다. 사방이 온통 소나무 숲으로 진녹색의 물결이 출렁거리는데 상수리와 느티나무도 덩달아서 일렁인다. 조선조 21대 영조께서 절경을 이루는 안정사의 소나무를 보호하라며 어송패와 금송패를 내려서까지 어명으로 지켜 왔다니 2백5십여 년이 지난 오늘에도 베푸신 자애에 따사롭기 그지없다. 바람이 불면 더 없는 풍광이라 겨울날 바람에 흔들리는 소나무가 마치 춤을 추는 듯하다 하여 '한산무송'이라 이름 짓고 벽방산 8경으로 이름을 날린다.

굽이굽이 열두 굽이를 돌아 가섭암에 닿았다. 작은 절집이 'ㄷ' 자로 반듯한 기와지붕인데 법당과 승방을 구분하지 않고 통방으로 되어 있다. 너와 나의 가름이 없다는 부처의 뜻이 아닐까. 인법당이다.

가섭암은 654년 원효대사가 창건을 하면서 석가의 상 수제인 가섭 존자의 명호를 따서 이름하였고, 가섭존자가 석가보다 나이가 많은 것과 같은 뜻으로 큰절인 안정사보다 먼저 세웠단다. 절집 옆으로의 커다란 느티나무 아래엔 범종 모양을 한 정교한 돌탑은 원효가 거들고 의상이 도운 걸까, 천 갤까, 만 갤까, 억 만개일까, 크기도 엄청난데 세월의 깊이조차 가늠키가 어렵다.

한참을 오르자 곧장 올라가면 의상암이고 왼편으로 돌아가면 은봉암이라는 표지판이 있는데 1.3km를 들어가야 한대서 후일로 기약하고 곧장 의상암으로 발길을 재촉했다.

몇 굽이를 돌고 돌았을까 굽이진 곳은 힘들어도 돌고 나면 평지 같다. 우리들의 삶도 이 길 같아서 굽이마다 힘들어도 돌고 나면 한숨을 돌리지 않았던가. "휴—"하고 긴 숨을 토하며 하늘을 쳐다보니 사방이 숲으로 가려졌는데 여기만은 하늘이 동그랗게 뚫려있다. 의상이 이 천공으로 바리 공양을 받으며 창건했다는 작은 절집 의상암은, 세월의 무게가 버거워서일까 낡고도 헌 채로 첩첩산중 깊은 골에 없는 듯이 앉아서, 탐욕도 벗어놓고 애증도 벗어놓고 사바세계를 향해 오로지 중생들의 발원만을 기원하며 오늘도 향불을 실낱같이 피우고 있다.

구절산을
찾아서

　모처럼의 쉬는 날이 생겨서 바깥나들이를 계획했는데 마음에 둔 곳이나 계절에 걸맞은 곳이 당일의 형편과 맞아떨어지지 않아 속상해하는 사람들이 은근히도 많다. 그래서 멋 찾고 맛 찾아서 전국을 두루 섭렵하는 사람들을 보고 '무슨 팔자를 타고났기에' 하고 내심 부럽기도 하여 은근슬쩍 부아도 내본다. 먼 나라 이웃 나라 여행도 아니고 하루 아니면 일박인데 심통 낼 일도 아니다. 때맞추어 가면 북새통이고 소문만 듣고 가면 속 빈 강정이다. 나들잇길은 날 잡으면 일 생기고 소문내면 산통 깬다. 길동무 없으면 구름을 벗 삼고 말동무 없으면 바람 소리 벗을 삼아 그저 홀가분하게 갈 수 있는 만큼만 가서 일상의 고뇌를 잠시 벗어 놓고 눈으로 보고 귀로 듣고 가슴에 새기며 어제의 나는 현장에 풀어 놓고 오늘의 나는 한 발짝 물러나서 눈가는 대로 보기만 하면 돌아올 때는 온갖 것이 다 좋았고 내일의 내가 보여 더없이 좋아진다. 온갖 타령일랑 하지를 말고 길을 나서기만 해봐라. 지지리 궁상이 가노라 하직하고 삼라만상은 언제나 당신을 기다리며 그 자리에 있다.

　"국 식어요! 밥 잡숴요!"

구절산 등산로

구절산 폭포암

밥상머리에서 들리던 소리를 뒤로하고 길을 나섰다.

35번 고속도로 하행선을 따라가다가 동고성 IC에서 요금소를 나와 동해면 구절산을 찾아가기로 작정하고 가는 길에 충무공께서 전함들을 메었던 전승목도 보고 기생 월이의 고혼이 잠 못 드는 당항만 갈대밭과 꼬부랑 소나무도 보고 폭포암을 들릴 요량으로 길머리를 회화면 쪽으로 틀었다. 14번 국도를 따라 3km 남짓한 5분 거리의 삼락 삼거리에 닿아 거루면과 동해면 쪽으로 차를 돌려 세워놓고 빤히 보이는 전승목을 향해 4차선 도로를 건넜다. 철 이른 가을이라선지 아직은 잎이 푸르러 무성한 회화나무가 차들이 쌩쌩 달리는 도로를 안전하게 건널까 하고 조심스럽게 길손을 지켜보고 섰다. 수령 500년의 회화나무는 도로 쪽으로 등이 휘어져 받침돌을 괴었는데 당항포 해전을 승리로 끝내고 충무공이 전함을 메어 두곤 했던 나무라하여 전승목이라 하며 주민 이대명 씨가 400여 평을 제답으로 바쳐서 전승목은 엄연한 지주로 등기되어 매년 토지분 세금을 꼬박꼬박 내고 있단다. 전 전 대통령과 고액 체납자들이 이를 보면 어떠하랴.

풍상의 골은 세월의 깊이가 버거웠는지 굽은 등 쪽은 썩어서 골이 파인 자리에 또 다른 종의 나무가 싹이 터서 백여 년을 자라서 거목이 되었건만 전승목은 아기인 듯 등에 업고 잔정까지 품은 채로 옛역사를 말없이 일러준다. 손주나 자식 달라고 애가 타서 빌어보면 충무공의 정기 받은 아기를 점지해 줄 것만 같은데 마을에서는 오래전부터 산신, 수신, 목신의 영험함을 두루 갖췄다 하여 삼신목이라 부르며 신성시하는 당산나무이다.

조심스럽게 길을 건너서 가던 길을 재촉했다. 이내 당항포의 끝자락이 강물처럼 가로누워 수십만 평의 갈대밭이 끝없이 열렸는데 이삭을 길게 뽑은 갈꽃이 바람에 일렁이고 있어 또 다른 장관이다. 여기엔 잊어서는 안 될 잊혀져가는 이야기가 길손의 발목을 또 한 번 잡는다.

임란 때 왜선은 왜 이 깊은 당항만 끝자락까지 와서 전멸하여, 목이 베인 머리가 둥둥 떠서 호수를 이루었다 하여 '머릿개'와 '두호"라는 지명까지 남기게 했던가. 2년 만에 다시 찾아온 수상한 숙객이라서 작심을 하고 만취하게 술을 먹여 놓고 품속을 뒤졌더니 아니나 다를까 임진년의 침공을 위해 조선의 해안선을 지도로 그려 온 왜국의 첩자였고 그가 그린 지도에다 당항포에서 남해 바다로 잇는 지름길처럼 고성읍의 땅을 바닷길로 변조했던 기생 월이의 혜안이야말로 당항 해전을 승전으로 이끌게 했던 숨은 공적이 아닌가. 사당이라도 있었으면 술이라도 한잔 올리고 돌아서면 발걸음도 가볍겠건만 죽임을 당하거나 자결을 하지 않았으면 호국충절이 아니던가. 구국의 영령 앞에 미안하여 죄스럽다.

주막집이라고 구전하지만 무진정이라는 옥호가 붙었으니 규모도 웬만큼은 했을 것이다. 주모도 곱추 할머니로 전해 오고 있다. 해안 지도만 보고 지름길을 찾아 몰려오던 왜선은 속절없이 갇혀서 퇴로를 막은 충무공에 의해 남김없이 전멸하여 왜적의 머리가 떠서 호수를 이뤘다 하여 '두호'요, 해안 지도만 믿었다가 속았다 하여 '속씨개'로 지명까지 또렷하건만 명월인지 추월인지는 알 수 없으나 그저 끝자나 부르던 시대라서 '월이'로만 전해 오는데 반상의 차이인가 무심한 세월인가 아니면 생각 없는 행정의 소치일까, 군담이 절로 난다.

넋두리하다간 구절산은커녕 반절도 못 갈 것 같아 가던 길을 재촉하는데 솔고개의 굽은 소나무를 두고 갈 수 없어서 거산 삼거리에서 잠시 우회전을 했다. 1km 남짓한 거리에 한 맺힌 설부인의 정절 비각 옆으로 허리가 90도로 굽은 채로 수평으로 굵어져서 고임목을 받쳤는데 끝자락이 다시 90도로 간신히 하늘을 향한 소나무가, 마주한 소나무와 수백 년 세월을 함께 푸르며 애달픈 사연을 오롯이 간직한 채 오가는 사람들의 발목을 잡는다.

차를 돌려서 1010번 지방도를 따라 당항포 바닷바람을 가르며 동해면을 향해 한참을 달린 끝에 한내 삼거리에 닿았다. 우회전을 하니까 '철성이공 숙렬의 처 진양 강씨 효열행실비'의 돌 비각 옆에서 왼손편의 외곡마을로 들어서라는 구절산 폭포암의 안내 표지판이 도로 확포장 공사로 먼지를 뽀얗게 뒤집어쓰고 길 안내를 하고 섰다.

빤한 들길을 가로지르면 미로 같은 마을 안길을 피할 수 있어 좋다. 마을 끄트머리를 벗어나면 야트막한 산기슭은 공동묘지가 듬성듬성 자리를 잡았고 계곡을 가로막은 용문 저수지를 지나서부터 포장도로가 말쑥하게 깔려선지 구절산 준봉이 성큼성큼 다가온다.

꽤 널따란 비포장주차장에 차를 세워두고 서너 굽이의 모롱이를 돌며 비탈길을 오르는데 아람이 벌어진 동백 열매가 포장도로에 지천으로 깔렸다. 커피의 원두 씨알보다는 훨씬 큰데 잘 볶아진 색감 같아서 깨물어 보았더니 노르스름한 알갱이가 옹골찼다. 먼 옛날도 아니건만 할머니와 어머니들의 머릿결을 언제나 반지르르하게 윤기를 나게 했던 동백 기름이 예서 낫다니 쪽진 머리의 젊은 날의 어머니를 생각나게 한다. 새삼스러운 그리움도 아니건만 무단히 발걸음이 무거워지는 까닭을 내 어찌 모르랴.

계곡의 물은 가뭄으로 말랐고, 폭포수는 비룡이 승천을 해버려서인지 시꺼멓게 암반의 속살을 드러낸 채 수십 길의 벼랑을 이루며 급경사로 늘어졌는데, 폭포 왼편으로 단청이 화려한 폭포암의 절집이 깎아지른 벼랑 아래에 가까스로 달라붙어 길손을 내려다보며 가파른 108계단을 오르라고 기다린다. 중간쯤이나 올랐을까 한데 오른편으로 관음전은 감쪽같은 인조 석굴이지만 용왕각은 문을 달기 위해 석굴 끝에 추녀만 잇댄 완연한 자연 석굴이다. 법당 옆의 흔들바위는 석벽 어디에서 떨어져 내려서 벼랑 끝에 아스라이 멈춰선 커다란 바위인데 밀어서 단번에 흔들리면 소원성취를 이룬다고 씌어있다.

서 있는 자리도 아찔한 벼랑인데 등 뒤로의 깎아지른 천인단애의 절벽은 굴곡과 요철의 오묘한 자연 조화가 멋의 극치인데 폭의 너비도 대단하거니와 수직의 높이도 가늠조차 어려워 웅장하고 장엄하다.

관음전 앞을 가로질러서 용왕각 앞의 돌계단을 내려서면 법당 뒤의 석벽은 또 하나의 폭포를 골짜기로 삼아 건너편으로 이어져 다시 절벽을 이루는데 절집을 둘러싼 석벽의 웅장함이 별천지여서 서산 대사도 사명 대사도 임란의 전술 전략을 예서 꾸몄을까?

벼랑길을 아스라이 따라 돌아가면 아홉 폭포에 아홉 번을 목욕하고 아홉 번을 불러야 친견할 수 있었다는 구절 도사는 오랜 옛날에 열반을 하셨는지 아니면 어딘가로 홀연히 떠났는지 호암 석굴은 산신각의 편액만을 달고 기도처로 마련돼 있다.

여기서부터 가파른 산길은 아름드리 소나무와 키를 같이 한 도토리나무로 하늘을 덮었는데 키가 작은 잡목들은 기를 못 펴고 옴츠렸다. 큰 사람 밑에는 얻는 게 있지만 큰 나무 밑에는 해만 입는다고 '인장지하 득이요 목장지하 해'라고 했던가. 그러나 크다는 사람마다 이인자의 싹은 미리부터 잘라버리는 세속의 현실이 애달프고 애석하다.

자잘한 절석들로 가득한 자갈길 같은 된비알을 오르면 삐죽삐죽한 바위들이 목을 늘이고 내려다보는데 자라 같다고 했더니 딴에는 태초부터 살아왔다고 십장생인 거북을 흉내 내며 길게 목을 늘이고, 까막까치 같다 하면 독수리라고 퍼덕거린다. '두어라 시빗거리도 아닌 걸' 하고 마음 편히 걷는데 홀로 걷는 객이 염려스러운지 다람쥐가 간간이 쫑긋쫑긋 앞서간다. 꼬리를 등짝에 짊어진 녀석은 벌써 곳간을 다 채웠는지 토실토실한 도토리가 자국마다 밟히는데 황금 보기를 돌같이 하라고 녀석도 배웠는지 도토리 보기를 돌같이 하고 유유자적이다. 부처손 군락지를 벗어나자 크고 작은 바위들이 날도 닮고 모도 닮아 서로를 껴안은 채 고산준봉에서 외로움을 달래며 서로를 의지한다. 구절산 559m의 정상에 오르니 철마산의 전설이 능선을 넘어오고 당항포 승전의 북소리가 귓전에 쟁쟁하다.

깊은 골
찾아들며

   이른 아침 하얗게 서리를 맞은 늦가을은 화려했던 가설 무대를 뒷정리하고 떠난 자리만큼이나 허전하고 쓸쓸한 모습으로 황량함을 더하는데 야트막한 산자락엔 아직도 떠나야 할 가을을 차마 보내지 못하고 마지막 단풍의 애잔한 자태가 어딘지 모르게 안쓰러운 겨울의 초입이다. 이맘때쯤이면 시골은 겨울 채비를 하느라 그저 눈코 뜰 새가 없이 제각기 바쁘고, 일터이든 어디든 이른 아침 집 나서는 도시인들은 나날이 뚝뚝 떨어지는 기온에 움츠려지는데 인정머리 없이 세월의 속도는 왜 이리도 빠른지 월말과 연말이 겹이 되어 밀려오니 마음까지 바빠져서 정신없이 허둥대게 만든다. 그러다 깜빡 옛 생각에 젖어들면 까치밥만 남기고 곱게 물들었던 단풍잎을 다 지운 감나무 아래의 작은 시골집 굴뚝에선, 하얀 연기가 몽개몽개 피어나는 산촌 마을의 풍경이 그림같이 황홀하여 향수에 젖게 한다. 그러나 어디 시골 풍경이 액자 속의 그림 같이 평화롭기만 하겠는가. 눈비 올까 걷어오고 얼음 얼까 뽑아오고 콩 타작과 우케말림에 해가 저물까 서둘러도 돌아서면 달이 뜬다. 이토록 바쁘고 고단한 일상들이 그림 같은 풍광의 뒷면에서 언제나 버겁게 있어왔기에 짠하게 마음이 쓰이는 두

짚은골 가는길의 목장승

칠봉산 성불사

메산골을 찾아 풍광에 감춰진 일상 속으로 들어가 볼까 하고 길을 나
섰다.

　진주서 하동을 잇는 2번 국도는 전형적인 시골 길이라서 사시사철
정감 어린 길이다. 내동면을 지나면서부터 산과 산이 나지막하게 손
을 맞잡은 틈새를 따라서 경전선철도가 완사역과 다솔사 간이역 그리
고 북천역으로 이어지는 기찻길이 추억 속의 그림 같이 정겨운 길이
다. 언제나 한적하고 고즈넉한 철길은 햇볕에 반짝거리며 이름 모를
야트막한 산모롱이 틈새로 숨어버리는데 지금도 간간이 기적을 울리
면서 기차는 추억 속의 여행길을 달리고 있어서 보내야 할 사람도 반
겨야 할 사람도 없건만 괜스레 플랫폼에 서보고 싶어서 북천역을 찾
아들었다.

　깔끔한 작은 역사는 옛날 그대로인데 오가는 사람이 없어 플랫폼에
홀로 서니 옛 추억만 젖어온다. 검정 교복에 학모를 쓴 남학생이며
하얀 칼라의 단발머리 여학생이며 인근 5일장을 찾아 커다란 보퉁이
를 이고지고 기차를 놓칠세라 달려오던 아낙들, 보내는 이도 떠나는
이도 돌아서서 눈물짓던 그 사람들은 지금쯤은 어디만큼 가고나 있을
까! 온갖 상념의 옛 추억 속을 헤매고 있는데 "빠—앙! 빠—앙!" 하며
디젤 기관차가 기적을 울리며 힘차게 달려와서 플랫폼에 멈췄건만 정
작 오르고 내리는 사람이 없어 쓸쓸히 떠나면서도 그래도 힘찬 기적
을 또 한 번 울리고 멀리 사라져 간다.

　추억 속의 상념을 떨쳐내고 2번 국도를 굽이굽이 따라 돌아 횡천
삼거리에 닿으니까 '청학동 삼성궁'이라 쓰인 황토색 안내판이 길마
중을 나와 섰다. 여기서부터 1003 지방도로는 청암과 묵계를 거쳐 청

학동을 지나 삼신봉 터널을 빠져나가면 지리산 중산리로 연결되는 2차선 도로이다. 길은 산기슭을 밟으며 횡천강을 끼고 구불거리며 오르는데 먼 산 높은 봉우리는 벌써 겨울 채비로 잿빛으로 물들었다.

청암면사무소에 다다르자 경천묘와 금난사를 알리는 황토색 안내판이 다소곳이 나와 섰다. 발길 닿는 대로 바람 잡고 나선 길손이 뭐가 바빠서 지나치랴. 청암 복지회관을 돌아드니 높다란 홍살문이 하늘 높이 우뚝 섰고 홍살문 안으로는 솟을삼문이 높이 섰다. 널따란 경내에는 고래 등 같은 목조 건물이 즐비한데 경천묘는 신라의 마지막 왕인 경순왕의 영정을 모신 곳이고 금난사는 고려의 삼은 중인 목은 이색의 영정이 모셔져 있다고 안내판이 일러준다. 또 하나의 안쪽을 막아선 솟을삼문은 커다란 자물쇠가 굳게 잠겨 있고 참배객을 위한 전화번호가 담장 앞에 적혀 있으나 늦가을 바쁜 일손을 어찌 부르랴. 천년 사직을 망쳐버린 비통을 고스란히 짊어지신 경순왕의 심정이야 오죽이나 하였으랴. 훗날 다시 찾아 경배하고 정녕 나라를 위한 길을 여쭙고 싶으며 목은 선생을 찾아뵙고, 집집마다 학사 석사 한 집 건너 박사인데 올곧은 스승은 어디에 몸을 사렸는지 이 땅의 젊은 이들이 갈 곳 몰라 헤매는데 어찌하면 좋으리까 하고 여쭙고 싶어진다. 훗날 여럿이 함께 와서 경배키로 하고 가던 길을 재촉했다.

거슬러서 오르던 길은 하동호의 제방이 태산처럼 막아서서 길은 급경사로 굽이지고 가로수의 단풍나무는 아직도 제 빛깔을 뽐내며 줄지어 섰는데 가을 가뭄으로 하동호의 수위는 절반으로 내려앉아 널따란 호수의 가장자리는 허옇게 속살을 드러냈다.

호수 가장자리로 이어지는 길은 굽이굽이 휘돌아져 잿빛으로 물든 먼 산 준령으로 꼬리를 감추는데 모롱이를 채 한 굽이나 돌았을까 싶은데 '심답'과 '짚은 골'이라는 표지판이 갈림길에 서 있다. 아무래도 깊을 심 자에 논 답 자를 써서 깊은 골에 논이 있다는 마을인가보다 하고 지나칠 수가 없어 심답마을을 찾아 좌회전을 하여 산길로 접어 들었다. 비탈마다 여기저기에 현대식의 작은 가옥이 띄엄띄엄 자리를 잡고 있어 호젓한 시골의 정취를 물씬 풍긴다. 예가 끝인가 싶으면 또 한 모롱이가 나오는 2차선 도로는 한참을 가다가 1차선으로 좁아지더니 발끝 아래는 계곡물 소리가 더욱 카랑카랑하게 울려오는데 길은 '중이천' 계곡을 따라 끊길 듯 끊길 듯 이어져 갔다.

야트막한 언덕 마루에 커다란 자연석 바윗돌을 세워서 '심답마을'이라고 크게 음각이 되어 있는 길 양옆으로 천하대장군 지하여장군의 목장승이 길마중을 나와 섰다. 길손은 이렇게 경건하고 이토록 청초한 모습으로 정중하게 반기는 목장승은 처음 보았다. 차에서 얼른 내려서 마주 섰다. 껍질만 벗겨낸 나무둥치의 옹이와 가지를 다듬어 이 목구비를 자연스럽게 살려서 헌칠한 선비는 경건한 자태로 정중함이 넘쳐나고 호리호리한 몸매에 쪽을 찐 여인은 정숙함이 그윽한데 다소곳이 반기는 모습이 너무나 고마워서 이쪽저쪽 마주 보고 깊숙하게 허리를 굽혀 정중하게 맞절을 했다. 목공예 예술의 극치인데 혹여 양상군자가 탐을 내면 어쩌나 하고 염려하며 언덕배기를 넘어서자 멀리 네댓 집의 마을이 보였다

논이라고는 눈을 씻고 보아도 어디에도 없는데 태극기와 새마을기가 드높게 휘날리는 심답 경노회관에도 사람의 그림자는 흔적이 없다. 효자 정려 비각을 사이에 둔 갈림길을 돌아 외딴집을 찾았더니 대봉감을 바라바리 따다가 선별을 하시는 할머니를 만날 수 있었다. 곶감을 깎느라 사람들은 골골이 흩어진 외딴집으로 다들 들어갔다며

홍시를 자꾸만 골라주시며 더 많이 먹고 해가 저물면 자고 가란다. 여기가 '짚은 골'이라며 안으로 들어가면 '안골'이 있고 '논골'이 있고 또 '쳇바꾸미'가 있다는데 간신히 새겨들을 수 있었다. '짚은 골'은 '깊은 골'의 경상도식 발음이고 논이 있어 '논골'이라는 것을 짐작이 되는데 '쳇바꾸미'가 궁금하여 길을 재촉했다. 다시 이 길을 돌아 나올 수가 있을까 싶을 정도로 걱정되는 외진 길은 기암괴석이 어우러진 청류 계곡을 끼고 첩첩산중으로 깊어지는데 골짜기마다 양지쪽 계곡엔 천연의 비색인 개옻나무 단풍의 진한 빛깔이 황홀경을 이룬다.

앵돌아진 모롱이를 한참씩 오르기를 거듭하자 네댓 집이 동그랗게 자리를 잡고 있어 예가 가루를 치거나 막걸리를 걸러내는 동그란 생활 도구인 '체'를 닮았다는 '쳇바꾸미가 맞다'고 노인께서 답을 해 주시며 석계암은 더 가야 된다면서 홍시 하나 먹고 가라고 한사코 붙잡았다.

안 먹어도 부른 배에 할머니의 홍시까지 먹었지만 사양도 소용없어 한 발이나 더 나온 배를 안고 한참을 또 오르자 들머리에 석계암이라는 팻말이 붙어있는데 개울 건너편의 기다란 두 건물은 절집 같지 않아서 다시 한 모롱이를 더 돌아들자 얼면 못 쓴다고 풋고추를 따고 있는 젊은 스님이 정중하게 반겼다.

움막 같은 작은 집이 요사채이고 한참 위로 법당이 있다하여 언덕으로 오르자 초파일에 달았을 성싶은 여남은 개의 연등이 처마 밑 매달려서 벽면을 가득히 메우고 볕살이 드는 출입문 쪽으로는 이제 막 깎은 곶감이 빼곡히도 매달렸다.

법당이 두 평 정도나 되냐니까 세 평 두 홉이라고 명철 스님은 힘주어 자랑한다. 불단을 빼고 남은 자리는 네 사람이 앉으면 무릎이 맞닿을 만큼 비좁다. 아방궁인지 궁궐인지 분간조차 어려운 요즘의 절집과는 달리 성불사라지만 현판 하나 붙일 곳 없는 작은 절집이, 물욕의 저편에 계신 부처님의 본뜻이라 싶어 고맙고도 고맙다. 지리산 칠불사에서 머리를 깎았다는 젊디젊은 명철 스님은 무엇을 얻고자 청춘을 불사르고 첩첩산중 깊은 골로 바랑 메고 찾아들어 먹장삼을 입었을까. 짠한 마음을 가까스로 다독이며 합장하고 일어서니 법당 앞으로 커다란 돌 거북은 칠성봉 산기슭에 묻혔다가 연화봉을 바라보며 반쯤이나 빠져나오는데 골이 좁아서 하늘이 손바닥만 한데 중천에 높이 솟은 고산준봉은 뜬구름을 붙잡고 한가롭기 그지없다.

문수암과
보현암을 찾아서

오 헨리의 '마지막 잎새'에서 존시가 바라보던 담쟁이 이파리만큼 이나 계사년의 달력 끝장이 애처롭게 보여 진다. 제 명을 다해보려고 안간힘을 다해서 매달린 모습이 측은하고 안쓰럽기도 하지만 모질고 도 질긴 미련의 끄나풀을 붙들고 있는 것 같아서 애타도록 처량하다. 한 해를 보내는 세모의 끝자락에 매달린 12월의 달력은 언제나 애처 롭고 안쓰러웠지만 계사년의 12월은 갑오신년을 희망차게 맞이하기 가 참으로 민망스럽다. 박근혜 정부가 들어서면서 알뜰살뜰한 안살 림을 꿈꾸며 희망과 기대가 어느 정부 때보다 모험도 도전도 아닐 것 만 같아서 믿음의 신뢰도가 짙었던 게 사실이었는데 정치도 경제도 교육도 어느 것 하나 미루적거리기만 할 뿐 개미 쳇바퀴 돌듯 도로아 미타불이지 한 발짝도 성큼 내디딘 게 없다. NLL 관련 진실공방과 사초 관리 문제가 그렇고 국정원 개혁 문제가 그렇고 선거법 개정 문 제가 그런 데다가 대기업의 재투자는 하세월이고 부채 덩어리인 공 기업 정비도 말뿐이고 원진 문제나 송전탑 갈등도 시삭과 끝이 맞물 려서 꼬리를 물고 돌고 돌뿐이고, 복지 예산의 산출 근거의 끝은 아 직도 보이지 않으니 어느 쪽에 장단을 맞춰야 할지 갈피를 못 잡고,

문수암 문수보살 석굴

보현암 석굴

청년실업의 대안 마련은 하는 건지 마는 건지 장성한 자녀들은 갈 곳 몰라 헤매고, 미분양은 넘쳐도 주택난은 매한가지고 빈부의 골은 끝도 없이 깊어만 가고, 날만 새면 온갖 납부고지서는 어쩌면 그리도 길눈이 밝은지 길 찾아 헤매는 일도 없이 총알 같이 날아들고, 온갖 부정 불량 식품은 목구멍이 포도청인 줄은 귀신같이 알고는 장바구니에 먼저 올라앉고, 가짜 기름은 주유소마다 요술을 부려도 단속을 안 하는 건지 못하는 건지 일상에 쫓기는 서민들이야 봉이 된 지 오래됐다. 게다가 신사임당은 나오는 족족 알 부잣집의 안방 금고 속으로 모셔져서 오만 원권은 구경하기도 어려우니 지하 경제 발굴은 어디만큼 하고나 있는지 아롱아롱하다. 그렇다고 어지럼증에 빠져 허우적거릴 것만은 아니라 지혜와 실행의 보살님이라도 찾아서 넋두리를 하든 하소연을 하든 쾌도난마의 길을 묻고 싶어 문수암과 보현암을 찾아서 길을 나섰다.

35번 고속도로 연화산 IC를 나와 좌회전을 하면 금곡을 경유하여 사천과 문산으로 가는 길이라서 우회전을 하여 이내 오서리 삼거리에서 4시 방향으로 다시 우회전을 하여 영현면 소재지를 조금 지나 '부포'를 알리는 표지판의 지시대로 우회전을 하여 '꽃밭등 고개'를 넘어서면 꽤 널따란 들녘이 나오면서 상리면으로 접어들고 이내 신호등이 있는 '부포' 사거리가 나온다. 부포의 오랜 옛적에는 바닷물이 들고나는 포구로 추정되고 백악기의 초식 공룡 서식지를 짐작하게 하는 밀림 시대였던지 60년대까지도 벼 수확을 끝낸 논에는 너나 할 것 없이 논흙을 긁어서 한쪽으로 제치고 시커먼 찰흙 같은 흙을 파내서 목침만 한 크기로 네모나게 뭉쳐서 논두렁이 빼곡하도록 햇볕에 말렸다가

땔감으로 썼던 토탄을 파냈던 곳이다. 토탄은 마치 연탄처럼 한번 불이 붙고 나면 시뻘건 불덩이는 새벽까지 아궁이에서 타고 있어 겨울한 철 아랫목을 덥히는 최고의 난방 연료였는데 지금은 세월 속에 묻히고 땅속에 묻혀서 옛이야기만 남겨졌다.

부포 사거리는 사천읍과 고성읍을 잇는 국도 33호선과 영현면에서 삼산면으로 이어지는 지방도가 교차하는 지점으로 우회전을 하여 사천 방향으로 잠시 가다 보면 문수암을 알리는 표지판이 10시 방향의 좌측 도로로 가라고 일러준다. 예서부터 문수암 초입이라 무선리 저수지를 지나고부터는 굽이굽이 새 을자(乙)를 쓰면서 무이산 9부 중턱까지 올라야 한다. 2차선 포장도로가 굽이진 곳마다 꽤 여유를 두고 널따랗게 잘 닦여져서 가파르다는 생각은 들지 않는데 끝인가 싶으면 또 한 모롱이가 나와서 굽이진 산길은 끝나는 듯 이어지기를 거듭하다가 허리가 잘록한 고갯마루 못 마쳐서 대형 주차장이 나왔다. 괜스럽게 한숨이라도 돌리듯이 차를 세우고 오르고 오른 길을 뒤돌아보았다. 굽이진 산길이 한 해를 살아온 열두 달을 뒤돌아보게 한다. 온갖 일상들이 파노라마처럼 스쳐 가는데 오버랩 되는 마디마디가 지나고 나니 별것도 아닌 것을 그때는 왜 그렇게밖에 못했을까 하고 씁쓸한 입맛을 다셔본다. 행주치마에 손을 닦는 산채비빔밥집 아주머니를 붙들고 "문수암까지 차가 올라갑니까?" 하고 뻔히 알면서 말을 걸어본다. 괜스레 혼자서 민망해져서 붙여본 말이다. 그리고 보니 이르긴 해도 예서 산채비빔밥으로 점심을 청하기로 했다. 눈치가 있으면 절간에서도 젓국을 얻어먹는다지만 누룽지 한 알도 얻어먹지 못할 주변머린걸 어쩌나. 그래도 주변머리 없는 덕분에 집사람한테는 동정심이라도 얻어서 안 쫓겨나는 것도 용한 재주가 아닌가. 된장찌개를 곁들인 산채비빔밥 맛이 일품인데 아주머니의 인정이 한 맛을 더 낸다.

주차장을 나와서 좌회전을 하면 약사전과 보현암 가는 길이고 우회전을 하면 문수암 가는 길이다. 문수암부터 들릴 요량으로 우회전을 했다. 9부 능선의 허리를 감돌아 가는 길은 그저 평지이다. 멀리 남해 바다가 한눈에 들어오는데 이내 작은 주차장이 찻길의 끝이었다. 발끝 아래는 점점이 떠 있는 크고 작은 섬들이 이웃과 이웃이 되어 오순도순 정겨운데 치어다보이는 문수암의 절집은 수십 길 낭떠러지의 절벽 위에 발붙임을 하고 청량산 정상 밑으로의 깎아지른 벼랑을 병풍처럼 둘러치고 작은 틈새에 자리를 잡았으니 산제비나 들고날 법한 제비집 같은 절집이 옴쏙하게 달라붙었다. 돌계단을 오르자 왼편은 천불당이고 절벽 위의 또 하나의 절벽 위로는 청담 스님의 사리탑비와 부도가 일망무제의 남해 바다를 굽어보고 우뚝 섰다. 바위 틈새를 비집고 선 앙그러진 노송은 불교 정화에 온몸을 바치신 대선각의 청담의 유지인가! 온갖 풍상을 겪은 세월의 흔적이 가지마다 역력한데 기품 서린 자태로 만고상청 푸르렀다.

종무소를 지나 돌계단을 오르면 대웅전이고 그 옆으로가 스님들의 거처이다. 대웅전 안으로 들어서면 본존불인 관음불 옆으로 문수보살이 모셔졌는데 뒷벽이 커다란 통유리로 만들어져서 깎아지른 절벽이 훤하게 보인다. 법당 뒤로 돌아들어 높이 쳐다보이는 석벽의 비좁은 틈새 깊은 곳에 손바닥보다는 좀 더 큰데 흰색의 작은 불상이 화관을 쓴 모습으로 좌측 벽면에 도드라지게 붙어있는 문수보살 입상을 볼 수 있었다. 인공이 아닌 천연의 문수보살 입상의 현몽에 이끌려온 의상조사께서 서기 688년에 창건을 한 천년 고찰 상문사로 불려졌던 문수 도량이다. 문수보살 입상 아래에서 합장하고 한참을 섰었건만 이르는 말씀이 없어 발길을 돌려 암반의 비탈을 지나 돌계단을 한참 올라서 법당 뒤로의 산신각을 찾았다. 바위와 바위 틈새에 가까스로 끼워 놓은 듯 자연과 인공의 절묘한 만남으로 풍광의 정취에 그저 감탄할 뿐이다.

원단 일출의 장관을 미리 맛보고 싶어서 새벽 기도를 기약하고 발길을 돌려 약사전 대불전에 헌향하고 보현암을 찾았다.

약사전에서 보현암이 빤하게 보였다. 산 중턱 양지바른 남향받이에 낭떠러지의 지형지물을 절묘하게 이용하여 건물 옥상을 마당으로 삼았고 깎아지른 절벽의 좁은 공간을 법당으로 마련하고 절벽의 벽면을 뒷벽으로 삼아 삼존불을 조성하고 기암괴석에 금강역사를 도드라지게 조각하여 생동감과 역동적인 조화를 이끌어 낸 천연의 요새 같은 절집이다. 입구라고는 약사전 쪽의 외길밖에 없어서 한때는 백담사로 결정되기 전까지는 전두환 전 대통령의 내외분이 머무를 곳이라고 알려지기도 했었지만 허문도 국토통일원 장관과 육군 참모 총장 이희성 장군의 향리로서 이따금 드나들어 언론이 지레짐작한 것이었다고 스물다섯에 석남사에서 머리를 깎으셨다는 비구니 도림 스님의 옛이야기를 연배 도반이신 월정 비구니 노스님께서 보이차를 끓여주시며 부연 설명까지 덧붙여주셨다. 문수보살도 보현보살도 아니신 두 분 노스님은 갑오신년은 욕심 없이 적은 거라도 베푸는 한해가 되었으면 하시며 조용한 미소를 머금으셨다. 찻잔을 물리고 절집을 나서니 석양에 반사된 약사전 대불이 금빛으로 찬란한데 멀리 사량도가 구물구물 용틀임을 하고, 점점이 떠 있는 크고 작은 섬들은 서로를 가까이 하려고 옹기종기 모여든다.

이명산 마애불을
찾아가며

과거사든 현대사든 역사는 오늘의 삶을 위한 교훈이 되고 오늘의 삶의 기록이 훗날의 역사가 되어 미래의 삶에 교훈과 지표가 된다. 그래서 역사는 자랑스럽든 수치스럽든 솔직해야 하고 좋든 궂든 사실이어야 한다.

고등학교 한국사 교과서가 교육부의 검정 과정에서부터 부실과 왜곡의 논란이 심하더니만 이제는 교육부가 최종적으로 검정한 8종의 한국사 교과서 선택을 두고 이념의 난타전에 학교마다 곤혹스러워서 한국사 과목을 아예 1년 뒤로 미뤄버린 학교가 많다. 역사의 왜곡은 사학자들의 탓만도 아니다. 세상을 떠들썩하게 했던 일도 사흘만 지나면 까마득하게 잊어버리는 우리 모두의 탓이기 때문에 안타깝고 부끄러운 일이다. 팍팍한 일상의 탓으로 돌리며 내가 알 바 아니라는 잔인한 이기심이 훗날을 어둡게 한다. 오늘을 명백하게 기억해 두지 않으면 내일은 또 어제의 기록인 역사가 승자나 권력자의 편에서 왜곡된다. 역사의 평가는 후세가 누고누고 해야 할 과제이기에 오늘은 사실만의 기록에 성실해야 한다. 답답한 마음에 외손녀 채연이를 데리고 짚이는 데가 있어 길을 나섰다.

이명산 마애불

이병주 문학관

소설 '산하'에서 "태양에 바래지면 역사가 되고 월광에 물들면 신화가 된다."라고 하신 나림 이병주 선생을 찾아뵐 요량으로 진주에서 2번 국도인 경서대로를 따라 북천으로 길머리를 잡았다.

북천은 코스모스 축제의 유명세로 특별한 길 안내를 요하지 않는 곳이지만 대전 통영 간 고속도로에선 단성 IC에서 덕산 방향의 칠정 삼거리에서 옥종을 거치면 지름길이고, 남해 고속도로에선 곤양 또는 진교 IC에서 1005번 도로의 께사리(고사리의 경상도 사투리)재를 넘으면 빠른 길이다. 도깨비 난장판을 방불케 했던 각설이들도 명년에 또 오마하고 어디론지 떠나갔고, 추억을 못 잊은 옛 친구들도 잡았던 손을 놓고 제 갈 길로 떠난 지 오래인 지금은, 멀리 지리산의 차가운 눈바람이 목덜미 속으로 파고들어도 쫑긋한 굴뚝에서 하얀 연기를 모락모락 흩날리며 장작불이 "따닥따닥" 타오르는 난로가 되어, 우리들의 가슴을 따뜻하게 데워주는 이병주 선생의 옴쏙한 품이 있어 북천은 언제나 포근한 곳이다.

하동 방향의 북천역 날머리에서 좌회전으로 철길 건널목을 건너서 가다 보면 '이병주 문학관'이라는 커다란 안내판이 길마중을 나와 섰고 이내 'ㄱ' 자형의 검정색 지붕이 중후한 멋을 풍기는 커다란 2층 건물은 널따란 주차장과 시원스럽게 펼쳐진 뜰을 마련하고 찾는 이를 반긴다. 굵은 뿔테안경을 큼지막하게 눌러쓰신 선생의 흉상이 대리석 기단 높다랗게 황동으로 조성돼 있어 다가서서 깊숙하게 고개를 숙였다. 1921년 하동에서 태어나 와세다대학 유학 중에 학병으로 동원돼 중국까지 갔었고, 8.15 해방과 남북의 분단 그리고 6 · 25 동란과 빨치산, 자유당 시절과 4.19와 5.16, 3선 개헌과 10월 유신, 이어지는 12.12사태와 5.18의 광주, 숨을 돌릴 틈조차 없이 연속되는 격변과 격동의 시대, 그리고 질곡의 역사 속에서 정론직필의 사설로 5.16 혁명 재판소로부터 10년형 선고와 2년 7개월의 수형 생활 등 선생의 소설보다 더 파란만장했던 당신의 삶이 대한민국의 진솔한 현대사였다. '관부연락선', '지리산', '산하' 등 장·중·단편과 대하의 역작들을 80여 편이나 쓰셨고, 지리산의 남쪽 경상도의 벽지 마을을 배경으로 '별이 차가운 밤이면'의 끝은 끝내 맺지 못하고 별이 차가운 밤에 작고를 하셨으니, 일제 강점기의 식민시대의 처절한 삶의 주인공 박달세의 복수는 우리들이 풀어야 할 한으로 남겨졌다. 학술 세미나, 문학 캠프, 백일장, 국제 문학제, 문학관 초대전 등 연중 빼곡한 일정에도 최중수 관장의 자상한 안내는 연일 이어지고 있어 역사의 준엄한 교육의 현장에서 문학의 심오한 정서에 젖게 한다.

왔던 길을 돌아서 나와 다시 이명산 마애불의 안내 표지판이 어딘가에 있겠지 하고 '께사리 재'라는 고갯길을 굽이돌아 오르자, 불경소리가 은은하게 퍼지는 옴쏙한 작은 골짜기 입구에 '달마 갤러리 성불사'라고 쓰인 커다란 표지석이 있어, 내친걸음이니 마애불의 정보도 얻을 겸 찾아들었다. 패널 건물 두어 채가 정갈하게 자리를 잡았는데 차 소리를 들었는지 훤칠한 키에 누비 장삼을 입은 스님이 합장으로 반기셨다. 사방을 두리번거리자 눈치 빠른 스님은 법당은 뒤쪽 건물이라며 우선 들어오래서 따라드니 널따란 방 두 개가 중문으로 이어졌고, 향 내음 보다 더 진하게 먹물 냄새가 그윽한데 사방의 벽면에는 달마도가 빼곡했다. 지필묵이 가지런한 탁자를 마주하고 예를 갖추고 좌정을 하며 벽면에 빼곡한 달마도를 둘러보는데 길손도 따라서 웃고 있다는 것을 한참 만에야 알았다. 지금껏 꽤 많은 달마도를 보아 왔지만 예 같은 달마도는 처음이었다. 성낸 모습도 아니요, 심술궂음도 아닌 천진난만한 유아가, 이가 나지 않은 잇몸 안으로 발그레한 혓바닥을 보이며 웃는 모습 그대로였다. 조계종 총무원장과 전계대화상 겸 원로회의 의원을 역임하고 열반하신 성수 스님의 법상자이고, 통도사에서 스물일곱의 늦깎이로 법명 법기라는 대답은 차를 한참 동안 마시면서 얻어 내었지 참으로 말이 없었다. 부처의 자비는 무한하지만 가진 것 없는 빈도는 과연 중생에 무엇을 베풀 수 있을 것인가를 두고 자괴감에 빠져서 방황하며, 득도의 길이 요원함에 많은 갈등과 번민 속을 헤매던 때에 번뇌를 떨치려고 면벽하며 용맹 정진하던 어느 날, 달마 대사의 또렷한 존영이 웃는 모습으로 벽면에 끝없이 나타나기에 웃음이 만복의 근원인지라 "바로 이거다" 하고 그때부터 그려왔다 했다. 달마도 말고도 생활 도자기와 장식용 도자기가 즐비하기에 물었더니 힘들어하는 불자들을 위한 부적을 그려 넣으려고 빚는다고 했다.

스님이 일러주는 대로 가던 길을 한 모롱이 더 돌아서자 약수터가 빤히 보이는 모퉁이에 오른편 산길을 따라 오르면 마애불이 있다는 표지판이 진작부터 나와 있었다. 머잖은 길이라 바쁠 것도 없는 데다 서출동락이 명약수라 했으니 약수부터 한 모금 쭈-욱 들이켰다. 엄동설한이라 입안이 어리어리 시릴 줄 알았는데 시원스럽고 부드러워 감칠맛이 났다.

산실로 접어들자 울창한 소나무 숲이 하늘을 뒤덮었고, 등성이를 따라 오르는 길은 짙은 황금색의 솔가리가 푹신푹신하게 바닥을 깔고 있어, 갈퀴로 긁어모아 다독다독 재워서 그 옛날 시골집 아궁이에 다시 한 번 불을 지피고 싶을 만큼 지천으로 깔려 있다.

고도가 점차 높아지자 너덜바위들이 여기저기서 쭈뼛쭈뼛 목을 빼고 내려다보는데, 코가 닿을 듯이 경사가 만만치를 않았다. 거친 숨도 고를 겸 다리를 잠시 쉴까 했더니, 마애석좌불은 오른쪽 골짜기를 가로질러 가라고 이정표인 표지판이 팔을 길게 뻗고 심산에 홀로 섰다. 예서부터는 골짜기를 가로질러 산허리를 끼고 도는 평평한 길인데, 너덜겅의 반반한 돌을 쌓고 깔았건만 천년 세월에 닳고 헐어서 흔들거리고 덜컹거려 간간이 걸음걸이를 휘청거리게 한다. 골짜기 전체가 온통 돌너덜인데 구들장같이 얄브스름하고 도래방석만큼이나 넓죽넓죽한 회색빛의 돌들이 지천으로 깔렸다. 그러고 보니 듬성듬성 커다란 바위들은 하나같이 시루떡을 켜켜이 쌓은 것같이 얇은 층으로 결이 나 있어 세월에 부대낀 결이 켜켜이 떨어져 나와 너덜겅을 이룬 모양이다.

너덜겅의 골짜기를 또 하나 넘어서자 커다란 바위 절벽이 시야를 막아섰다. 바위 상단은 삐죽삐죽 켜켜이 층을 지워 앞으로 내밀어 처마같이 비 가림을 하고, 중간쯤에서 바위를 뚫고 얼굴부터 볼록하게 밀고 나오는 것 같은 양각의 마애불이 왼손을 무릎에 얹고 바른손은 가슴높이로 들고 좌정하고 계셨다. 통일 신라 시대에 조성된 아미타 여래좌상으로 경남도 유형문화재 136호라고 안내판이 일러준다. 조성 취지야 알 수 없으나 북풍한설 마다 않고 북향하여 좌정하고 한결같은 천년 세월 국태민안 국리민복 주야장천 빌어주신다 싶어 합장 삼배의 예를 갖추고, 불상의 눈길 간 곳으로 돌아서니 뒤편의 석굴사지 쪽으로 바위에 음각된 고세대(高世臺)뜻과 같이, 발끝 아래서부터 일망무제로 가물가물한 첩첩의 준봉들이 머리를 조아린다.

비련의 여인
성혜림의 본가를 찾아서

천륜을 거스르는 역천의 만행이 남북 이산가족들을 피눈물 나게 하며 기어코 가슴에 또 한 번의 대못을 박게 할 것인가 심히 불안하다. 이제는 그들의 삶의 끝이 코앞에 닿았다. 혈육의 상봉은커녕 생사조차도 알지 못하고 세상을 뜬 영령인들 어찌 눈을 감았으랴! 혈육의 상봉은 정치적의 타협 거리도 아니고 거래나 흥정의 대상이 아니며 오로지 하늘의 뜻인 천륜이 아니던가. 이승에서의 상봉만이라도 서둘러줘야지 어쩌다 배달민족이 이 지경에 이르렀나! 전주의 영산 모악산 자락에는 김일성 주석의 시조 묘인 김태서 공의 묘가 있고, 김정남의 외가 선영은 경남의 창녕에 있고 김정은 위원장의 외가 선영은 한라산 자락에 있으니 언제나 흔하게 들어왔던 이웃들의 이야기와 다를 게 없는 우리들의 이야기이건만 북한의 그들은 왜 이리 먼 것인지 참으로 안타깝다. 핵 개발과 발사대를 높이 세우는 것은 공격을 위한 것이지만 한미 합동의 정례 훈련은 엄연한 방어용이다. 트집 잡고 꼬투리 잡으면서 무슨 화해를 하자는 건지 갑갑한 심사를 풀어볼까 하고 북한 김정일 국방위원장의 장남인 김정남의 외가이자 그의 생모 성혜림의 본가를 찾아서 길을 나섰다.

물계서원

성혜림의 생가

중부내륙 고속도로의 창녕 IC에서 요금소를 나와 좌회전을 하여 창녕읍 들머리인 오리정 사거리에서 좌회전을 하여 우포2로인 1080 지방도로를 따라 우포늪으로 흘러드는 토평천의 대지교 앞에 닿으면, 뒷동산 자락을 깔고 앉은 모산마을을 마주하는데 낙락장송이 빼곡한 뒷산의 중심부에 왕릉과도 같은 커다란 분묘가 한눈에 들어온다. 창녕 성씨의 시조 묘소이다.

대지교를 건너서 토평천을 따라 오르면 물계 서원이 있다는 안내판이 섰는데 우선 석동마을 성씨 고가부터 찾을 요량으로 대지면 사무소 앞을 지나서 마을을 벗어나자, 이어지는 들녘은 끝을 가늠하기조차 싶잖게 드넓게 펼쳐졌고, 대지초등학교 앞 도롯가에 화려하게 단청을 입힌 꽤 큼직한 비각의 날렵한 풍채가 예사롭지 않아 가던 길을 멈췄다.

정갈하게 단장을 한 뜰을 깔고 '고려충신보문각정절공성선생신도비'라는 현판이 붙은 홍살의 비각 안에는 화강암 빗돌의 웅장함에다 팔작지붕의 정교한 옥개석이 균형미를 이루는데 그 품위가 당당하고 근엄하여 범상치 않고 위엄차다. 빼곡한 세필의 비문 상단에 '고려충신보문각직제학'이라고 음각된 전서체의 비명은 또렷한데, 비문은 세필이라서 홍살 밖에서는 판독이 어렵고, 공양왕 때 보문각 직제학의 벼슬에서 조선이 건국되자 관직을 버리고 불사이군의 뜻을 지키려고 만수산으로 들어가 여생을 마친 두문동 72현 중의 한 분으로서, 고종 10년에 그 충절이 인정되어 정절공이라는 시호를 받은 '고려충신성사제신도비'로서 경남도 문화재 자료 24호라고 안내판이 부연하여 일러준다.

비각을 나서자 들판 건너 빤하게 보이는 언덕배기의 짙푸른 대숲을 등지고 고래 등 같은 기와집이 추녀를 맞대고 겹겹으로 촘촘하게 마을을 이루고 있다. 그 앞으로 널따란 주차장이 깔끔하게 마련돼 있고 높

다란 기단 위에 우뚝하니 커다란 양파의 조각상이 눈길을 끈다. 1909
년 이곳 성씨 문중의 성찬영 선생께서 양파 재배와 채종에 성공하여
6·25 직후 농가들이 가난에서 벗어날 수 있도록 보리 대신 환금작물
(換金作物)로 재배를 적극 권장하여 부농 지역으로 만들었고, 60년대 말
에는 6천여 농가에 1천여 헥타르로 재배 면적이 늘어나 지금은 전국 최
고의 양파 주산지로 일구어냈다니 배고픔의 설움을 겪지 못한 이들이
야 가난의 처절함을 어찌 알랴만 선각자의 깊은 뜻에 고개가 숙여졌다.

마을로 들어서자 우람한 솟을대문이 담장으로 이어졌고 너머다 보
이는 한옥들의 용마루가 곡선의 아름다움을 한껏 멋스럽게 한일자
(一)를 그었는데 겹겹의 추녀가 손에 손을 잡은 듯이 어깨를 사이사
이로 맞대며 도란도란 깊은 숙의를 하는 듯하다. 문이 잠겨있어 담장
밖을 이리저리 맴돌면서 까치발로 기웃거리는 길손의 모습이 안타까
웠던지 관리인이라는 백재민 씨가 경남도 문화재 자료 355호인 성씨
고가에 이어 성씨 사가까지 안내를 하는데 겸손한 몸가짐이 고택의
정취에서 묻어난 듯 반듯하다.

솟을대문으로 들어가 문간채가 붙은 안대문을 들어서자 뜰을 마주
하고 대여섯 칸의 기다란 아래채가 서로를 마주 보며 다소곳이 앉았
고, 누마루가 딸린 널따란 마루청에 아름드리 둥근 기둥의 안채는 우
람한 크기가 웅장하건만 위압적이지 않으면서 근엄하고, 쌍 도리를
받친 단출한 공포로 화려하지도 않으면서 온화한데 들기름을 먹인 것
같이 반들거리지도 않아 검소함이 묻어나고, 간결하고 절제된 짜임
새가 그저 중후한 품격으로 고고한 옛 멋을 흠씬 풍긴다. 석가산을
품은 정원의 연못인 한반도 모양의 반도지는 그림같이 고요한데, 등
굽고 허리 굽은 백년노송의 그늘이 사랑채인 구연정을 주렴처럼 가리

고, 뒷산의 짙푸른 대숲을 병풍처럼 둘러치고 아석헌. 석운재. 경근당. 청수당 등 현판이 붙은 당우가 수를 가늠키가 헛갈리는데, 쪽문으로 이어지는 네 집의 한옥이 33채의 200여 칸이라니 온종일을 둘러봐도 못다 볼만한 한옥 마을을 이루고 있다. 한때는 김정일 국방위원장의 부인이고 김정남의 생모인 성혜림의 생가로 알려졌었는데 그의 조부가 대를 이어 살던 집이고 보면 본가라고도 할 만하며 김정남의 외가라고도 할 수 있을 게다. 북한 정세가 격변하고 있어 김정남과 한솔 부자가 국제 미아라도 되면 어쩌나 하고 염려스럽다. 삼대 세습의 부당성을 주장한 것처럼 역사의 증인이 되어 평화통일을 앞당길 수 있게 세계 여론에 큰 힘이 되어주길 바랄 뿐이다.

성씨 고가를 나와 물계 서원을 찾아왔던 길을 잠시 거슬러서 대지초등학교 정문 앞을 지나자, 주산마을 뒷산이었던 울창한 솔숲의 동산 아래에 창녕 성씨의 맥산재가 자리를 잡았는데, 잠겨 진 대문 안의 뜰에는 수령 600년이라는 거대한 느티나무가 삭은 데가 하나 없이 건재하고, 솔숲이 울창한 맥산 정수리엔 창녕 성씨의 시조묘가 건너다보이는 화왕산을 마주하고 웅장하게 자리를 잡았다.

맥산재에서 고속도로 옆으로 난 좁다란 포장도로를 따라 잠시만 가면, 골짜기 하나를 통째로 가득 메운 십여 동의 고래 등 같은 목조 와가의 물계 서원이 널따란 주차장을 마련하고 홍살문을 하늘 높이 앞세웠다. 단장된 마당이 더없이 정갈한데 웅장한 이층 누각의 무변루가 이현문이라는 편액을 단 문루이다. 옷매무새를 고치고 협문으로 들어서자 물계 서원이란 편액을 단 우람한 강당이 안마당을 굽어보며, 좌우로 동재와 서재 그리고 정조대의 명문명필인 문신 이복원이 배향 성현의 행적을 찬하고 조윤형이 썼다는 원정비의 비각이며, 숙종 조에 창건되어 이원과 중수로 새로이 단장된 당우에서도 숭고한 옛 정취가 묻어나는데, 솟을삼문인 현도문을 들어서면 맞배지붕의 단청이 화려한 숭덕사가 근엄하게 자리를 잡았다.

다시 옷깃을 여미고 숭덕사에 들자 널따란 마루청을 깔고 전면과 좌우로 가지런하게 위패함이 모셔졌는데 제향일에만 강신하므로 21위의 배향 선생을 안내문에서 익혔기에 큰절로서 예를 올리고 무릎을 꿇었다. 시중 성송국, 정절 성사제, 매죽 성삼문, 문두 성담수, 청송 성수침 21위라니 어쩌면 성씨 일문에서 이토록 많은 서원 배향 인물이 나셨단 말인가! 구휼과 후학 육성 등 적선과 공덕이야 말로는 다할 수 없거니와 충효절의와 선각성현이 그 얼마이며 절의충절 중에서도 재종간에 사육신과 생육신인 성삼문 선생과 성담수 선생을 삼척동자인들 어찌 모르랴! 선생의 '절의가'가 가슴속을 헤집는다. 권력에 유혹되어 줄잡아서 줄 서려고 이리 뛰고 저리 뛰는 오늘날의 정계 주변이 보기에도 민망하여 낯 뜨겁고 부끄럽다.

독야청청 높은 절의 만대불후 유훈 주신
절의가의 깊은 뜻은 천추만대 교훈 되어
보민애국 근간으로 만고불멸 하오시니
삼천리 구곡산천에 만고상청 하오소서

설익은 심사를 아뢰고 두고두고 새겨야 할 선생의 깊은 뜻을 가슴 깊이 묻으면서 숭덕사를 나서자 백설이 만건곤 하려는지 희끗희끗 눈발이 하늘 가득 흩날린다.